spielberg

Ella W. Anders (Ps.) war viele Jahre in einer Anwaltskanzlei tätig und arbeitete als Chefsekretärin bei einem Internisten. Später leitete sie über ein Jahrzehnt ein Hotel in Bad Füssing.

Ella W. Anders

AUSTANZT

Niederbayern-Krimi

Ihre
E. W. Anders

spielberg

1. Auflage 2016

Umschlaggestaltung: Spielberg Verlag
Umschlagfotos: bedya, fotolia.com
Druck und Bindung: Inprint GmbH, Erlangen

Printed in Germany

ISBN: 978-3-95452-703-8

www.spielberg-verlag.de

Für Helmut, Katja, Lea und Luca

Austanzt

Ein Niederbayern-Krimi aus Bad Füssing

von Ella W. Anders

In eine weiche Decke im Schottenkaro gekuschelt, lümmelte Eva Bauer auf der bequemen breiten Sitzbank am Fenster ihres Hotelzimmers und blickte nachdenklich hinaus in die Nacht. Dichtes Schneetreiben hüllte den weltbekannten Kurort in Niederbayern ein und verhinderte die Sicht auf das Fünf-Sterne-Hotel BAYERN-Inn, welches seit Wochen traurige Berühmtheit genoss. Man hatte Eva Bauer gerufen, als absehbar war, dass die polizeilichen Ermittlungen wegen Mordes in dem Nobel-Hotel ins Leere laufen. Sie war umgehend angereist, hatte sich aber aus gutem Grund im benachbarten HAUS BERNSTEIN einquartiert.

Leises Klopfen an der Tür unterbrach ihre Gedanken. Sie erhob sich und griff nach dem Glas mit heißem Punsch, das ein Zimmerkellner diskret herein reichte.

Eigentlich war der Fall sonnenklar: männlicher Kurgast, nicht mehr ganz jung, sehr vermögend, lag röchelnd am Beckenrand der berühmten Therme, stammelte den Namen des Nobel-Hotels BAYERN-Inn, in dem er erst wenige Stunden zuvor abgestiegen war und flüsterte mit erstickender Stimme die Zimmernummer. Dann hatte er sich mühsam aufgerichtet, war ausgestreckt in das dampfende Wasser gefallen und trieb als Leiche der Umwälzanlage entgegen.

Das muss doch ein Unglücksfall sein? Es gäbe keine Zweifel, wenn der Bademeister nach dem Rettungssprung nicht das letzte und sehr aufschlussreiche Wort »Mord« aus dem Mund des Sterbenden gehört zu haben glaubte.

»Es ist spät«, gähnte Eva nach einem Blick auf ihre Uhr. Dann erhob sie sich und schlenderte in das angrenzende Badezimmer. Vor dem großen Spiegel an der Garderobe blieb sie stehen und warf einen prüfenden Blick auf ihr Äußeres. Eine mittelgroße, agile, dunkelhaarige Frau im interessanten Alter von achtundvierzig Jahren blickte ihr entgegen, deren wahre Identität aber unbedingt geheim bleiben sollte. Sie atmete tief ein und öffnete die Tür zum Badezimmer. »Die besten Ideen habe ich meist in der Badewanne«, murmelte sie im Selbstgespräch. Dann rauschte das Wasser. Ein sehr angenehmer Duft breitete sich aus und der Schaum des teuren Cremebades bedeckte die schlanke Figur, deren Gehirn nun in der entspannten Atmosphäre zu rattern begann.

Das Frühstücks-Buffet am nächsten Morgen ließ keine Wünsche offen. Sportlich gekleidet und hellwach überblickte Eva ziemlich erfreut das vegetarische Angebot und griff zu. Während sie mit dem gefüllten Teller in der linken Hand einen geeigneten Sitzplatz suchte, überflog ihr Blick das geschmackvolle Ambiente im Frühstücksraum, schätzte rasch die Anzahl der Kurgäste, deren Niveau und ihr Durchschnittsalter.

»Ein gutes Haus«, fand sie anerkennend. Dann ging sie gezielt an einen Tisch mit drei Frauen knapp an die Fünfzig und einem nur wenig älteren, aber ziemlich gut aussehenden Begleiter.

»Darf ich mich zu Ihnen setzen?« fragte Eva locker und der Mann erhob sich:

»Aber selbstverständlich.«

Die Frauen musterten sie freundlich aber eindringlich, rückten höflich zusammen und ein Platz in Kaminnähe wurde frei.

»Ich möchte mich vorstellen: Eva Bauer«.

Der Mann sah sie verblüfft an.

»Er kennt mich«, befürchtete sie verunsichert. Doch er lächelte schon wieder:

»Das sind Barbara Berger, Maria Werner und Margot Römer. Mein Name ist Maximilian Kessler«.

»Ich korrigiere«, ergänzte die schöne, aber sehr arrogant wirkende Margot Römer kühl:

»Dr. jur. Maximilian Kessler. Ein berühmt berüchtigter Strafverteidiger aus München.«

Kesslers Lächeln gefror und eine gezwungene Konversation begann.

»Wir kennen uns seit zwei Wochen«, erzählte schließlich die seriös und gut aussehende Barbara Berger. »Zunächst wohnten wir drüben im BAYERN-Inn, dem sogenannten »Mord-Hotel«. Dort ereigneten sich jedoch äußerst merkwürdige Dinge. Wir zogen es deshalb vor, das Hotel zu verlassen und buchten hier im HAUS BERNSTEIN. Unter der Hotelleitung von Frau Henny Börner sind wir bestens betreut.«

Da schien Dr. Kessler nervös zu werden. Hastig schob er den Ärmel des maßgeschneiderten braunen Jacketts zurück, blickte auf seine wertvolle Uhr am linken Handgelenk und drängte zum Aufbruch. Damit war das Gespräch abrupt zu Ende. Ziemlich zufrieden fragte Eva noch rasch in die aufbrechende Runde, ob sie sich der Gruppe gelegentlich anschließen dürfe. Die Frauen stimmten ohne Einwand zu. Dr. Kessler nickte etwas zerstreut, aber wohlwollend und Eva war begeistert. Hier war sie offensichtlich durch Zufall genau den richtigen Menschen begegnet. Man verabredete sich noch rasch zum gemeinsamen Abendessen im Kur-Restaurant um 19 Uhr und ging auseinander.

Eva blieb allein am Tisch zurück und überflog die Schlagzeilen der lokalen Tageszeitung vom Montag, dem 9.November. Der

Mord im Niederbayerischen Bäder-Dreieck schien wieder vergessen zu sein. Andere Schlagzeilen bedienten die Sensationsgier und so legte sie die Passauer Neue Presse zur Seite. Dann suchte sie ihr Zimmer auf. Sie trat auf den geräumigen Südbalkon hinaus, sog die frische kalte Luft ein und blickte sich um. Ein wunderschöner Tag! Die Sonne schien und es hatte aufgehört zu schneien. Bad Füssing lag in seiner weißen Pracht unter dem blauen Himmel vor ihr. Und am Horizont zeigten sich deutlich die Berge der Alpenregion. Sie kleidete sich warm an und verließ das BERNSTEIN. Ihre Nachforschungen mussten beginnen.

Die Rezeption des nur fünf Gehminuten entfernten Nobel-Hotels BAYERN-Inn war ein Meisterstück des einheimischen Innenarchitekten Konrad Lechner. Sein moderner sachlicher Stil und die unaufdringliche Eleganz des Mobiliars ergaben eine vornehme, äußerst angenehme Atmosphäre. Eva saß an diesem Montagvormittag beobachtend im Foyer des sogenannten »Mord-Hotels«. Sie lehnte sich an die weichen Polster der großen Luxus-Couch und blätterte scheinbar interessiert im Prospekt des Hauses. Bedauernd stellte sie fest, dass das Hotel aber nur mäßig belegt zu sein schien. Das professionelle Personal agierte sehr zuvorkommend, wirkte aber eine Spur zu reserviert und irgendwie leicht verstört. Oder irrte sie sich?

Das Telefon an der Rezeption klingelte und Eva hörte die zwar gedämpfte, aber auffallend genervte Stimme einer Frau:

»Nein, es ist nicht erwiesen, dass unser Gast ermordet wurde. Er verstarb nicht in unserem Hause und auch nicht im hauseigenen Thermalbad sondern am Beckenrand eines Hallenbades der Therme«. Dann legte sie etwas unsanft den Hörer auf.

»Leiten Sie künftig solche Telefonate an die Direktion weiter«, zischte im Hintergrund eine verärgerte männliche Stimme. »Es ist nicht Ihre Aufgabe, Auskünfte über negative Vorkommnisse in unserem Hause zu erteilen oder diesbezügliche Fragen zu kommentieren!«

Betretene Stille folgte. Dann hörte Eva die Flüsterstimme der Frau, die das Telefonat geführt hatte: »Das halte ich nicht mehr aus. Dem Druck bin ich nicht länger gewachsen.«

Eine andere weibliche Stimme beschwichtigte: »Nimm dich zusammen. Beim nächsten interessanten Vorfall irgendwo in der Welt lässt die Presse wieder von uns ab. Dann bereust du eine vorschnelle Reaktion.«

Eva erhob sich, blickte sich unauffällig um und vergewisserte sich, dass der ihr persönlich bekannte Hoteldirektor Krenner nicht anwesend ist. Sie trat an die Rezeption und umgehend kam eine junge Frau im hellgrauen Kostüm mit weißer Bluse und aufgestecktem schwarzen Haar auf sie zu.

»Guten Tag. Was kann ich für Sie tun?«

Eva blickte in freundliche braune Augen. »Mein Name ist Bauer. Ist es denn möglich, ein Gästezimmer zu besichtigen?«

»Aber natürlich, Frau Bauer. Unser Hausdiener wird Sie gerne begleiten.«

Gegen Mittag kehrte Eva aus dem BAYERN-Inn in ihre Unterkunft im HAUS BERNSTEIN zurück. Erwartungsgemäß hatte ihr üppiges Trinkgeld den Mitarbeiter des BAYERN-Inn dazu verführt, ihr das Zimmer des mutmaßlichen Mordopfers zu zeigen. Eva hatte sich darin sehr genau umgesehen.

»Hier wohnte also Denis Leonhard?«

Der Hausdiener bejahte recht zögernd: »Hier war nur sein Gepäck abgestellt. Er selbst hat hier nicht übernachtet. Er bezog am Vormittag seines Todestages dieses Zimmer und verstarb kurz danach in der Therme.«

Eva war ziemlich erstaunt:

»Aber das ist doch Zimmer 118. Ich dachte, er hatte 158 gebucht.«

Der Angestellte tat wichtig: »Der Ärmste muss sich wohl in seiner letzten Sekunde in der Nummer geirrt haben. Denn in der Tat hat er am Beckenrand der Therme dem Bademeister »158« zugeflüstert.«

Eva blieb in der Mitte des Raumes stehen. »Kannten Sie das Mordopfer?«

»Nein. Ich habe Herrn Leonhard noch nie in diesem Hotel gesehen.«

Nachdenklich wiederholte Eva in Gedanken diese neue Information. Irgendwie könnte sie von Bedeutung sein. Vielleicht aber auch nicht.

Nach einem ziemlich knappen Mittagessen, das lediglich aus einem kleinen Salatteller bestanden hatte, schlenderte zeitgleich die groß gewachsene, schlanke Barbara Berger im hellbeigen Wintermantel eine belebte Einkaufsstraße des Kurortes entlang. Ihre Gedanken waren abgeschweift. Sie wechselten zwischen dem beabsichtigten Kauf einer Handtasche und dem merkwürdigen Erlebnis in Zimmer 157, das sie zur Zeit des Mordes an dem Schweizer Denis Leonhard im Luxushotel BAYERN-Inn bewohnt hatte. Sie war am Tag des Mordes an D. Leonhard gegen zwei Uhr morgens durch ein undefinierbares Geräusch aufgewacht, hatte kurz die erregte, raue Stimme einer männlichen Person gehört, dann ein gurgelndes Stöhnen, ein dumpfes Poltern und Sekunden später lautes Türenschlagen. Sie war in jener Nacht heftig erschrocken. Hastig war sie aus dem Bett gesprungen, hatte rasch den Bademantel übergeworfen und war zur Tür gerannt um zu lauschen. Doch da war die Ruhe schon wieder eingekehrt. Beim Frühstück gegen zehn Uhr hatte sie allerdings geglaubt, im Stimmengewirr des Frühstücksraumes die markante, maskuline Stimme noch einmal zu hören. Neugierig hatte sie sich umgesehen, aber nur eine harmlose Gruppe Männer wahrgenommen, die fröhlich zum benachbarten Tisch grüßten. »Wie dumm von mir.« Sie war über sich selbst wütend. »Vielleicht hatte sich in der Nacht nur ein alkoholisiertes Pärchen gestritten und ich mache mir darüber Gedanken.« Am Nachmittag desselben Tages hatte sich aber dann die erschreckende und zugleich sensationelle Nachricht wie ein Lauffeuer im Kurort ausgebreitet: Ein Kurgast des BAYERN-Inn, der erst am Morgen eingecheckt war, soll wenig später am Beckenrand der Therme verstorben sein. Er war wahrscheinlich ermordet worden! Kurz danach waren die Paparazzi wie ein Heuschreckenschwarm im Kurort eingefallen und hatten sich auf fast alle umliegenden Hotels, Pensionen und Privatunterkünfte verteilt. Alle Gäste hatten damals nur noch ein Thema und viele Vermutungen. Und irgendwer aus der Regenbogen-Presse erfand für das sehr angesagte, hochmoderne Fünf-Sterne-Nobelhotel BAYERN-Inn die geschäftsschädigende Bezeichnung »Mord-Hotel«.

Abrupt blieb Barbara Berger stehen. Im Schaufenster vor ihr lag die Handtasche, auf die sie schon vor Tagen ein Auge geworfen hatte. Aber noch bevor sie das Geschäft betreten konnte, rief von der gegenüberliegenden Straßenseite eine Stimme: »Hallo Frau Berger, einen kleinen Moment bitte!« Und schon stand die gut gelaunte Eva Bauer vor ihr. »Haben Sie auch Lust auf eine Tasse Kaffee?«

Unschlüssig blickte Barbara Berger auf den goldfarbigen Knauf der Eingangstür, auf den sie bereits ihre Hand gelegt hatte. »Eigentlich wollte ich hier eine Handtasche kaufen.«

»Lassen Sie sich nicht davon abhalten«, lächelte Eva Bauer. »Der Kaffee kann warten.«

Während Barbara Berger zustimmend nickte, in das Geschäft eintrat und sich umsah, blieb Eva Bauer sehr zufrieden am Schaufenster zurück. Ihr war ein kleines und recht gemütliches Café bekannt, das außerhalb des Kurortes in idyllischer Landschaft lag. Sie wollte Frau Berger einladen und das Gespräch vom Vormittag fortsetzen. Nur zu gerne hätte sie gewusst, was genau Frau Berger dazu bewogen hatte, aus dem BAYERN-Inn in das HAUS BERNSTEIN umzuziehen. Möglicherweise waren diese Informationen für Evas Auftrag von Bedeutung.

Das wie verzaubert wirkende Café »Zum alten Forsthaus« lag ungewöhnlich malerisch unter hohen und tief verschneiten Bäumen. Obwohl, oder vielleicht weil es so abgelegen war, wirkte es auf viele Kurgäste wie ein Magnet. Unter den Einheimischen hingegen galt es hinter vorgehaltener Hand als das »geheimnisvolle alte Forsthaus«, um welches sich einige schaurige Legenden rankten. Man hütete sich aber, den Gästen auch nur eine davon zu erzählen.

Die kleinen und meist vollbesetzten Räumlichkeiten dieses uralten, aber mit viel Geschick renovierten Hauses, vermittelten ein Gefühl der Verschwiegenheit und des Geborgenseins. Ein großer gemauerter, weiß gekalkter Kachelofen verbreitete wohlige Wärme. Und ein dezenter Blick in die ungewöhnlich modern ausgestattete Backstube legte deren kompromisslose Sauberkeit offen. Das Zentrum des heimelig dekorierten Kaffeehauses bildete jedoch die Kuchen- und Tortentheke. Ihr Anblick ließ die Herzen der Genießer höher schlagen und die Kurgäste zugreifen. Eva klopfte im Eingangsbereich des Hauses den Schnee von den Stiefeln und Barbara schüttelte die Eiskristalle aus ihrem dunkelblonden Pagenschnitt. Beide überreichten der Garderobenfrau ihre Mäntel und setzten sich in einem der gemütlichen kleinen Räume an einen Fenstertisch. Eva hatte ihre Leidenschaft, den doppelstöckigen Mohnkuchen, bereits geordert, aber Barbara Berger war immer noch unschlüssig. Zögernd legte sie schließlich die Kuchen- und Getränkekarte auf die königsblaue Tischdecke zurück. Sie hatte sich für Tee und einen Diätkuchen entschieden.

Eva war überrascht. »Sind Sie denn wegen einer Erkrankung zur Schonkost gezwungen?«

Frau Berger verneinte. »Ich achte nur sehr auf meine Figur.«

»Mir ergeht es nicht anders«, gestand Eva. »Aber wenn ich Ihnen raten darf: Genießen Sie die Annehmlichkeiten der Kur und kontrollieren Sie sich daheim.«

Barbara Berger war skeptisch. »Das ist leider nicht möglich. Ich bin Wirtschaftsprüferin und kann nicht gleichzeitig arbeiten und fasten. Da streikt mein Gehirn.«

»Machen Sie vielleicht nur heute eine Ausnahme?«

Eine kurze Denkpause folgte. Dann erhob sich Barbara Berger auffallend schnell: »Gut, Sie haben mich überzeugt. Ich nehme Kaffee und sehe mich an der Kuchentheke um.«

Es dauerte wegen des Andranges zwar eine ganze Weile, aber dann wurde Barbara Berger eine Rumtorte serviert, die ihresgleichen suchte. Glücklich saß die Stuttgarterin auf einem weiß-blau gestreiften Sitzkissen. Ihr Kaffee duftete verführerisch und der Alkohol in der Torte lockerte ein wenig die angeborene Zurückhaltung. Hinter den kleinen Fenstern mit weißen, blau gepunkteten Vorhängen begann es schon wieder leise zu schneien. Sie unterhielten sich ziemlich lange und Barbara Berger erzählte ausführlich von ihrem Erlebnis in der Nacht vor dem Tod des Denis Leonhard. Eva war beeindruckt. Ihre Einladung schien sich gelohnt zu haben.

»Haben Sie denn Ihre Wahrnehmung der Polizei mitgeteilt?«

Barbara Berger wehrte ab: »Zum Glück nein!«

Eva war erstaunt. »Warum denn nicht? Vielleicht wäre dies wichtig gewesen.«

»Ich habe diesen Vorfall nur meiner Kosmetikerin Mariana anvertraut«, erzählte Barbara Berger weiter. »Diese versprach mir, einen Kontakt zu einem Rechtsanwalt Dr. Kessler herzustellen, der zufällig ebenfalls im BAYERN-Inn kurt und der gelegentlich das dem Hotel gehörende Kosmetikstudio aufgesucht haben soll. Als Jurist würde er mir sicher den richtigen Rat erteilen. Ich war natürlich einverstanden.«

Eva unterbrach ein wenig ungeduldig. »Wie kam dann dieser Kontakt zustande?«

»Dr. Kessler hat sich mir vorgestellt, als wir beide zufällig am nächsten Tag mit anderen Gästen und Katja, der Personal-Trainerin des BAYERN-Inn, eine Schneewanderung unternahmen.«

Evas Neugierde steigerte sich: »Und wie wertete er den Vorfall?«

Barbara zuckte mit der Schulter. »Er maß ihm, juristisch betrachtet, keine Bedeutung bei. Dennoch riet er mir dringend davon ab, mich der Polizei anzuvertrauen. Es könnte nämlich durchaus sein, dass ich, anstatt einen unbeschwerten Kuraufenthalt zu genießen, nur den unangenehmen Fragen der Mordkommission ausgesetzt bin. Aus beruflicher Erfahrung könne er nicht ausschließen, dass ich sogar mit Verdächtigungen gegen meine Person rechnen müsse.«

Eva fand diese Ansicht ziemlich übertrieben, unterließ aber eine Kommentierung.

»Und warum wechselten Sie schließlich das Hotel?«

Frau Berger zögerte kurz und nahm einen Schluck Kaffee. »Herr Kessler schlug mir vor, möglichst umgehend aus zu checken und die Kur in einem anderen Hotel ungestört fortzusetzen. Er selbst wollte für seine Person gleich von vornherein alle Unannehmlichkeiten ausschließen und sich daher umgehend in das HAUS BERNSTEIN zurückziehen.«

»Ein sehr merkwürdiger Ratschlag«, dachte Eva und fragte nach: »Und diesem Vorhaben schlossen Sie sich an?«

Barbara Berger lächelte verlegen. »Dr. Kessler sagte mir, dass er sich sehr freuen würde, wenn auch ich mich für dieses Haus entscheiden könnte und man sich so wieder träfe. Selbstverständlich war ich da geschmeichelt. Dieser Mann macht auf mich einen hervorragenden Eindruck. Ich habe sogar ganz stark das Gefühl, dass ich ihm nicht gleichgültig bin.«

Eva verstand. »Ja, er ist in der Tat ein beeindruckendes männliches Exemplar.«

Dann fuhr sie fort: »Hatten Sie denn im BAYERN-Inn das Gefühl einer persönlichen Bedrohung?«

»Aber nein«, beeilte sich Barbara Berger zu versichern.

»Ich kure seit Jahren regelmäßig in Bad Füssing und wohnte immer nur im BAYERN-Inn.« Sie senkte die Stimme. »Aber es ist sicher verständlich, dass ich als allein reisende Frau ungern weiterhin in einem Hotel wohnen wollte, in welchem möglicherweise im Appartement gegenüber der Mord an einem Kurgast vorbereitet worden ist. Auch bei dem Gedanken, dass sich der Mörder womöglich immer noch im Hotel aufhält, schauderte ich. Ein weiterer Verbleib stand für mich nicht mehr zur Debatte. Ich nahm Dr. Kesslers Einladung gerne an und zog um.«

Eva lehnte sich auf ihrem gemütlichen Stuhl zurück. Sie war von der Informationsfülle und natürlich auch ein wenig von Dr. Kessler beeindruckt.

Zufrieden stapften die beiden Frauen schließlich nebeneinander durch den knirschenden Neuschnee zurück in das HAUS BERNSTEIN, um sich für das vereinbarte Abendessen mit Dr. Kessler, Maria Werner und Margot Römer ansprechend zurechtzumachen.

Dieses Mal rauschte nur das Duschwasser viel länger als üblich. Eva versuchte, unter dem heißen Wasserstrahl zu kombinieren. Warum rief der Tote unmittelbar vor seinem Hinscheiden zwar den richtigen Namen seines Hotels, nannte aber, wie sie erst seit heute weiß, eine falsche Zimmernummer? Warum ist das erstklassige Personal des sogenannten »Mord Hotels« BAYERN-Inn so hochgradig genervt? Was weiß es? Was verschweigt es? Woran ist es evtl. sogar beteiligt? Eva schüttete großzügig Honigshampoo in ihre dunkelbraun getönten Haare und massierte mit kreisförmigen Bewegungen sehr sorgfältig die Kopfhaut. Im Kopfinneren dagegen kreiselten schwerwiegende Gedanken. Was bedeuten die Geräusche in den frühen Morgenstunden des Todestages von Denis Leonhard? Barbara Berger bewohnte Zimmer 157. Dieses liegt jenem mysteriösen Zimmer 158 gegenüber. Aber kam der Lärm denn tatsächlich aus 158? Andererseits kann die nächtliche Störung unmöglich mit dem Toten im Zusammenhang stehen. Wie Eva nun definitiv wusste, checkte der Schweizer erst sechs Stunden nach diesem Vorfall ein und erhielt Zimmer 118. Oder war sie hinsichtlich der Ankunft nicht richtig informiert? Fragen über Fragen. Sie wollte pünktlich sein, entstieg der Dusche und stand tropfend auf der gelben Badematte. Ihre Gedanken wechselten das Thema. Für diesen Abend, insbesondere aber für Dr. Kessler, sollte ihr Make up professioneller ausfallen. Der glatte Kurzhaarschnitt war für diesen Anlass zu schlicht. Sie frisierte ihr Haar besonders sorgfältig und dann stand sie überlegend vor dem Kleiderschrank. Warum Barbara Berger das Hotel gewechselt hatte war nun klar. Aber warum hielten es auch Maria Werner und Margot Römer für angebracht, das BAYERN-Inn zu verlassen? Was veranlasste aber vor allem Dr. Kessler, beim Eintreffen der Kripo-Sonderkommission sofort umzubuchen? Die Begründung, die er Barbara Berger gegeben hatte, war Eva zu fadenscheinig. Sie fragte sich: »Was muss passieren, damit ein Jurist das Weite sucht?« Noch merkwürdiger: Warum versammelte er alle in einer Gruppe unter seiner ganz offensichtlichen Kontrolle? Da läuteten in Evas Kopf alle Alarmglocken. Möglicherweise war es aber auch nur der Wecker, den sie gestellt hatte, um das Abendessen um 19 Uhr nicht zu versäumen. Pünktlichkeit war nämlich nicht immer ihre Zier.

Die mit dem Durchschnittsalter von Fünfzig schon ein wenig in die Jahre gekommenen Damen der Tischgemeinschaft entstiegen einem Taxi und schwebten gemeinsam, aufgepeppt und stilvoll im Kurrestaurant ein. In diesem hatte Dr. Kessler für 19 Uhr reserviert und erwartete sie bereits. Der Tisch war aufwendig und geschmackvoll dekoriert und auf jedem Gedeck für die Damen lag auf seinen ausdrücklichen Wunsch hin und ohne Rücksicht auf die Jahreszeit eine rote Rose ohne Dornen. Die Mitte des runden Tisches zierte ein sehr auffälliges und wertvoll aussehendes, etwa 28 cm hohes, kunstvoll bemaltes Porzellan-Tanzpaar in Tangopose. Als seine weiblichen Gäste nahten, erhob sich der wendige, große und gut aussehende Mann, ging ihnen entgegen und begrüßte jede einzeln mit angedeutetem Handkuss.

»Was für ein Gentleman!« Eva lächelte in sich hinein. Dann rückte er jeder Frau den Stuhl zurecht und verkündete, noch ehe er selbst neben Barbara Berger Platz genommen hatte, dass er sich diese passende Gelegenheit nicht entgehen lassen möchte, um die Damen als seine Gäste zum Abendessen einzuladen. Die bewundernden Blicke der Frau Berger und die anhimmelnden der Maria Werner umschmeichelten ihn. Ein Schatten huschte daraufhin über Margot Römers schmales Gesicht.

Aus dem Abend der großen Erwartungen wurde ein Abend der Gaumenfreuden. Aber wenn Eva Bauer geglaubt hatte, nun auch Dr. Kessler ungeniert befragen zu können, hatte sie sich gewaltig geirrt. Dabei hatte alles so spannend begonnen. Das Menue war in Evas Fall wieder vegetarisch und schmeckte außergewöhnlich gut. Mehrfach hatte sie versucht, das Tischgespräch auf das BAYERN-Inn zu lenken, aber Dr. Kessler erwies sich als äußerst gewiefter Stratege. Er wich ihren Fragen überlegen aus und Eva wurde bald klar, dass dieses Thema in seiner Gegenwart tabu sein musste, damit sie nicht selbst in den Verdacht kam, ein persönliches Interesse zu verfolgen. Der grauhaarige, zurückhaltende

Mann mit den klugen Augen wurde für sie von Minute zu Minute interessanter. Eva begann ihn genau zu studieren. Schließlich entschloss sie sich, in die weibliche Trickkiste zu fassen und Harmlosigkeit vorzutäuschen: »Waren Sie schon öfter hier im Ort zur Kur, Dr. Kessler? Und wie kommen Sie mit dem Thermalwasser zurecht?«

Bedächtig nahm der Angesprochene zuerst einen Schluck Wein, dann blickte er sie aufmerksam an: »Ja, ich war schon öfter in verschiedenen Kurorten. Man muss einen Überblick bekommen, welches Wasser und welches Klima man am besten verträgt.«

Eva bewunderte seine Diplomatie und hörte aufmerksam zu, was er zu Bayerns unterschiedlichen Thermen und ihre gesundheitliche Bedeutung zu sagen wusste. Dann entstand eine Pause, die Eva umgehend nutzte.

»Sind Sie noch berufstätig oder privatisieren Sie?«

Seine Miene blieb undurchsichtig. Er senkte den Blick und schob in aller Ruhe mit dem Messer die restlichen Gemüsestückchen auf seine Gabel. Margot Römer saß zu seiner linken Seite und sah ihn sehr aufmerksam an. Er blieb undurchschaubar: »Ich will mich nicht auf das Golfen und Thermalbaden beschränken, aber permanent im Arbeitsleben möchte ich auch nicht mehr stehen.« Eva brauchte einen kleinen Anlauf. Sie holte tief Luft und zog nach: »Sind Sie etwa alleinstehend?« Wie auf Kommando hefteten sich alle Blicke auf ihn. Er tat, als bemerkte er es nicht, schob sein Besteck zur Seite und philosophierte: »Man ist selten ganz allein. Nahestehende Menschen gibt es meist immer. Wirklich allein könnte man nur sein, wenn man diesen Zustand absichtlich anstrebte.« Margot Römer richtete sich auf und musterte ihn forschend. Sein Gesicht zeigte keine Regung und eine nachdenkliche Gesprächspause trat ein. Er schien die Absicht zu haben, sein Privatleben mit allen Mitteln zu verschleiern. Aber warum? War er womöglich verheiratet und musste einen Skandal vermeiden oder wollte er sich nur aufdringliche Frauen vom Leibe halten? Evas prüfender Blick in die Runde ergab, dass Barbara Berger und ganz besonders Maria Werner diese Frage liebend gerne beantwortet gesehen hätten, während der Blick Margot Römers zu Boden gesenkt war und ihre Finger eine Serviette zerknüllten.

Der Abend ging um 22.30 Uhr zu Ende. Schlagartig leerte sich das voll besetzte Restaurant. Dr. Kessler beglich die Rechnung und geleitete seine Gäste sicher auf dem zwischenzeitlich schneefreien Gehweg zurück in das belebte, warme Foyer des Vier-Sterne-Hotels HAUS BERNSTEIN. Dort sah er jeder der vier Frauen charmant in die Augen. »Ich bedanke mich sehr für den schönen Abend in Ihrer angenehmen Gesellschaft.«

Eva hätte wetten mögen, dass der auf sie gerichtete Blick ziemlich amüsiert war. Er hatte sie ganz offensichtlich ausmanövriert und freute sich darüber.

»Und wir bedanken uns für Ihre Einladung«, entgegnete die grauhaarige, ein wenig herb wirkende Maria Werner unverhohlen angetan. Dann reichten sich alle zum Abschied die Hand. Nur der Händedruck zwischen Dr. Kessler und Frau Römer schien Eva seltsam oberflächlich zu sein. Aber unbestritten ist, dass Eva Bauer schon oftmals irrte.

Zum Ausklang dieses Abends kuschelte sich Eva erneut in ihre weiche Lieblingsdecke im auffallenden Schottenkaro und lümmelte wie am Vorabend auf der bequemen breiten Sitzbank am Fenster ihres Hotelzimmers. Dieses Mal schneite es nicht Die Nacht war sternenklar und sie hatte freie Sicht auf die geheimnisvolle dunkle Silhouette des BAYERN-Inn. Wenn dieses Hotel tatsächlich etwas verbirgt, wird sie es finden. Dessen war sie sich beinahe sicher.

Ein neuer Tag war angebrochen. Eva war alles andere als eine Frühaufsteherin. Aber sie hatte sich schließlich überwunden und nach dem Motto »Der frühe Vogel fängt den Wurm« bereits um sieben Uhr in der großzügig gestalteten und durch drei Treppenstufen höher gelegten Leseecke im BERNSTEIN - Foyer Platz genommen, von der aus auch der Frühstücksraum gut eingesehen werden konnte. Ohne Zweifel hatte sie einen perfekten Beobachtungsposten gewählt. Sie gähnte noch ziemlich unausgeschlafen hinter vorgehaltener Hand und der aktuellen Passauer Neuen Presse vom Dienstag, dem 10. November. Mittlerweile hatte sie bereits alle lokalen Zeitungen vergeblich auf Informationen zum Mordfall Denis Leonhard durchgeblättert. Nun lehnte sie sich zufrieden auf ihrem Stuhl zurück und genoss die angenehme Atmosphäre des Hauses. Sie blickte sich um. Alle anwesenden Gäste hatten eine Lektüre zur Hand und waren darin vertieft. Aber eine Person, die nur wenige Tische von ihr entfernt saß, las in einer auffallend hoch gehaltenen Zeitung, als wollte sie sich hinter dieser verbergen. Eva hatte ein fotografisches Gedächtnis und sah nun genauer hin. Die sichtbaren Körperteile konnten nur zu Margot Römer gehören. Plötzlich hellwach und ziemlich neugierig geworden, blätterte Eva noch bis 7.30 Uhr in verschiedenen Gazetten und blickte dazwischen immer wieder auf Margot Römer, deren Körperhaltung sich kaum veränderte.

Punkt sieben Uhr dreißig trafen am gewohnten Tisch im Frühstücksraum Maria Werner und Barbara Berger ein. Dr. Kessler unterhielt sich währenddessen im belebten Foyer ziemlich angeregt mit einer überstylten, übermäßig geschminkten, wasserstoffblonden Frau im Look der Marylin Monroe, deren aufdringliches Gelächter störend bis in den letzten Winkel, auch den der Leseecke, drang. Die »Süddeutsche« vor dem Gesicht Margot Römers sank schlagartig. »Die Welt« auf dem Tisch Eva Bauers schnellte hoch und Margot Römer erhob sich gelassen. Sie postierte sich ruhig neben Dr. Kessler und hakte sich vertraut bei ihm unter. Dann blickte sie herablassend auf sein weibliches Gegenüber und höhnte: »Selbst wenn Sie diesen Mann bis zum St. Nimmerleinstag verfolgen, Gnädigste, Ihr Schnabel bleibt trocken.«

Kesslers Haltung war bewundernswert. Mit einer kleinen Geste der Verabschiedung zur überraschten und nun verstummten Blondine wandte er sich ab und schritt mit undurchsichtiger Miene – und Margot Römer am Arm – in den Frühstücksraum. Barbara Berger und Maria Werner blickten ihnen bereits neugierig entgegen.

Einer spontanen Eingebung folgend erhob sich auch Eva Bauer.

»Bitte entschuldigen Sie, dass ich Sie anspreche«, wandte sie sich an die zur Salzsäule erstarrte, ca. 55-jährige Frau: »Sind Sie etwa auch eine Bekannte Dr. Kesslers?« Ein intelligenterer Gesprächseinstieg war Eva auf die Schnelle nicht eingefallen.

Die Blondine seufzte und strich mit der Hand über die kunstvoll aufgesteckte Mähne: »Ich war jahrelang seine Mandantin und würde ihn gerne auch privat näher kennenlernen. Er weiß das auch. Aber dieses penetrante Weib verhindert regelmäßig, dass er mehr als nur einen persönlichen Satz mit mir spricht.«

Der etwas ordinär aussehende, aber dennoch echte und offenbar sehr teure Ohrschmuck funkelte im empörten Zucken ihres Kopfes. »Sie muss von meinen Gefühlen für ihn im indiskreten Kosmetikstudio des BAYERN-Inn erfahren haben, das ich regelmäßig aufsuche. Dort lässt sich diese unverschämte Person leider ebenfalls behandeln.«

Die Gekränkte wandte sich grußlos ab und Eva sah ihr nach. Eine Serviererin ging in diesem Moment vorüber und Eva berührte spontan deren Arm: »Bitte verraten Sie mir doch wie diese Dame heißt.« »Das ist Johanna Bi. Ländinger.«

»Gut«, dachte Eva, »den Namen werde ich mir merken. Im Kosmetikstudio des BAYERN-Inn laufen scheinbar interessante Informationen zusammen. Ich werde wohl nicht umhin kommen, es mit einem Besuch zu beehren. Und das gleich nach dem Frühstück.«

Von dieser Absicht erwähnte Eva auch gegenüber der Frau Berger kein Wort, als sie einvernehmlich mit der Gruppe frühstückte.

Kessler wirkte irgendwie abwesend und verhielt sich auffallend distanziert. Kein Wunder, nach dieser Blamage!

Eva grübelte beim Kaffee der Frage nach, was der Auftritt der Römer bedeuten könnte und warum sich Kessler nicht zur Wehr gesetzt hatte. Aber Dr. Kesslers zwischenmenschliche Beziehungen sollten ihr gleichgültig sein. Der ihr intern erteilte Auftrag lautet, ausschließlich den Tod des D. Leonhard inoffiziell aufzuklären.

Nachdem die Gruppe noch rasch auf die Anregung Frau Römers hin vereinbart hatte, sich bereits um 18 Uhr zum gemeinsamen Abendessen im Restaurant des BERNSTEIN einzufinden und im Anschluss daran ein Tanzlokal aufzusuchen, ging man auseinander.

Dr. Kessler wirkte plötzlich besänftigt. Er war wieder ganz der interessierte Kavalier, der seine Tischdamen nun höflich in das Foyer des BERNSTEIN begleitete und dann allein in den Lift stieg.

Das Kosmetikstudio im BAYERN-Inn war ein hoteleigener Betrieb und befand sich im ausgedehnten, bis ins Detail ausgeklügelten Wellnessbereich, der im Sommer in den idyllischen Garten mündete. Im Treppenhaus des Hotels musste man nur dem angenehmen Parfumduft folgen, der wie ein Wegweiser in die phantasievolle Schönheits-Traumwelt lockte, die allerdings ihre Werbeversprechen nicht immer hielt.

Ein auffallender Empfangstisch im Empire-Stil mit Flakons und eingerahmt von überladenen Kosmetikregalen signalisierte der Kundschaft, dass sie angekommen war. Eva sah sich um. Überraschend und zu ihrer großen Freude zeigte eines der riesigen Werbe-Poster an den Wänden ihre Nichte Lea als amtierende Bayerische Jugendmeisterin im Damen-Golf, die neben ihrer Schwester Luca einen Golfball einlocht. Stolz betrachtete Eva die kunstvolle Aufnahme. Dann wandte sie sich höflich der Kosmetikerin zu, die abwartend herangetreten war: »Guten Tag! Sie und das Studio sind mir sehr empfohlen worden.«

Das übertriebene Make-up der Angesprochenen erstrahlte und Eva fuhr fort.

»Ich bin heute zum Abendessen eingeladen und möchte dem Mann gerne in Erinnerung bleiben. Haben Sie zufällig einen Termin frei?«

»Aber ja, vor wenigen Minuten wurde der jetzige gecancelt.«

Eva nickte erfreut und die junge Frau stellte sich vor: »Ich bin Mariana und arbeite schon über ein Jahr in diesem wunderbaren Haus.«

Eva nannte ihren Namen und fragte: »Reicht die Zeit für eine Ganzkörper-Behandlung?«

Mariana blätterte im tibetisch bebilderten Terminplaner und nickte. »Wir beginnen mit einer kleinen, auflockernden Massage.«

Eva entkleidete sich teilweise und schwang sich in den ergonomisch ausgerichteten Behandlungsstuhl.

Als Mariana zwei Stunden später die Gesichtsbehandlung zelebrierte, war Eva trotz der einschläfernd wirkenden, fernöstlich klingenden Hintergrund-Entspannungsmusik hellwach und kannte nun den internen Klatsch des letzten halben Jahres aus dem BAYERN INN und ebenso den aus dem Kurort. Mariana berichtete sogar von Vorkommnissen, die lange vor ihrer Zeit im Hotel stattgefunden hatten. Diese Informationen hatte sie von zwei indiskreten weiblichen Angestellten aus der Chefetage des BAYERN-Inn erhalten und mit Gratisbehandlungen, die von der Geschäftsleitung ausdrücklich untersagt waren, belohnt.

Eva war von der grünen Algenmaske begeistert und unter dieser schwer erschüttert.

Wie Dreißig aussehend traf sie danach in ihrem Hotelzimmer im BERNSTEIN ein, setzte sich an den Schreibtisch und versandte folgende E-Mail an ihre Auftraggeber:

»Liebe Gastro- und Geschäftsfreunde, in der Tat haben wir uns nicht umsonst Sorgen gemacht. Es ist sehr wichtig, der Sache um unser BAYERN-Inn umfassend auf den Grund zu gehen. Die Informationen, die ich gestern und vor allem heute Vormittag gesammelt habe zeigen, dass unsere geheimen Befürchtungen noch übertroffen werden könnten. Beste Grüße, Eva.«

Sie klappte das Notebook zu und warf einen Blick auf ihre dekorative Armbanduhr. Für ein Mittagessen an diesem Dienstag war es schon ein wenig spät. Aber für einen schnellen Snack reichte die Zeit noch. Eva bestellte im hauseigenen Restaurant des BERNSTEIN eine Gemüseplatte mit einem kleinen, alkoholfreien, bayerischen Bier.

Während sie interessiert die Details der ungewöhnlichen Innenausstattung bewunderte, wankte plötzlich ein kreidebleicher Dr. Kessler im exakt sitzenden grauen Trainingsanzug durch die Verbindungstüre aus dem Foyer herein. Er blickte sich suchend um, stürzte auf Eva zu und ließ sich neben ihr auf einen Stuhl fallen.

»Ich hatte sehr gehofft, Sie hier anzutreffen«, keuchte er.

Eva konnte das nicht glauben. »Mich?«

»Exakt Sie!«

»Wie das?«

Sie wartete vergeblich auf die Beantwortung dieser Frage. Stattdessen zog er ein Handtuch aus der Badetasche und trocknete sein erschöpft wirkendes Gesicht.

»Ich komme soeben vom Kurmittelhaus. Denken Sie nur! Der Bademeister, der das Mordopfer Denis Leonhard hatte retten wollen, ist vor einer halben Stunde an gleicher Stelle tot am Beckenrand der Therme zusammengebrochen! Was sagen Sie zu dieser Parallele?«

»Das kann kein Zufall sein«, murmelte Eva fassungslos und Kessler nickte zustimmend. »Das meine ich auch. Da muss es einen Zusammenhang geben. Nur welchen?«

Dr. Kessler war schwer mitgenommen: »Ich denke, dass der Bademeister über irgendwelche Informationen, den Tod des Herrn Leonhard betreffend, verfügte und nun – von wem auch immer – aus dem Weg geräumt wurde.«

Eva wollte sich keiner Spekulation öffnen. »Das kann natürlich sein, aber sollte man nicht zunächst das Ergebnis der Obduktion abwarten?«

Kessler nickte. »Natürlich, aber dennoch muss man befürchten, dass jede weitere Person, die möglicherweise über interne Informationen zum Mordfall Leonhard verfügt oder etwas ahnt, demnächst über die Klinge springt.«

Eva wollte ihn beruhigen, aber Kessler fuhr fort: »Ich persönlich glaube ja nicht, dass Herr Leonhard seine ausschlaggebende Verletzung im BAYERN-Inn erhielt. Ich vermute vielmehr ein Vorkommnis in der Therme selbst. Das würde auch zu meiner Theorie um den Tod des Bademeisters passen.«

Dr. Kessler schien sich wieder zu fassen. »Welche Meinung vertreten Sie, Frau Bauer?«

Eva war ein wenig verwirrt. »Ich verstehe nicht ganz was Sie meinen.«

Dr. Kessler sah sie sehr nachdenklich an und erhob sich. »Wir sehen uns dann beim Abendessen wieder.«

Eva war merkwürdig berührt. Nach außen wirkte sie zwar cool, aber innerlich tobte ein Sturm. Sie war am Sonntag wegen der Aufklärung des Todes von D. Leonhard angereist und nun hatte sich nur zwei Tage später ein weiterer, sehr ähnlicher Vorfall ereignet. Hatte der Bademeister über eine Information verfügt, die den Tod von Denis Leonhard betraf? War ihm das nun selbst zum Verhängnis geworden?

Eva brauchte dringend frische Luft. Obwohl bereits tief hängende Wolken den Himmel verbargen und damit baldigen Schneefall ankündigten, wanderte sie mit Schal und Mütze vermummt durch den verschneiten Kurort. Sie begegnete nur wenigen Gästen, da Winterkuren nicht so populär waren wie die im Sommer. Ihr persönlich sagte das heiße Thermalwasser in der kalten Jahreszeit sehr zu.

Während sie noch über die unerhörten Neuigkeiten aus dem Kosmetikstudio nachsann und in Grübeleien um den Tod des bedauernswerten Bademeisters versunken dahin schritt, überholte sie zwei Männer, die heftig debattierend stehen geblieben waren. Sie blickte kurz auf und zuckte erschrocken in den hohen Kragen ihres Mantels zurück. Das waren doch Fritz Krenner, der Direktor des BAYERN-Inn, und sein Restaurantleiter Siegel. Warum stritten sie sich auf offener Straße?

Der erwartete heftige Schneefall setzte ein und sie kehrte hastig um. Im Hotelzimmer beschloss Eva, sich in aller Ruhe für das Abendessen umzukleiden. Auf die Dusche wollte sie aus purer Eitelkeit verzichten. Dadurch hatte das kunstvolle Make-up aus dem Kosmetikstudio und damit ihr gutes Aussehen eine Chance, den Abend zu überleben. Ziemlich eitel stand sie einige Sekunden länger vor dem Spiegel als üblich und bedauerte, dass es Mariana nicht gelungen war, auch noch die überflüssige Stirnfalte weg zu zaubern.

»Aber wem sollte die schon auffallen?«, dachte sie. Die Frauen ihrer Gesellschaftsrunde im BERNSTEIN waren selbst nicht mehr taufrisch und es gab keinen Grund, für Dr. Kessler interessant zu sein. Eva errötete. Oder etwa doch?

Das Abendessen sollte heute im Restaurant des BERNSTEIN

stattfinden. Da das Haus nicht völlig ausgebucht war, blieben genügend ansprechende Tische zur Wahl. Zum Glück! Denn Dr. Kessler hatte vergessen, reservieren zu lassen. Dies war sicher ziemlich ungewöhnlich für ihn, aber nach dem Vorfall in der Therme auch irgendwie verständlich.

Die Gruppe saß nun an einem üppig dekorierten Tisch am großen Fenster und hatte einen ungetrübten Blick auf die wunderschön beleuchtete Kulisse Bad Füssings mit seinen Hotels, Pensionen, Kaufhäusern und Privatunternehmen. An der Wand gegenüber loderten sehr stimmungsvoll die elektrischen Flammen in einer Kamin-Attrappe und verbreiteten ein Gefühl der wohligen Wärme. Es hätte alles so schön sein können. Die vier Frauen waren im Hinblick auf das zu erwartende anschließende Tanzvergnügen absichtlich overdressed und sahen nun wesentlich jünger, forscher und unternehmungslustiger aus. Das Umfeld passte vorzüglich, aber die Stimmung am Tisch ließ dank Dr. Kessler bald zu wünschen übrig. Er hatte sich offensichtlich wieder gefangen. Unbeeindruckt dozierte er während des Abendessens über die Entstehung des Kurortes und gab Anekdoten zum Besten. Vor allem aber: er ließ niemand zu Wort kommen. Frau Römer hörte höflich zu, stocherte in ihrem Gemüse und starrte hin und wieder in Gedanken verloren aus dem Fenster. Barbara Berger und Maria Werner genossen das Abendessen und lauschten höflich interessiert seinen Erzählungen. In Wahrheit verschwendeten beide aber mehr Aufmerksamkeit an seine tadellos gekleidete Person als an den Inhalt seiner Worte. Eva Bauer hingegen bewunderte die Fassung, die Kessler so schnell wieder erlangt hatte. Jeder vermied jedoch, über den verblichenen Bademeister zu sprechen. Dieser wurde im wahrsten Sinne des Wortes totgeschwiegen.

Nach der Beendigung des Abendessens brachen sie auf, um endlich den vereinbarten Tanzabend zu genießen. Vor der Hoteltüre war bereits ein gepflegter Kleinbus der Firma Fahrdienste

H. Peter aus Pocking vorgefahren. Das einige Kilometer entfernte Tanzlokal war schnell erreicht und sie betraten erwartungsvoll das von Kurgästen und Einheimischen gleichermaßen äußerst gern und stark frequentierte PARADISO.

Der herbeigeeilte Kellner schien Dr. Kessler gut zu kennen und geleitete seine Gäste an einen bevorzugten Tisch, von dem aus das gesamte voll besetzte Lokal ziemlich gut überblickt werden konnte, soweit dies das gedämpfte Licht zuließ.

Überrascht starrte Eva auf die riesige Wand hinter der weiß gekleideten Vier-Mann-Tanzkapelle, die großformatig über die gesamte Fläche bemalt und indirekt angestrahlt war. Sie stellte im Großen exakt dasselbe auffällige Tanzpaar dar, das den Tisch beim gestrigen Abendessen im Kurrestaurant in der Porzellanausführung geziert hatte. Die Stimmung stieg und eine erwartungsvolle Spannung legte sich über die Gäste. Da verstummte die Musik wie auf ein geheimes Zeichen und dann erklang zu Dr. Kesslers Begrüßung ein Tangooo...

Der Geehrte schmolz dahin, erhob sich freudestrahlend und grüßte dankend in die Richtung des Kellners. Dieser lächelte verschmitzt zurück. Eva war überrascht. Was bedeutete diese offenkundige Ehrerweisung? Mit verklärtem Gesicht trat Dr. Kessler an den Rand der Tanzfläche und beobachtete mit Kennerblick die spontane Tanzeinlage des hiesigen Tangoclubs.

Ein anderer, fast gleichaltriger und ebenfalls ziemlich gut aussehender Mann tauchte währenddessen unvermittelt aus dem roten Schummerlicht auf und nutzte seine Chance. Er verneigte sich vor Margot Römer und bat sie um diesen Tanz. Maria Werner blickte erstaunt auf das Paar, aber Eva und Barbara überraschte das ganz und gar nicht. Margot Römer war eine schlanke, schwarzhaarige, auffallende Frau um die Achtundvierzig, die offenbar ziemlich viel wertvollen Schmuck besaß und dies auch gerne zeigte. Sie wandte sich dem Kavalier sofort zu und zum ersten Mal an diesem Abend zog ein Lächeln über das schmale, schöne Gesicht, so als hätte sie soeben einen lieben Bekannten getroffen. Dann folgte sie ihm in ihrem eng anliegenden, aufreizenden roten Kleid auf sehr hohen Absätzen – knapp an Dr. Kessler vorbei – auf die Tanzfläche. Dessen Mimik verfinsterte sich spontan.

Als Frau Römer von ihrem Verehrer an den Tisch zurückgebracht wurde, erhob sich Kessler von seinem Stuhl und fauchte ihn in Augenhöhe an: »Scheren Sie sich zum Teufel und suchen Sie Ihre Opfer woanders. Die Damen in meiner Gesellschaft sind für Sie tabu!«

Ungerührt verbeugte sich der Beschimpfte vor seiner Tanzpartnerin und verließ seelenruhig die Szene.

Frau Berger und Frau Werner schauten sich entgeistert an. War das der immer höflich auftretende Dr. Kessler? Was war denn in den gefahren?

Kessler wandte sich Frau Römer zu und herrschte sie an: »Haben Sie denn immer noch nicht bemerkt, dass dieser Kerl nur an Ihrem Schmuck interessiert ist? Der weibliche Instinkt und Ihre berufliche Erfahrung sollten Sie schon längst gewarnt und Ihnen gesagt haben, dass es sich bei diesem aufdringlichen Mann um einen Heiratsschwindler handelt!«

Frau Römer antwortete nicht.

Der Kellner erschien mit den bestellten Getränken und Dr. Kessler übernahm die Zeche.

Die eisige Stille am Tisch war nur durch die fetzige Tanzmusik erträglich. Um die Situation zu entschärfen, erhob sich Kessler, knöpfte sein Jackett zu und bat Frau Römer, als Friedensangebot sozusagen, um den nächsten Tanz. »Sie haben mich soeben vor Heiratsschwindlern gewarnt«, biss sie zurück. »Ich werde dies beherzigen und muss daher künftig auch Ihnen einen Korb geben.«

Drei imaginäre, große Fragezeichen schwebten über den anderen weiblichen Köpfen. Was wollte Frau Römer damit sagen?

Nach langen Minuten des erneuten Schweigens und eines dadurch entstandenen unguten Gefühls in der Runde fragte Dr. Kessler, ob man diesen Abend aus Pietätsgründen mit Blick auf den neuen Mordfall – diesmal am Bademeister – gemeinsam abbrechen und bei besserer Gelegenheit nachholen sollte.

Die am Streit unbeteiligten und immer noch tanzwilligen Frauen erstarrten. Das konnte doch wohl nicht wahr sein? Das durfte nicht wahr sein! Da hatten sie sich sorgfältig gestylt, verjüngt, mit Hilfsmitteln an der Figur gemogelt, sich gefreut und nun sollte das vielversprechende Tanzvergnügen zu Ende sein noch bevor es begonnen hatte? Und das alles wegen dieses streitsüchtigen Paares! Die drei waren über den neuen Mord zwar entsetzt und bedauerten den Bademeister zutiefst, aber sie stimmten dem gemeinsamen Abbruch des Tanzabends auffällig zögernd, sichtbar enttäuscht und schwer verärgert zu. Sie hätten zwar auch allein im Lokal zurückbleiben können. Aber die Stimmung war nun dahin. Der Abend hatte versprochen, möglicherweise sehr schön zu werden. Mit dieser Variante hier hatte aber niemand gerechnet. Eva konnte noch rasch mit Barbara Berger vereinbaren, gegen 15 Uhr des morgigen Mittwochs erneut gemeinsam in das intime Kaffeehaus zu wandern und auch Frau Werner einzuladen. Eva durfte schließlich trotz allem auf keinen Fall das eigentliche Ziel ihres Aufenthaltes in Bad Füssing aus den Augen verlieren.

Bei der gemeinsamen schweigsamen Rückfahrt kurz vor 22 Uhr überholte der Fahrer der Fahrdienste H. Peter im einsetzenden Schneegestöber eine dunkle Limousine, die soeben in die Auffahrt des sogenannten »Mord-Hotels« BAYERN-Inn einbog. Eva erkannte erschrocken das Schweizer Kennzeichen des ermordeten Denis Leonhard und sackte in ihrem Sitz zusammen. Ihr Herz raste. Was mochte denn das bedeuten?

Es wurde eine lange Nacht. Eva war in Vermutungen und im duftenden Ölbad versunken. Draußen schneite es weiterhin sehr heftig. Sämtliche Informationen, die dieser aufregende Dienstag gebracht hatte, warfen nur neue Fragen auf. Auf keine konnte sie eine klare Antwort finden. Alles war nur noch unübersichtlicher geworden. Was bedeutete der Tod des Bademeisters? Stand er mit dem möglichen Mord an Denis Leonhard in Verbindung?

Die Turmuhr der nahen Kirche schlug monoton, mit tiefem Klang und gut hörbar 23.45 Uhr. Im Raum war eine merkwürdige Atmosphäre entstanden. Eines der Kerzenlichter am breiten Wannenrand zu Evas Füßen begann unruhig zu flackern ... und erlosch schließlich. Kurz tauchte vor ihrem inneren Auge das ernste Gesicht Dr. Kesslers auf. Sein Blick schien merkwürdig starr zu sein. Die Temperatur im Raum war gesunken ... und im warmen Badewasser wurde Eva von einer Gänsehaut überzogen. Sie trocknete sich rasch ab. Ihr schwante Schlimmes. Und sie sollte Recht behalten.

Am Mittwoch, den 11. November, sechs Uhr früh, traf folgende e-mail ein:

»Hallo Eva, wir konnten endlich auf Umwegen an Leonhards Obduktionsbefund gelangen. Der Bademeister hat sich nicht verhört. Es war kein Unfall sondern tatsächlich Mord. Denis verstarb in der Therme an einer Kopfverletzung, die ihm bereits vorher zugefügt worden war. Wir vermuten, dass dies noch im BAYERN-Inn geschehen sein muss. Näheres mündlich. Liebe Grüße und viel Glück, Hans.«

Damit war zumindest diese Frage geklärt.

Bis zuletzt hatte Eva immer noch auf die Unfallversion gehofft. Sie schlüpfte in das angenehm warme Bett zurück und während sie gedanklich den gestrigen Dienstag noch einmal ablaufen ließ, fiel ihr eine Ungereimtheit auf. Warum hatte Dr. Kessler gestern

Nachmittag unter dem Eindruck des scheinbar neuen Mordes betont, dass er nicht an eine ausschlaggebende Verletzung des Denis Leonhard im BAYERN-Inn glauben will, sondern eine solche im Umfeld der kommunalen Therme vermutet? Warum, woher und seit wann wusste er als völlig Unbeteiligter, dass sich diese Frage überhaupt stellt?

Eva nahm sich vor, ihm bei nächster Gelegenheit gehörig auf den Zahn zu fühlen. Aber zunächst hatte sie keine Lust, an diesem Morgen die Gruppe zu treffen und diesen rätselhaften Dr. Kessler und die aalglatte Margot Römer zu ertragen.

Sie bestellte das Frühstück in ihr Zimmer. Während sie im flauschigen, zartgrünen Bademantel um neun Uhr ihren geliebten Filterkaffee und ein dick belegtes Käsebrötchen genoss, sondierte sie. Es schien immer alles auf das BAYERN-Inn hinauszulaufen. Das Kosmetikstudio mit Marianas Indiskretion spielte dabei eine merkwürdige Rolle. Gedanklich wiederholte Eva die von Mariana erhaltenen Informationen: Da soll unter dem Personal des BAYERN-Inn die Meinung vorherrschen, dass mit Direktor Fritz Krenner irgendetwas nicht mehr in Ordnung ist. Seit Wochen verhalte er sich auffallend launisch und extrem cholerisch. Er habe angeblich völlig grundlos zuerst seine tüchtige Sekretärin und anschließend die verlässliche Hausdame gefeuert. Den umsichtigen Restaurantchef und möglicherweise sogar den unentbehrlichen Küchenchef hat er bereits im Visier. Im Hotel war sogar ein Detektiv tätig. Seinen Auftraggeber konnte man aber trotz größter Mühe nicht eruieren. Wen er observiert hat wisse man auch nicht. Der Mann sei aber auffallend oft ziemlich ungeniert beobachtend im Restaurant oder im Foyer gesessen. Der Direktor habe ihn sogar zweimal hinauswerfen lassen. Man munkelt, dass da etwas nicht ganz korrekt läuft. Dies entnahm man einem Gespräch, das im Geheimen zwischen dem Beiratsvorsitzenden Dr. Luchs und Direktor Fritz Krenner stattfand, das aber dennoch in groben

Zügen von der Sekretärin erlauscht und unter dem Siegel der allergrößten Verschwiegenheit an Mariana weitergesagt werden konnte. Während der straffenden Gesichtsmassage hatte Eva das Gespräch auf Dr. Kessler gelenkt und damit Marianas überschwängliche Begeisterung ausgelöst. Beinahe jede Frau in ihrer Behandlung erkundige sich nach Dr. Kessler. Wie Mariana bereits im Hause erfahren habe, sei er einer der treuesten Stammgäste überhaupt. Er kure seit Jahren regelmäßig nur im BAYERN-Inn und war sogar in ihrer kosmetischen Behandlung. Sie habe ihm bei seinem letzten Besuch im Studio auch ein wenig vom Klatsch erzählt. Über diesen sei er aber sehr schwer verärgert gewesen und als die Sache mit dem Mord passierte, zog er tags darauf aus. Ob Dr. Kessler verheiratet ist, wisse sie leider nicht. Eher nein, denn er habe sehr gerne mit ihr geflirtet, wenn sie ihm zufällig im Hotel begegnet sei. Kleine Ermutigungen von ihrer Seite hat er allerdings nicht verstanden. Denn mit Sicherheit ist Dr. Kessler in Bezug auf Frauen ein schüchterner Mann! Bei dieser Feststellung hatte Mariana mit der Maniküre innegehalten und war unter der dick aufgetragenen Schminke erkennbar errötet.

Eva schwenkte zurück in die Gegenwart, bestrich das letzte Brötchen und rief sich selbst zur Ordnung. Sie musste ihre Gedanken systematisch sortieren. Für Spekulationen durfte kein Platz sein. Und auf keinen Fall sollte sie jede Information, Indiskretion und Ungereimtheit dieser Tage mit dem Mordfall Denis Leonhard in Verbindung bringen. Eine Parallele zwischen den Todesfällen von Leonhard und dem Bademeister war zwar nicht von der Hand zu weisen. Aber genauso gut konnte alles auf reinen und nichts zu bedeutenden Zufall zurückzuführen sein. Sie könnte nur allzu rasch Opfer ihrer eigenen, ziemlich ausgeprägten Phantasie werden. Aber andererseits könnte gerade eine überhörte oder nicht beachtete Kleinigkeit des Rätsels Lösung sein.

Eva streckte sich nach dem Frühstück, immer noch ein wenig

müde, gemütlich im überdimensionalen Fernsehsessel aus, kippte ihn in die Entspannungslage nach hinten und ließ ihren Blick durch das Zimmer schweifen.

Nach dem entspannt verbrachten Vormittag und einem kurzen Nickerchen zwischendurch schaltete sie gegen elf Uhr den großen Flachbildschirm ein und erhielt einen kräftigen Adrenalinstoß. Unvermittelt sah sie die drei berühmten Thermen Bad Füssings aus der Vogelperspektive sowie eine Ansicht und Übersicht des gesamten Kurgebietes mit seinen Bauten, Wanderwegen und Sportmöglichkeiten. Eva schnellte hoch und stellte das Gerät auf laut ...und nochmals lauter. Soeben hörte sie den Sprecher sagen: »...wurde nun scheinbar auch ein Bademeister ermordet. Nach Auskunft der Kurverwaltung Bad Füssing hatte er einen äußerst mysteriösen allergischen Schock erlitten. Ein Zusammenhang mit dem Mord an dem Schweizer Geschäftsmann Denis Leonhard kann nicht ausgeschlossen, muss jedoch derzeit noch überprüft werden.« Dann folgte eine nicht kommentierte und für sich sprechende Frontansicht des BAYERN-Inn, ein Schwenk der Kamera auf die fünf goldenen Sterne neben der feudalen Eingangstüre und ... die Großaufnahme eines Fensters, hinter dessen Seidenvorhängen sich der Hotelmanager und eine weibliche Person unbeobachtet glaubten. Eva Bauer erkannte Marlene, die Ehefrau des ermordeten Denis Leonhard und sprang mit einem Satz aus dem Sessel. Aus der Traum, die Realität und die Arbeit hatten sie wieder.

Eva wollte reden. Und diesem Bedürfnis musste sie umgehend nachkommen. In der vagen Hoffnung, evtl. Barbara Berger im Hotel anzutreffen, kleidete sie sich rasch an und wurde nicht enttäuscht. An einem abseits gelegenen Tisch im BERNSTEIN-Restaurant schienen Barbara Berger und Maria Werner in eine Debatte vertieft zu sein. Beim Anblick der herankommenden, jüngeren Eva Bauer, setzte Frau Werner eine abweisende, genervte Miene auf. Sie wollte erkennbar nicht gestört werden, aber die selbstbewusste Barbara Berger ging darüber hinweg. Mit einer Handbewegung zum freien Stuhl forderte sie Eva auf, sich zu ihnen zu setzen. Die beiden hatten scheinbar nur eine Kleinigkeit zu Mittag bestellt und Eva hatte ebenfalls keine Lust auf ein Tages-Menue. Sie entschied sich für einen Salatteller vom Buffet mit Toast und dem obligatorischen kleinen, alkoholfreien bayerischen Bier.

Eva hatte sich wieder beruhigt und wandte sich an Barbara: »Das war doch gestern ein seltsamer Abend, finden Sie nicht auch? Wie bewerten Sie den?«

Frau Berger zuckte mit den Schultern: »Frau Werner ist sich völlig sicher, Frau Römers Tanzpartner bereits einige Male im BAYERN-Inn angetroffen zu haben. Er saß dort häufig im Restaurant.«

Maria Werner nickte zustimmend: »So ist es. Ich habe berufsbedingt einen guten Blick für Ganoven. Bei ihm kann ich mich sogar erinnern, dass er mit Frau Römer ziemlich intim tuschelnd im Gang zum Kosmetikstudio stand.«

»Das kann durchaus sein«, bestätigte Barbara Berger: »Diesen Mann habe ich nämlich auch mehrfach im BAYERN-Inn gesehen und mir immer gedacht, dass er sich nicht wie ein Kurgast verhält. Ich hatte den Eindruck, als beobachtete er mich und empfand ihn als unangenehm, wenngleich er recht gut aussieht.«

Eva rückte näher an den Tisch: »Gestern besuchte ich das Kosmetikstudio im BAYERN-Inn und erfuhr, dass unter dem häufig wechselnden Personal des Hotels das Gerücht im Umlauf ist, dass aus unbekannten Gründen ein Detektiv im Hause gewesen sei.«

Barbara und Maria sahen sich bestätigt. »Das könnte er eventuell sein und dies würde auch genau zu unserer Einschätzung passen. Aber was hat der Kerl mit Frau Römer zu tun?«

Die drei sahen sich zuerst sehr vielsagend und dann ziemlich ratlos an. Das musste wohl vorläufig im Dunkel bleiben. Aber eine weitere, momentan noch interessantere Frage stand im Raum und Eva sprach sie aus: »Warum hat Dr. Kessler gestern Abend so konfus reagiert?«

»Diese Frage brennt mir sehr auf der Seele«, ereiferte sich Maria Werner.

Barbara nickte verstehend: »Mir natürlich auch.«

Vorsichtshalber sah sich Eva nach ungebetenen Zuhörern um. »Sie haben doch gestern zum Frühstück auch die Szene mit der schrillen Johanna Ländinger erlebt. Dem ging voraus, dass Frau Römer, hinter einer Zeitung verborgen, Dr. Kessler observiert hat.«

Barbara wunderte sich über nichts mehr: »So etwas ähnliches hatten wir uns schon vorgestellt.« Maria Werner schwärmte: »Aber Dr. Kessler hatte sich unglaublich gut im Griff. Ich bewundere noch immer seine Haltung.«

Eva stimmte zögernd zu: »Ja, er blieb ganz ruhig. Aber ist das alles nicht sehr merkwürdig? Wie passt denn zu dieser Beherrschtheit seine Explosion im PARADISO?«

Drei weibliche, gut trainierte und erfahrene Gehirne dachten angestrengt aber ergebnislos nach und Barbara Berger fasste zusammen: »Die beiden sind offensichtlich kein Paar. Sie bewohnen getrennte Hotelzimmer und siezen sich. Sie beachten sich nicht besonders und behandeln sich ziemlich kühl. Aber: Sie kamen gemeinsam aus dem BAYERN-Inn in das HAUS BERNSTEIN. Er lässt sich ihre unverschämte Observation hier im Hotel und die Einmischung in sein Privatleben bieten und sie erdreistet sich, ihn tödlich zu blamieren. Dann tanzt sie mit einem älteren Schönling. Aber das zerreißt ihn. Er flippt aus.«

Drei Seufzer erklangen und Eva wollte wissen: »Wie war denn beim heutigen Frühstück die Stimmung zwischen den beiden?«

Barbara und Maria schauten verdutzt: »Wieso fragen Sie uns das, Frau Bauer? Waren Sie etwa auch nicht beim Frühstück?«

Eva schüttelte verneinend den Kopf.

»Wir auch nicht«, gab Frau Berger reumütig zu. »Das war unser Protest gegen den gestrigen Abend. Wir hatten uns aber nicht abgesprochen.«

Sie lachten leise und Maria Werner sprach aus, was alle drei soeben dachten: »Dann bin ich auf das heutige Abendessen neugierig. Besser gesagt: auf sein Verhalten.«

»Vor allem aber auf das der Frau Römer«, ergänzte Barbara.

» Bei der ist etwas faul«, fand Eva, »aber lassen wir uns überraschen.«

Sie erhoben sich gemeinsam und verließen das Restaurant. In der Hotelhalle schauten sie unschlüssig nach draußen. Der sonnige, aber klirrend kalte Mittwochnachmittag forderte eine Entscheidung.

Die etwas gebückt gehende Maria Werner lästerte: »Entweder halten wir nun, wie in der Geriatrie üblich, einen Mittagsschlaf oder wir raffen uns auf und gehen zügig über den hart gefrorenen Schnee zum etwas abgelegenen Freizeitpark. Dort findet ein Husky-Rennen statt, auf das ich mich seit Tagen freue. Ich bin ein Fan dieser rauen Hunde, seit sie mich vor Jahren am Yukon River gerettet haben.« Dann räusperte sie sich verlegen. »Selbstverständlich sind wir pünktlich um fünfzehn Uhr im alten Forsthaus beim Kaffeetrinken.«

Maria Werner erwartete weder eine Frage noch ein Gegenargument. Kurz danach stiefelten sie, vorsichtshalber Arm in Arm, zu dritt nebeneinander dem Ortsrand zu. Unter ihnen knirschte der Schnee, über ihnen rieselten eisige Flocken von den Allee-Bäumen und ihr Atem gefror. Frau Werner erzählte nebenbei, dass sie im niederbayerischen Straubing wohnt. Sie kurt jedes Jahr in Bad Füssing, habe jedoch in der Vergangenheit ganz bewusst immer eine andere Unterkunft gewählt. Aber heuer hatte sie sich schon zum dritten Mal in Folge für das BAYERN-Inn entschieden. Eva überlegte sekundenschnell, ob sie nun einhaken sollte, entschied sich aber ebenso rasch, ihre Fragen erst im Kaffeehaus zum Gesprächsthema zu machen.

Maria Werner sprach aufgekratzt weiter: »Ich arbeitete als höhere Beamtin in Straubing und musste aufgrund einer unfallbedingten Erkrankung, die ich in meiner Freizeit erlitten hatte, frühzeitig in Pension gehen.« Etwas ruppig fügte sie hinzu: »Fragen Sie mich aber nicht nach der Behörde! Die tut hier nichts zur Sache.«

Eva fand die letzte Bemerkung unhöflich. Aber Frau Werner wird ihre Gründe haben. Mit Erinnerungen aus der Jugendzeit zogen die drei, nicht nur altersmäßig sehr unterschiedlichen Frauen dahin und verstanden sich immer besser. Maria Werner mag zwar gesundheitlich nicht in Bestform sein, aber ihre messerscharfe Kombinationsgabe zeigte, dass das Oberstübchen noch völlig intakt ist. Genauso wie bei Barbara Berger und – wie Eva inständig hoffte – auch bei ihr selbst.

Lautes Hundegeheul in der unmittelbaren Nähe ließ sie aus ihren Gesprächen aufschrecken und zur Seite springen. Sie befanden sich versehentlich mitten auf der Rennbahn. Zwei eigenwillige Sibirien-Husky-Brüder rasten mit ihrem Musher halsbrecherisch vorbei und wurden von Maria Werner und dem Publikum angefeuert. Der Lautsprecher rauschte und eine tiefe, bayerische Stimme jubelte heiser: »Sieg, Sieg!! Schon wieder brechen Alphi und Budy aus Bad Griesbach alle Rekorde!«

Es war später als man gedacht hatte. Um gegen fünfzehn Uhr im Kaffeehaus zu sein, musste eine raschere Gangart gewählt werden. Eva führte die beiden Frauen zielgerichtet zu einer Abkürzung und die beiden fragten erstaunt: »Waren Sie denn schon öfter hier? Sie scheinen so ortskundig zu sein.« Eva zögerte kurz. Sie wollte sich mit persönlichen Informationen noch zurückhalten, um die Gründe für ihren Bad Füssinger Aufenthalt nicht vorzeitig zu verraten.

Vorsichtig sagte sie: »Ja, das kann man so sagen.«

»Wohnten Sie da immer im BERNSTEIN?«

Evas knappe Antwort war ehrlich: »Nein, immer nur im BAYERN-Inn«.

Schweigend stapften sie hintereinander den schmalen Waldweg entlang. Als sie vor dem idyllisch gelegenen, fast zugeschneiten Kaffeehaus ankamen, hatten sie die Sprache wieder gefunden. Sie schüttelten den Schnee aus der Garderobe und von den Stiefeln. Dann traten sie ein. Maria Werner rieb die kalten Hände, sah sich um und nickte anerkennend. »Sie haben mir wirklich nicht zu viel versprochen, Barbara. Es ist hier wunderschön. Man könnte sich glatt in der Illusion verlieren, in einer anderen Zeit und an einem fernab gelegenen, verzauberten Ort angekommen zu sein.« Alle drei gaben ihre Mäntel ab und schlenderten suchend durch alle Räumlichkeiten, die insgesamt ein offenes Café bildeten und beinahe bis auf den letzten Sitzplatz besetzt waren. In einer der verwinkelten Ecken im ersten Stockwerk fanden sie schließlich einen ansprechend dekorierten kleinen, runden Tisch. Gleich dahinter stand eine Kommode am verschneiten Fenster, welches von weißblauen Vorhängen eingerahmt war. Dann kam die Qual der Wahl: Was wählt man an der Kuchentheke? Nach zehn Minuten waren Kaffee und Torten serviert. Der Nachmittagsplausch konnte beginnen.

Maria Werner griff zur Kuchengabel und spießte sie in die saftige Schoko-Creme ihrer Torte. »Na Frau Bauer, nun fragen Sie mich endlich, warum ich aus dem BAYERN-Inn ausgezogen bin.«

Eva blickte peinlich berührt vom Dessertteller auf und die resolute Maria fuhr fort: »Ich hatte Ihnen schon auf dem Weg hierher die Gelegenheit dazu geboten. Aber Sie gingen nicht darauf ein. Ich nehme daher an, dass Sie mich ziemlich genau und ausführlich aushorchen wollen.«

Eva war von der direkten Rede schockiert und fühlte sich durchschaut.

Maria zog ihren selbst gestrickten weißen Pullover aus Schafwolle in Form und forderte: »Aber bevor Sie mit Ihren Fragen beginnen, möchte ich von Ihnen wissen, warum Sie im HAUS BERNSTEIN und nicht wie sonst im BAYERN-Inn gebucht haben.«

Eva fasste sich und gab sich harmlos. »Wegen des Mordes natürlich.«

Maria Werner überlegte kurz und gab sich zufrieden. »O.K. Sie kennen das BAYERN-Inn und würden daher gerne von Augenzeugen wissen, was dort geschah. Das erklärt Ihre Neugierde.«

Eva atmete erleichtert auf. Sie befand sich wieder in der richtigen Spur.

Maria Werner blickte sehr ernst auf Barbara Berger und dann auf Eva Bauer. »Am Abend vor dem angeblichen Ankunftstag des Herrn Leonhard sah ich ihn gegen zwanzig Uhr in Begleitung des Hotel-Managers das Büro des BAYERN-Inn verlassen. Ich erinnere mich ganz genau, dass Direktor Krenner irgendwie peinlich berührt wirkte, während Herr Leonhard einen recht zufriedenen Gesichtsausdruck hatte.«

Eva war erschrocken. »Wieso wissen Sie, dass dieser Mann der am nächsten Tag ermordete Denis Leonhard war?«

Maria Werner war sich völlig sicher: »Am übernächsten Tag sah ich das Foto des Ermordeten in der Zeitung und las, dass er nach Zeugenangaben erst am Tag des Mordes eingecheckt sein soll.«

»Und Sie irren sich nicht?«

»Ich irre mich ganz sicher nicht.« Maria räusperte sich. »Ich verfüge schon immer über ein ausgezeichnetes Personengedächtnis und bin scheinbar die einzige Zeugin dafür, dass die öffentliche Behauptung nicht zutreffend ist. Denis Leonhard befand sich ganz sicher bereits am Abend vor dem Mord im Hotel.«

Der Herzschlag in Evas Brust beschleunigte sich. »Irren Sie sich womöglich im Datum?«

»Nein, denn am nächsten Tag hätte Herr Leonhard um diese Zeit nicht mehr aus dem Büro kommen können. Da war er schon tot.«

Die große Umhängetasche, die Eva wie ein Markenzeichen mit sich trug, lehnte am Boden zu ihren Füßen. Hastig kramte sie darin und brachte ein Stofftaschentuch zutage, mit dem sie ihre Stirn trocknete. »Es ist hier so heiß. Die vielen Menschen.«

Barbara und Maria nickten und stocherten in ihren Torten.

»Außerdem kann ich diesen Tag genau rekonstruieren«, nahm Maria Werner den Gesprächsfaden wieder auf. »Ich hatte einen Friseurtermin und dies in meinem Notizbuch vermerkt. Demnach kann ich mich nicht geirrt haben. Übrigens bewohnte ich Zimmer 152, das sich in der gleichen Etage befindet wie das Zimmer von Frau Berger. Wir beide kannten uns damals aber nur ganz oberflächlich. Wenn wir uns gelegentlich im Flur der Etage begegneten, wechselten wir stets einige Worte.«

Eva blieb stumm und blickte zu Boden.

Barbara Berger sah sich vorsichtig um, wandte sich Eva Bauer zu und senkte die Stimme:

»Nun werden Sie gleich von Frau Werner erfahren, warum ich immer noch meine, dass die Geräusche, die ich in dieser bewussten Nacht aus der Richtung von Zimmer 158 vernahm, evtl. doch etwas mit dem Mord an Herrn Leonhard zu tun haben könnten.«

Maria nickte bestätigend: »Als dann die Mordtheorie durch das Haus geisterte, saß ich am Abend ziemlich aufgewühlt an der Hotelbar im Foyer und hörte von allen Seiten die abenteuerlichsten Vermutungen. Ich fragte mich ernsthaft, ob ich meine Beobachtung der Kripo-Sonderkommission melden sollte, die mich bis dahin nicht befragt hatte. Auf dem Barhocker zu meiner linken Seite saß zufällig Dr. Kessler. Er beteiligte sich nicht an den Spekulationen der Gäste, hörte diesen aber aufmerksam zu. Schließlich sprach er mich an und flirtete ein wenig. Er meinte, ich sei ihm schon mehrmals im Hotel aufgefallen. Ich verschwieg natürlich, dass es umgekehrt ebenso war. Dann nannte er seinen Namen und wir hatten eine interessante Unterhaltung. Nach einer gewissen Zeit kam er ebenfalls auf das Tagesthema zu sprechen. Er fragte mich direkt, ob ich möglicherweise auch eine Beobachtung gemacht habe, die mit dem Mord in Verbindung gebracht werden könnte. Ich erzählte ihm meine Story und da empfahl er mir zu meinem Erstaunen, auf keinen Fall die Polizei einzuschalten, sondern umgehend auszuziehen. Der Mörder könnte noch im Hause sein. Er selbst und einige weitere Gäste würden bereits am nächsten Tag in das HAUS BERNSTEIN umbuchen.«

Eva konzentrierte sich, um jedes Wort zu behalten und Frau Werner fuhr fort: »Dr. Kessler empfahl mir wörtlich: »Kommen Sie doch auch in das BERNSTEIN. Wir sind dort eine kleine Gruppe, deren Mitglieder sich gegenseitig vertrauen können. Wenn wir uns zusammenschließen, kann dem Einzelnen nichts geschehen.« Ich wollte dem fremden Mann kein Zugeständnis machen, versprach aber, über seinen Vorschlag nachzudenken. Dann suchte ich mein Zimmer auf. Gegen Mitternacht klopfte jemand eindringlich an meine Tür. Ich fragte daraufhin telefonisch beim Nachtportier an. Aber niemand hatte nach mir verlangt. Der Nachtportier hatte mir geraten, auf keinen Fall zu öffnen und versprochen, sofort einen Mitarbeiter des Sicherheitsdienstes in mein Stockwerk zu entsenden.«

Barbara Berger kannte diese Geschichte, schwieg jedoch. Und Eva Bauer hatte keine Zwischenfragen. Maria Werner berichtete aufgeregt weiter: »Nachdem sich dann herausstellte, dass offiziell niemand nach mir gefragt hatte und der Sicherheitsdienst keiner Person in meiner Etage begegnet ist, hielt mich nichts mehr. Ich ging auf Dr. Kesslers Angebot ein, buchte um und bin seither in diese Gruppe integriert. Wir unternehmen grundsätzlich alles gemeinsam und Dr. Kessler mutierte zu unserem Beschützer. Das war´s«, schloss sie.

Barbara Berger übernahm das Schlusswort: »Wir beide sind jedoch bis heute nicht darüber informiert, welche Gründe Dr. Kessler bzw. Frau Römer zum Umzug bewogen haben. Sie haben ja selbst bemerkt, dass Frau Römer kaum den Mund aufmacht und Dr. Kessler jedes diesbezügliche Gespräch gleich im Keim erstickt.«

Eva war nun einiges klar, aber immer noch sehr vieles unklar. Sie enthielt sich jeglichen Kommentars und begnügte sich ausschließlich mit der Rolle der Zuhörerin.

Es wurde Zeit aufzubrechen. Auf dem Heimweg vereinbarten sie, über ihre Gespräche und die gemeinsame Unternehmung zu schweigen und sich wie gewöhnlich beim Abendessen einzufinden. Eva verschloss ihre Zimmertür und mailte:

»Hallo Freunde! Eine ausführliche Information ist über e-mail nicht möglich. Wir müssen dringend zu einem mündlichen Austausch zusammen kommen. Beste Grüße, Eva.«

Die Antwort traf nur kurze Zeit später ein: »Hallo Eva, wir treffen morgen, Donnerstag den 12. November, gegen 13 Uhr in Bad Füssing ein und bewohnen im Kurhotel FÜRSTENHUT die Zimmer 401, 402 und 403. Wir vereinbaren nach unserer Ankunft mit Dir per e-mail einen Termin. Liebe Grüße, Hans.«

Zufrieden löschte Eva die Nachricht und verstaute ihr Notebook. Dann kleidete sie sich sehr sorgfältig für das gemeinsame Abendessen um und entschied sich für ein stark deckendes Make-up mit etwas kräftiger Betonung der Lider. Gut präpariert schritt sie mitten durch den geschäftigen Trubel des rotierenden Personals in das festlich dekorierte Hotel-Restaurant und sah sich suchend um. Am Fenstertisch des Vortages erblickte sie Barbara Berger und Maria Werner, die mit betreten wirkenden Gesichtern einer hypernervösen Margot Römer gegenüber saßen. Dr. Kessler war scheinbar noch nicht zugegen.

Mit ungutem Gefühl nahm Eva Platz. Margot Römer tupfte mit einem grauen Seidentuch die Tränen aus den Augen. Mit zitternder Stimme hatte sie soeben berichtet, dass Dr. Kessler nicht zum Frühstück erschienen ist und, völlig unüblich für ihn, auch keine Nachricht hinterlassen hat. Etwas besorgt warteten sie gemeinsam eine weitere Stunde, aber Dr. Kessler erschien nicht. Völlig aufgelöst riss Margot Römer ihren Mantel von der Rücklehne des Stuhls, raffte ihre Handtasche an sich und eilte an die Rezeption. Dort schilderte sie hysterisch die Situation und bat um eine Zimmerkontrolle durch die Hotelleitung. Ihrer Bitte wurde umgehend Folge geleistet und sie schloss sich unaufgefordert dem Empfangschef und dem Hausmeister an.

Weinend kehrte sie nach zwanzig Minuten zurück. Die Kontrolle hatte ergeben, dass das Bett durch die Zimmerfrau zwar vorbereitet, aber von Dr. Kessler in der vergangenen Nacht nicht benützt worden war. Dasselbe galt für sein Badezimmer. Nun stellte der Empfangschef überdies fest, dass der Vermisste das Frühstück nicht im Hause eingenommen hatte und den ganzen Tag nicht gesehen worden war. Alle blickten sich entsetzt an. Dr. Kessler war seit der gemeinsamen Rückkehr aus dem PARADISO offensichtlich spurlos verschwunden!

Margot Römer war in sich zusammengesackt. Barbara und Eva stützten sie, während Maria Werner sie misstrauisch beobachtete. Sie entschieden gemeinsam, wieder in das Restaurant zurückzukehren, jeweils ein Getränk zu nehmen und gemeinsam zu beraten.

Zuerst fand Maria Werner ihre recht deutliche Sprache wieder. »Es ist anzunehmen, dass Dr. Kessler ein Mobiltelefon besitzt und ich gehe davon aus, dass Frau Römer seine Nummer kennt.«

Deren Antwort ließ lange auf sich warten. Schließlich zog sie mit einem versteinerten Gesichtsausdruck und auffallend zögerlich ihr Smartphone aus der Handtasche und wählte eine eingespeicherte Telefonnummer an. Barbara, Maria und Eva schauten sich vielsagend an. Doch der Anschluss war besetzt. Vielleicht wollte Dr. Kessler Frau Römer nicht sprechen? Maria Werner entschied, eine SMS von ihrem eigenen Blackberry abzusetzen. Sehr widerwillig rückte Margot Römer mit der Nummer heraus und ihre Tischnachbarin schrieb:

»Hallo Herr Dr. Kessler, wir machen uns Ihretwegen große Sorgen. Bitte melden Sie sich ganz kurz bei mir, damit wir beruhigt sein können. Beste Grüße, Ihre Maria Werner.«

Die Antwort blieb aus.

Mittlerweile waren fast zwei Stunden verstrichen und die Sorge wuchs. Zwischendurch war der ebenfalls beunruhigte Empfangschef immer wieder an ihren Tisch gekommen. »Wir können noch keine Polizei einschalten. Dr. Kessler hat keine Verpflichtung, sich bei Ihnen oder bei uns abzumelden. Aus diesem Grunde besteht auch kein zwingender Grund zur Annahme, dass ihm etwas zugestoßen sein muss, wenngleich sein Verhalten zumindest merkwürdig erscheint. Informieren Sie uns bitte umgehend, wenn Sie von Dr. Kessler hören. Sollte bis morgen früh keine Nachricht eingetroffen sein, werden wir ihn als vermisst melden. Auf alle Fälle wird die Polizei dann sein Mobilphone orten.«

Der Empfangschef wandte sich an Frau Römer: »Bitte vertrauen Sie für alle Fälle auch mir seine Telefonnummer an.«

Diese Bitte schien Frau Römer erschreckt zu haben. Sie heulte auf: »Nein, auf keinen Fall! Die Nummer ist privat. Das könnte alles nur noch schlimmer machen!« Völlig außer sich war sie aufgesprungen.

Nun war Frau Werners Geduld zu Ende: »Setzen Sie sich Margot, und rücken Sie mit der Sprache heraus! Sicher hat sein

Verschwinden mit Ihrem unverschämten Auftritt im Leseraum und dem peinlichen Streit im Tanzlokal zu tun. In welcher Beziehung stehen Sie eigentlich zu Dr. Kessler? Nun sprechen Sie endlich!«

Da drehte sich Margot Römer um und lief schluchzend aus dem Restaurant. Verblüfft blickten ihr beinahe alle Gäste hinterher. Im Foyer bestieg sie hastig den Lift und floh offensichtlich in ihr Zimmer. Ratlos blieb der Rest der Gruppe zurück. Maria ergriff entschlossen die Speisekarte.

»Ich schlage vor, dass wir noch eine Kleinigkeit essen, bevor die Küche schließt. Mir knurrt inzwischen ganz heftig der Magen.«

»Dem schließe ich mich gerne an«, stimmte Barbara zu.

Eva entschied sich, gebackene Kartoffeltaschen und einen Salatteller zu nehmen.

Später vermutete Barbara: »Es könnte durchaus sein, dass sich Frau Römer und Dr. Kessler erneut gestritten haben und er ihr nur einen Schrecken einjagen möchte.«

»Und wir dramatisieren das Ganze, indem wir die Polizei hinzuziehen und ihn suchen lassen wollen«, ergänzte Maria Werner.

»Das ist einfach zu lösen«, wandte sich Eva an Frau Werner. »Sie besitzen nun seine Handy-Nummer und schreiben ihm, dass er umgehend ein Lebenszeichen geben muss. Andernfalls würden wir ihn bei der Polizei als vermisst melden und sein Handy orten lassen. Als Jurist wird ihm klar sein, mit welchen Konsequenzen das für ihn verbunden wäre.«

Das Essen wurde serviert und die SMS war abgesetzt. Nur drei Minuten später traf die Antwort ein. Sie schien aber nicht von Dr. Kessler zu stammen. Erstaunt las Maria Werner vor:

»Wir raten dringend davon ab, die Polizei einzuschalten. Es könnte sonst sein, dass Sie und Ihre beiden Freundinnen die nächsten sind.«

Der Bissen blieb ihnen fast im Hals stecken. Sie schluckten. Das war eine offene Drohung, die ernst zu nehmen war. Nach der Schrecksekunde fassten sie sich wieder. Es galt cool zu bleiben. Drei lebenserfahrene Frauen jenseits der Altersgrenze von »fünfundvierzig« jagt man nicht so einfach ins Bockshorn!

Nach genauem und ruhigen Analysieren der neuen Situation gelangten sie zu der Erkenntnis, dass nach zwei Morden und der möglicherweise erfolgten Entführung des Dr. Kessler aus seinem eigenen Hotelzimmer, größte Vorsicht geboten war. Eigentlich wäre es naheliegend gewesen, sofort die Polizei zu informieren. Das musste aber noch genau durchdacht werden. Maria Werner war sogar ganz strikt dagegen. Zur eigenen Sicherheit war es aber bestimmt angebracht, die kommende Nacht gemeinsam in einem Zimmer zu verbringen und dort zu einer Entscheidung zu kommen. Man entschloss sich, zunächst Maria Werners Zimmer aufzusuchen. Sie sollte unauffällig eine Tasche mit einigen wichtigen Dingen mitnehmen. Dann sollte das gleiche bei Barbara Berger geschehen. Die Nacht wollten sie in Evas Zimmer verbringen, weil dieses ziemlich zentral lag und von der Rezeption her einsehbar war.

In Evas Zimmer angelangt wurde umgehend die Tür verschlossen. Zur Überraschung der Zwangseinquartierten kramte Eva in ihrer bauchigen Umhängetasche und brachte mit entschlossenem Gesichtsausdruck einen handlichen Gasrevolver zum Vorschein. Gekonnt bestückte sie ihn mit einer dicken Patrone. »Als allein reisende Frau muss man stets gewappnet sein«, beantwortete sie die Frage, die sich noch unausgesprochen auf Barbara Bergers Lippen befand. Nachdem sie nacheinander das Bad benutzt hatten und gegen 23 Uhr in ihren Bademänteln auf dem übergroßen französischen Doppelbett saßen, stellten sie nüchtern fest: »Vor drei Tagen kannten wir uns noch nicht. Und obwohl wir zur Vermeidung von Unannehmlichkeiten aus dem BAYERN-Inn ausgecheckt bzw. in Frau Bauers Fall erst gar nicht eingezogen sind, sitzen wir nun schicksalsbedingt auf einem Bett ... und in der Schusslinie unbekannter Killer.«

Dann sahen sie sich an, erkannten die Komik der gegenwärtigen Situation und brachen in einer Art Galgenhumor in lautes Gelächter aus.

Zur gleichen Zeit schlug die große schwarze Standuhr im Chefzimmer der Kanzlei Dr. Luchs, Weber und Partner, München, tief und unheimlich 23 Uhr. Rechtsanwalt Dr. Christoph Luchs blickte von seinem Aktenstudium auf und lehnte sich erschöpft im vom Großvater geerbten Bürostuhl zurück. Dabei klickte er nervös mit dem Kugelschreiber auf der Schreibunterlage aus Leder, die das wertvolle Holz seines Schreibtisches vor Abnützung schützten sollte. Unruhig erhob er sich schließlich und blickte aus seinem Fenster im ersten Stockwerk auf die Straße der bayerischen Landeshauptstadt hinab. Kein Mensch war zu sehen. Kein Auto war unterwegs. Nur in der Fensterscheibe spiegelte sich die unruhige Lichtreklame der gegenüber liegenden Bar. Besorgt nahm er wieder am Schreibtisch Platz. Er hatte auf eine Nachricht seines Onkels Maximilian aus Bad Füssing gehofft. Aber diese war ausgeblieben. Was war passiert? Warum meldete er sich nicht? Dr. Luchs öffnete die mit den Initialen NJW (**N**eue **J**uristische **W**ochenzeitschrift) getarnte Hausbar und nahm einen Drink. Vielleicht war es doch keine so gute Idee gewesen, die Aufklärung einer vermeintlichen Wirtschaftskriminalität im Hotel BAYERN-Inn dem »alten Herrn« aufzubürden, ihn wie ein Trüffelschwein auf eine Fährte anzusetzen und davon auszugehen, dass dessen berüchtigte Spürnase den Fall lösen wird. Das letzte Lebenszeichen von Onkel Max hatte er am Dienstag, dem 10. November um 11 Uhr vormittags in Form einer ironischen SMS erhalten: »Heute Vormittag Fango, am Abend Tango – und morgen bin ich wieder Inspektor Columbo.« Da hatte Luchs noch stolz über den »umtriebigen Alten« gelächelt.

Dr. Luchs griff nach einem prall gefüllten Aktenordner, der neben seinem Schrcibtisch am Boden lehnte. Der Ordner war auf der Vorderseite bedruckt. Er zeigte die Fotomontage einer sprudelnden Thermal-Quelle mit der Aufschrift »Geld-Quelle«. Dahinter die gut erkennbare Silhouette des Kurhotels BAYERN-Inn und die Aufschrift »Bad Füssing«. Diesen Aktenordner hatten ihm seine engsten Freunde in Anspielung auf sein Vermögen vor fünf Jahren zum vierzigsten Geburtstag geschenkt.

Dr. Luchs blätterte noch einmal konzentriert in der Bilanz des vergangenen Jahres. Das BAYERN-Inn gehört fünfzig Personen, die zusammen eine Eigentümergemeinschaft bilden. Als einer der Mehrheitseigentümer und in seiner Eigenschaft als Jurist war Dr. Luchs von der Eigentümergemeinschaft zum Beirat und später zum Beiratsvorsitzenden gewählt worden. Eine für ihn und sein Kapital sehr wichtige, aber zeitraubende und äußerst undankbare Position. Nach der ersten Durchsicht der letzten Jahresbilanz und einigen anonymen Klagen über den Hoteldirektor des BAYERN-Inn, war schon vor Wochen sein Misstrauen geweckt worden. Seinen Anfangsverdacht wollte er aber nicht mit dem Beirat besprechen. Er entschied sich, ihn nur gegenüber seinem Onkel Max zu äußern, der gleichzeitig sein engster Vertrauter war. Von diesem einzigen Bruder seiner verstorbenen Mutter hatte er vor wenigen Jahren dessen sehr erfolgreiche Anwaltskanzlei in München übernommen. Als unabhängiger Junggeselle war der Onkel seit Jahren Stammgast im BAYERN-Inn. Die Verwandtschaft der beiden war aber weder im Hotel noch unter den Eigentümern bekannt. Somit schien keiner geeigneter als er, undercover für den ehrgeizigen Neffen tätig zu werden und herauszufinden, was sich hinter den Mauern des Luxushotels in Wahrheit abspielt.

Als der Onkel bereits hinter den Kulissen schnüffelte, geschah der mysteriöse Mord an Denis Leonhard. Anschließend wechselte der Onkel aus unbekannten Gründen das Hotel. Außer dem Hotel-Direktor Krenner wusste im BAYERN-Inn niemand, dass der ermordete Schweizer Hotelier Denis Leonhard ebenfalls ein Mitglied der Eigentümergemeinschaft war. Warum sich D. Leonhard ausgerechnet zu diesem Zeitpunkt im BAYERN-Inn aufhielt und warum er nicht das hauseigene Thermalbad in Anspruch genommen hatte, sondern in der öffentlichen Therme baden wollte, war Dr. Luchs allerdings schleierhaft.

Mittlerweile zeigte der tiefe Westminsterschlag 23.30 Uhr an. Luchs griff besorgt nach dem Telefon und wählte erneut die Nummer seines Onkels. Aber, wie bereits mehrmals an diesem Tage, schaltete sich nur dessen Sprachbox zu: »Hier ist Dr. Kessler. Ich bin momentan nicht zu sprechen, rufe aber gerne zurück.«

Resigniert schlüpfte Luchs in seinen Wintermantel, löschte das Licht in der Kanzlei und schloss ab. Die Kälte draußen schnitt in sein Gesicht. Er zog den Schal höher und lief zu seinem Audi, der unmittelbar neben dem Eingang des Hauses geparkt war. Es war wohl nicht zu vermeiden, er musste am nächsten Morgen umgehend nach Bad Füssing fahren und seinen Onkel im HAUS BERNSTEIN aufsuchen.

Ein eiskalter, unangenehmer Donnerstagmorgen war angebrochen. Nach einer beinahe schlaflosen und durchdiskutierten Nacht betraten Barbara Berger und Maria Werner gegen sechs Uhr völlig übermüdet die eigenen Zimmer. Es war verabredet, noch ein wenig zu ruhen, sich um neun Uhr zum Frühstück zu treffen und dann gemeinsam die Therme aufzusuchen. Im Anschluss daran wollten Barbara Berger und Maria Werner die medizinischen Behandlungstermine einhalten und für den Fall, dass Dr. Kessler immer noch abgängig sein sollte, die Kripo in der nahegelegenen Kreisstadt Passau aufsuchen, um nachträglich im Mordfall Leonhard auszusagen und das Verschwinden Dr. Kesslers anzuzeigen. Das schien ihnen in der momentanen Situation am vernünftigsten zu sein. Nur über die eigene Handybedrohung wollten sie vorläufig noch schweigen, um einen möglichen Polizeischutz zu vermeiden. Sie hatten einstimmig beschlossen, ihre Sicherheit ausschließlich in die eigenen Hände zu legen.

Während Barbara Berger im Sportdress und mit einer großen Badetasche an der linken Schulter gegen neun Uhr aus dem Lift stieg, betrat ein ca. 45-jähriger attraktiver Mann im perfekten Outfit und mit energischen Schritten die Eingangshalle des BERNSTEIN. Er blickte sich nur kurz suchend um und wandte sich entschlossen an die Rezeption. Nach wenigen Worten zur Empfangsdame ging diese mit wichtigem Gesichtsausdruck in das dahinter liegende Büro und kehrte mit dem Empfangschef zurück. Beide Männer sprachen kurz miteinander und verschwanden eilig hinter der schweren Eichentüre der Direktion.

Barbara Berger hatte das ungute Gefühl, dass dieser Auftritt im Zusammenhang mit dem Vermissten stehen könnte. Besorgt und neugierig blieb sie an der Rezeption stehen und fragte nach:

»Hat man schon irgendetwas von Dr. Kessler gehört oder ist er womöglich bereits zurückgekehrt?« Die angenehme Art der Empfangsdame beruhigte ein wenig.

»Eventuell kann Ihnen unsere Chefin, Frau Henny Börner, in Kürze etwas Genaues sagen. Könnten Sie sich bitte noch ein wenig gedulden?«

Abwartend setzte sich Barbara Berger in einen der zahlreichen Sessel. Da öffnete sich der Lift. Margot Römers auffallende Schaftstiefel schwangen heraus. Und sie selbst schien bestens gelaunt zu sein. Noch bevor sie aber Barbara Berger erblicken konnte, öffnete sich erneut die Türe zur Direktion und der Fremde trat in

Begleitung von Frau Börner und deren Empfangschef in das Foyer.

Wie von Furien gehetzt drehte sich Margot Römer auf dem Absatz um und lief zum Treppenhaus, in dem sie spurlos verschwand. Barbara Berger war aufgesprungen, um die Fliehende einzufangen. Sie gab aber nach wenigen Metern auf. Kein Laut im Treppenhaus verriet, in welche Richtung sich Frau Römer entfernt haben könnte. Barbara war verblüfft. Wer war die wahre Frau Römer? Die gestrige, die nahe am Nervenzusammenbruch aus dem Restaurant gestürmt war oder die heutige, die guter Dinge aus dem Lift stieg? Barbara sah sich bestätigt: Frau Römer verhält sich sehr suspekt.

Mit gemischten Gefühlen lauschten Eva Bauer und Maria Werner beim Frühstück Barbaras ausführlicher Schilderung.

»Ich habe mir schon immer gedacht, dass Margot Römer nicht ganz koscher ist. Mich würde es auch absolut nicht verwundern, wenn ihr Dr. Kessler unbemerkt entkommen wollte«, schloss sie ihren Bericht.

»Ja, das könnte man in Erwägung ziehen, wenn er den Koffer gepackt hätte und abgereist wäre. Aber wie wir vom Empfangschef wissen steht der Koffer im Zimmer und der Schlafanzug liegt auf dem Bett«, wischte Maria Werner die Vermutung vom Tisch.

Eva Bauer schwieg noch immer.

Die beiden anderen blickten sie an. »Was folgern denn Sie aus diesem Vorfall?«

»Wir sollten noch einmal die an uns gerichtete Drohung nachlesen«, entgegnete Eva nachdenklich. »Steht da nicht: »..Sie und Ihre beiden Freundinnen....«? Da wurde doch Frau Römer ausgespart. Warum?«

Maria Werner nestelte ihr Blackberry aus der Handtasche. »Tatsächlich, hier ist es deutlich zu lesen. Man meint nur uns drei.«

Unbemerkt war der Empfangschef herangetreten. An seiner Miene konnte man ablesen, dass er keine gute Nachricht brachte. »Frau Börner möchte Sie noch gerne in Sachen Dr. Kessler sprechen. Darf ich Sie in unser Büro bitten?«

Sie erhoben sich sofort und folgten dem Mann in eine wunderschöne bayerische Zirbelstube. Wären sie nicht in Sorge um Dr. Kessler gewesen, hätten sie die wundervolle Atmosphäre dieses Raumes und die originalen Ölbilder eines bekannten und seinerzeit unter sehr merkwürdigen Umständen umgekommenen böhmischen Kunstmalers bewundern können.

Henny Börner war eine gepflegte, etwas kleine, rundliche, ältere Dame mit liebevoller Ausstrahlung und die Alleininhaberin des Hotels HAUS BERNSTEIN. Sie war die verkörperte Vorstellung der idealen Gastgeberin. Es war ihr immer ein großes Bedürfnis, jeden einzelnen Gast in ihrem Hause verwöhnt zu sehen.

»Bitte nehmen Sie Platz«. Sie deutete dezent auf die rautenförmig gemusterten Stoffstühle. »Was dürfen wir Ihnen anbieten?«

Dankend wurde abgelehnt und Frau Börner kam zur Sache: »In der Tat fehlt von Dr. Kessler jede Spur. Sein Neffe meldet ihn zur Stunde bei der Polizei als vermisst.« Frau Börners Miene drückte tiefe Besorgnis aus. »Man sollte sich zwar nicht in pessimistischen Vermutungen ergehen, aber nach den letzten Ereignissen in unserem Kurort scheint vieles möglich zu sein.«

Barbara blickte fragend auf die Frau jenseits des Schreibtisches. »War der Mann, der vor ca. einer Stunde zu Ihnen kam, der eben erwähnte Neffe von Dr. Kessler?«

Henny Börner nickte betrübt: »Ja, das war er. Dr. Luchs vermisst seinen Onkel seit Dienstag. Am Vormittag hatte er noch eine launige SMS von ihm erhalten. Doch dann verlor sich Dr. Kesslers Spur.«

Es gab keine weiteren Fragen und die Gäste erhoben sich freundlich. Der Empfangschef öffnete beflissen die Tür und gab unerwartet den Blick auf eine filmreife Szene frei: Frau Römer lehnte mit Trauermiene an der Rezeption und überreichte soeben zur Bezahlung der Rechnung ihre Goldene Master-Card. Der Hausdiener verstaute die letzten Gepäckstücke in ihrem Auto und die Abreisende klagte: »Ich komme im nächsten Jahr ganz gewiss wieder. Aber jetzt muss ich erst einmal nach Hause. Die Ereignisse im Ort und vor allem das Verschwinden von Dr. Kessler überfordern meine psychischen Kräfte!« Dann umarmte sie die verständnisvolle, mütterliche Frau Börner und reichte den sich zurückhaltend gebenden Ex-Tischgenossinnen Bauer, Berger und Werner etwas herablassend und sehr flüchtig die zarte Hand. Die 24-karätigen Armreifen klimperten dezent und sie rauschte im hinreißenden Winterkostüm und in Stiefeln mit überdimensionalen Absätzen durch die Drehtüre, in der sie sich aufgrund der Eile noch kurz verfing.

»Hoffentlich verkeilt sie sich mit diesen Hacken im Eis«, wünschte ihr Maria Werner in Gedanken und sah dabei etwas missmutig auf die eigenen flachen, aber warmen und sehr bequemen Treter der Größe 43 hinab.

Eva Bauer lief der Römer nach. »Wollen wir in Verbindung bleiben und unsere Adressen tauschen?« Doch die Schöne war bereits entschwunden.

Barbara ergriff mürrisch ihre Badetasche, die sie an der Rezeption abgestellt hatte, und murmelte: »Die verdient einen Preis als beste Komödiantin in einem niederbayerischen Bäderkrimi.« Laut fügte sie hinzu: »Wir sollten jetzt die Therme aufsuchen, sonst ist unser Vorsatz nur noch Makulatur.«

Eva Bauer stand unter Zeitdruck. Sie wollte mit Barbara und Maria in der kommunalen Therme baden und herausfinden, ob und wer unter dem dortigen Personal zum Todesfall von Denis Leonhard etwas wissen könnte. Es war zwar sehr bedauerlich, dass möglicherweise auch der Bademeister ein Opfer wurde und nun der undurchsichtige Dr. Kessler verschwunden ist. Doch das hatte nichts mit ihr zu tun. Ihr Auftrag lautete, die Umstände um den Tod des Schweizers D. Leonhard zu klären. Einzig zu diesem Thema hatte sie nachmittags einen Termin im GRANDHOTEL FÜRSTENHUT. Ihre Freunde hatten gemailt, dass man sich um 15 Uhr in der dortigen »Winterstube« zu einem vertraulichen Gespräch einfinden wolle. Der Termin im FÜRSTENHUT kam Eva sehr gelegen. Unter diesen Umständen musste sie Barbara und Maria nicht zur Kripo begleiten. Sie hatte den beiden wahrheitsgemäß erklärt, dass sie nachmittags ein Geschäftstreffen habe, das nicht abgesagt werden kann.

Zur selben Zeit lenkte Dr. Luchs gegen elf Uhr vormittags seinen Sportwagen zurück nach Bad Füssing. Er hatte vergeblich versucht, in der Kreisstadt Passau den mit ihm seit der Fürstenzeller Schulzeit befreundeten Kripobeamten Harald Renner in dessen Dienststelle zu treffen. Sie hatten damals gemeinsam das Maristen-Gymnasium besucht, sich aber durch das anschließende Studium aus den Augen verloren. Nun hatte Luchs seinem Freund Renner die Mobilfunknummer hinterlassen und um einen baldigen Rückruf gebeten.

Dr. Luchs war psychisch angeschlagen. Seinem Gesicht sah man die Anspannung an, unter der er seit Stunden litt. Er konnte sich selbst nicht mehr verstehen. Warum nur hatte er seinen Onkel wegen des Verdachts eines Falles von Wirtschaftskriminalität in Gefahr gebracht und mitverschuldet, dass dieser möglicherweise auch ein Opfer jener Killer wurde, die Herrn Leonhard und wahrscheinlich auch den Bademeister auf dem Gewissen haben. Der Onkel musste nur deshalb einspringen, weil der Hoteldirektor des BAYERN-Inn bezüglich dieses Verdachts nicht handelte oder in die kriminellen Machenschaften sogar verstrickt ist. Langsam stieg in ihm die Wut über Direktor Fritz Krenner auf. Er hätte ihm den Kragen umdrehen können. Dr. Luchs hatte seinem Onkel zum Antritt dieses ganz besonderen »Kuraufenthaltes« Einsicht in Fotos und Adressen aller Eigentümer des BAYERN-Inn gewährt und ihn umfassend über jeden einzelnen und ihre Gruppierungen untereinander informiert. Falls er D. Leonhard oder anderen Eigentümern begegnet wäre, würde er sie bestimmt erkannt haben.

Die Rückfahrt dauerte. Luchs musste einem Schneepflug ausweichen und hielt am Straßenrand der B 12. Spontan entschloss er sich, auf jeden Fall einige Tage in Bad Füssing zu verbringen und sich unabhängig von den Ermittlungen der Kripo ebenfalls auf die Suche nach seinem Onkel zu machen. Dazu war es nötig, sich in die Höhle des Löwen zu begeben. Er wählte entschlossen die Kanzlei an. Seine Sekretärin meldete sich und er gab folgende knappe Anweisung. »Rita, bitte verteilen Sie meine Termine auf die Kollegen. Ich bin einige Tage außer Haus. Sie erreichen mich wie immer. Kontaktieren Sie mich bitte täglich und mailen Sie die beruflichen Vorkommnisse. Ich befinde mich bis auf weiteres im BAYERN-Inn.«

Nach einer halben Stunde lenkte Luchs sein Fahrzeug entschlossen über eine kleine Anhöhe, vorbei an seitlichen Schneewehen, zur überdachten Eingangshalle des Nobel-Hotels BAYERN-Inn. Er quälte sich aus dem tiefen Sportsitz, reichte dem Portier den Autoschlüssel und trat an die Rezeption. »Guten Tag, mein Name ist Luchs. Bitte informieren Sie den Direktor von meinem Eintreffen und ... ist Zimmer 158 frei?«

Die gut aussehende Angestellte blickte beeindruckt vom Bildschirm auf. »Ja, Herr Dr. Luchs, dieses Zimmer ist frei.« Dann telefonierte sie kurz.

Während Luchs an der Hausbar, die sich offen dem Foyer anschloss, einen Drink kippte, wandte sich die Rezeptionistin tuschelnd ihrer Kollegin zu. »Das ist der Beiratsvorsitzende. Ich habe ihn sofort erkannt. Er war schon einige Male hier im Haus. Wahrscheinlich knöpft er sich endlich den Direktor vor.« Mit zufriedenem Gesichtsausdruck wandte sich die Angesprochene ab. Die Arbeit begann wieder Spaß zu machen.

Unfreundlich blickend erschien der Direktor des BAYERN-Inn nach wenigen Minuten an der Hausbar. »Grüß Gott Dr. Luchs! Warum haben Sie nicht angerufen? Ich habe Sie nicht erwartet.« Der große, kräftige Mann strich sich mit einer unwirschen Bewegung über die Halbglatze.

Luchs musterte ihn gereizt: »Hätten Sie im Falle meiner Ankündigung noch rechtzeitig Ihr Privatzimmer für mich räumen lassen, weil wir so ausgebucht sind?«

Fritz Krenner erschrak sichtlich. Es schien ihm ratsam zu sein, mit seinem gefürchteten Blick den Barkeeper zu verscheuchen. Doch der war mit einem weiteren Drink für Dr. Luchs beschäftigt und wandte seinem Chef absichtlich den Rücken zu.

Krenner wollte einlenken. »Darf ich Ihnen Zimmer 219 herrichten lassen?«

Luchs lachte amüsiert. »Sie meinen mit anderen Worten: Darf ich Sie abseits vom Geschehen auf der Rückseite des fast leeren Hauses einquartieren? Aber bemühen Sie sich nicht. Ich habe ausdrücklich 158 verlangt und dabei bleibt es.«

Krenner erschrak erneut. Dann bemerkte er die leise Genugtuung im Gesicht des Barkeepers, wollte aufbrausen und besann sich in letzter Sekunde. »Wie Sie wünschen, Dr. Luchs. Bedauerlicherweise habe ich aber heute Abend keine Zeit, um Ihnen Gesellschaft zu leisten. Wie gesagt, ich wusste nicht, dass Sie mein Gast sein wollen.«

»Auch ich habe heute Abend keine Zeit für Sie, Herr Krenner.

Heute nicht und auch nicht an den nächsten Abenden. Wir werden unsere Angelegenheiten während Ihrer Bürozeiten regeln.«

Krenner verstummte. Da war etwas im Busch. Zuerst die merkwürdigen Andeutungen, dann dieser Ton und die Drohung mit seiner Anwesenheit von »mehreren Tagen«. Es war wohl angebracht, vorläufig vom hohen Ross abzusteigen. »Aber ich darf Sie doch zum Mittagessen in einer halben Stunde einladen?«

»Nein, danke. Ich bin zahlender Gast.«

Krenner versuchte zu taktieren: »Ich habe morgen vormittags einen Termin, den ich evtl. absagen könnte.«

Luchs sah ihn abweisend an. »Nehmen Sie ihn wahr. Ich will den Hotelablauf prüfen und mit dem Personal sprechen. Allein!«

Luchs kippte den zweiten Drink, unterschrieb den zugeschobenen Beleg und reichte ihn mit Trinkgeld zurück. Dann sah Luchs den Angestellten an. »Nehmen Sie meine Visitenkarte und rufen Sie mich an, falls Sie mir etwas zu sagen haben.«

Krenners bedrohlicher Blick richtete sich ebenfalls auf den Barkeeper und dieser wandte sich verunsichert ab.

Die Thermenlandschaft im Kurmittelhaus bot Bademöglichkeiten bei verschiedenen Wassertemperaturen. Die sportliche, hübsche Barbara Berger zog im schwarzen Bikini ihre Kreise im überdachten warmen Außenbecken, während Maria Werner im züchtigen blauen Badeanzug in ein Wasserbecken in der Halle stieg und mit der schmerzenden Hüfte an die Massagedüsen drängte. Eva Bauer hatte unbemerkt ihren Liegestuhl in die Nähe der Bademeisterstation bugsiert und sich in ein grelles, großes Badelaken gewickelt. Aus halbgeschlossenen Augen beobachtete sie das geschäftige Treiben.

Nach einer halben Stunde gesellte sich der Bademeister zu ihr: »Sie waren noch nicht im Wasser. Benötigen Sie etwa Hilfe?«

»Nein danke. Ich denke an die beiden Todesfälle und habe deshalb eine gewisse Hemmschwelle zu überwinden. Verstarben die beiden Männer tatsächlich hier an diesem Becken?«

Der Bademeister nickte traurig. »Ja, genau an dieser Seite. Und zwar beide. Den Schweizer kannte ich nicht persönlich, aber der Tod des Kollegen hat mich schwer getroffen.«

Eva erhob sich und schlenderte an den Beckenrand. »Wie konnte das nur passieren? Waren es möglicherweise zufällige Ereignisse?«

Der Blick des Bademeisters konzentrierte sich auf die im Wasser befindlichen Menschen. »Nein, das denke ich nicht. Erwin – das ist der verstorbene Kollege – und ich hatten zufällig gemeinsam Dienst als der Kurgast verstarb. Herr Leonhard saß am bewussten Vormittag wie benommen hier an dieser Stelle an der Sie nun stehen. Erwin kannte ihn und als sich der Gast unsicher aufrichtete, wollte er ihm zu Hilfe eilen. Aber da war Herr Leonhard bereits rückwärts in das Becken gestürzt. Erwin sprang ihm nach, konnte aber nichts mehr für ihn tun. Er hörte nur noch, dass der Sterbende die Worte »BAYERN-Inn, 158, Mord« flüsterte. Das war´s. Mehr weiß man nicht. Ich persönlich habe immer vermutet, dass der Kurgast einen Herzinfarkt erlitten hat, bis Erwin mit auffallenden Parallelen während seiner Arbeitszeit an gleicher Stelle ebenfalls umkam. Angeblich durch eine allergische Reaktion. Das glaub´ ich aber nicht und zitier´ den Otti Fischer: »Mehr sog i ned!«

Pünktlich um 15 Uhr betrat Eva Bauer die »Winterstube« des Grandhotel FÜRSTENHUT. Sie war zu Fuß gekommen und hatte sich wegen der klirrenden Kälte in einen figurbetonten, modischen Thermo-Hosenanzug gezwängt.

Das Hotel der Kategorie »Vier Sterne« galt als Geheimtipp unter den Stammgästen des Bäder-Dreiecks. Wollte man im gehobenen Niveau mitten in Niederbayern das typisch böhmische Flair und die böhmische Küche genießen? Dann kam das FÜRSTENHUT in Frage.

Noch im Türrahmen des kleinen Raumes für geschlossene Gesellschaften wurde sie freudig umarmt. Drei Männer und eine Frau geleiteten Eva an einen Tisch und nahmen sie in ihre Mitte. Für Eva stand bereits ein großes Glas Wasser auf dem Tisch und sie freute sich. Die Freunde dachten immer an alles. Sie wollte auch gleich zur Sache kommen und begann ihren Bericht mit einer Frage: »Wusstet ihr, dass Denis Leonhard einen Tag früher anreiste als mit uns vereinbart war?«

Die verständnislos auf sie gerichteten Blicke beantworteten diese Frage.

»Er wurde bereits am Vorabend mit Direktor Krenner gesehen. Er hatte Zimmer 118 gebucht, das aber im voll belegten Hotel erst am nächsten Tag, seinem offiziellen Anreise- und leider auch Todestag, frei wurde. Warum hielt er sich nicht an unsere Abmachung? Wo übernachtete er? Und wo hat man ihm die schweren Verletzungen zugefügt, die schließlich zu seinem Tod führten?«

Die Bedienung im langen schwarzen Rock mit weißer Bluse trat ein. Eva bestellte Kaffee und einen warmen böhmischen Mohnstrudel mit Schlagsahne. Dem schlossen sich ihre Gastronomie-Freunde an. Dann fuhr sie fort: »Er flüsterte dem Bademeister die Worte »BAYERN-Inn, 158, Mord« zu. Was meinte er damit? Wollte er sagen, dass er in unserem BAYERN-Inn abgestiegen ist oder wollte er sagen, dass er dort seine tödlichen Verletzungen erlitten hat?«

Stille war eingetreten. Nur Eva redete. »Was meinte er mit der Zahl 158? Es war nicht seine Zimmernummer. Er hatte 118 gebucht, das weiß ich aus sicherer Quelle. 158 muss etwas anderes bedeuten. Mir ist aber auch bekannt, dass in der Nacht vor seinem Tode merkwürdige Geräusche aus Zimmer 158 kamen. «

Zwei Serviererinnen brachten das Bestellte. Eva kostete den

Mohnstrudel und fuhr temperamentvoll fort: »Vielleicht hat er noch etwas gesagt, was der Bademeister, der ihn kannte, für sich behielt? Denn vor zwei Tagen verstarb in der Therme unvermittelt auch der junge und kerngesunde Bademeister an der gleichen Stelle.«

Die einzige Regung zu Evas Bericht kam von der jungen Kollegin. Sie hatte ihren Kopf in die Hände gestützt und sah Eva mit aufgerissenen Augen an. Diese erzählte: »Letzten Dienstag besuchte ich mit meiner Tischgemeinschaft ein Tanzlokal. Bei der Rückfahrt gegen 23 Uhr fuhr Denis Leonhards Limousine am BAYERN-Inn vor. Am Mittwochvormittag verfolgte ich im Bayerischen Fernsehen eine Live-Reportage über Bad Füssing. Die Kamera zeigte kommentarlos die Großaufnahme eines Fensters zum Privat-Appartement unseres Hoteldirektors Krenner. Dieser frühstückte am späten Vormittag im Bademantel mit Frau Leonhard! Was immer das bedeuten mag.«

Die Männer erhoben sich, traten an das Fenster und blickten irritiert hinaus. »Rede nur weiter, Eva. Lass` dich nicht unterbrechen.«

Ihr Redeschwall ging weiter. »Ich hatte mich einer Kurgastgruppe im BERNSTEIN angeschlossen. Nun ist Dr. Maximilian Kessler aus dieser Gruppe vermisst. Hat einer von euch diesen Namen schon einmal gehört? Irgendwie hatte ich das Gefühl, dass er mich kennt.«

Allgemeines Verneinen folgte.

»Dann will ich zum Fazit kommen: Wir alle hier haben als Miteigentümer in das sogenannte »Mord-Hotel« BAYERN-Inn investiert. Es ist aufgrund der Vorkommnisse und dieser Bezeichnung meiner Meinung nach nur mehr unter einem Viertel belegt. Man könnte es ironisch ausdrücken: Es ist dabei, ebenfalls den Geist aufzugeben.«

Nun setzten sich die Männer wieder an den Tisch. »Es stellt

sich hier die vordringliche Frage«, begann Hans das Gespräch, »ob wir verantworten können, dass du weiter allein dieser riskanten Situation ausgesetzt bleibst.«

Eva zuckte mit den Achseln. »Ich habe noch gar nicht erwähnt, dass zwei der Frauen meiner Tischgemeinschaft und ich per SMS mit Entführung bedroht wurden.«

Alle wechselten entsetzte Blicke und Hans entschied empört: »Du packst sofort deine Sachen. Wir nehmen dich morgen früh mit und bringen dich nach Hause.«

Das war nun eigentlich nicht Evas Absicht. »Frau Berger und Frau Werner sind zur Stunde bei der zuständigen Kripo und sagen zur Causa Leonhard aus. Ich treffe sie am Abend wieder. Dann möchte ich mich noch gerne mit den beiden beraten. Anschließend sehen wir weiter.«

Eva erbarmte sich des inzwischen erkalteten böhmischen Mohnstrudels und beobachtete ihre Freunde.

Anna strich sich nervös mit beiden Händen durch die gepflegten roten Haare und fragte hilflos: »Nimmst du die Bedrohung ernst?«

»Natürlich!«

»Hast du Angst?«

»...vielleicht...«

»Wer könnte das nur sein?«

»Eine dumme Frage«, dachte Eva. »Das werden wir herausfinden«, gab sie zur Antwort.

»Wir sind mittlerweile zu der Erkenntnis gelangt«, wandte sich Hans an Eva, »dass es völlig falsch war, den Kollegen Leonhard in das BAYERN-Inn einzuschleusen. Unseren Verdacht auf Wirtschaftskriminalität und die Einzelheiten um die Bilanzen hätten wir anders überprüfen müssen.«

»Hans, du hast ja Recht. Aber Denis Leonhard hat diesen Vorschlag selbst gemacht. Es schien keiner geeigneter als er, der selbst ein ähnliches Hotel in Zürich besitzt und führt – ich meine – besaß und geführt hat. Es ist außerdem zu spät. Nun brauchen wir das Für und Wider nicht mehr zu diskutieren.«

Alle nickten betroffen.

Eva sah sie der Reihe nach an. »Mein Vorschlag lautet nun folgendermaßen: Ich warte ab, welche Empfehlung Frau Berger und Frau Werner bei ihrer heutigen Aussage von der Kripo erhalten haben. Wenn beide die Kur abbrechen, schließe ich mich ebenfalls an und fahre morgen früh mit euch nach Hause. Sollte aber auch nur eine ihre Kur in Bad Füssing fortsetzen wollen, bleibe ich auch da. Ich maile euch heute am Abend die Entscheidung.«

Diese Lösung war für Evas Kollegen unbefriedigend. »Zumindest sollten wir uns vielleicht in einigen Tagen an gleicher Stelle wieder treffen«, schlug Annas bärtiger Ehemann Bernhard vor.

»Lassen wir das auf uns zukommen«, entgegnete Eva und erhob sich.

Hans half ihr ritterlich in die Jacke und sah sie liebevoll an. »Warum haben wir noch nicht in Erwägung gezogen, dass es ratsam sein könnte, wenn einer von uns Männern – ich beispielsweise – sich ebenfalls im BERNSTEIN einquartieren würde?«

Eva konnte sich die wahren Gründe ausmalen und musterte rasch seine unsportliche, ein wenig beleibte Figur. Das hätte ihr gerade noch gefehlt. Sie ergriff ihre Umhängetasche und antwortete: »Als Security? Im Lederdress und bis an die Zähne bewaffnet?«

»Du hast recht«, lächelte Hans verlegen. Er fühlte sich durchschaut und sagte: »Ich würde wahrscheinlich nur im Wege stehen.«

Dann begleiteten sie Eva in der Dunkelheit ein Stück des Weges. Sie hatte noch einen Einfall: »Was werdet ihr heute Abend unternehmen? Ihr habt doch für eine Nacht gebucht.«

Hans schöpfte Hoffnung. »Was schlägst du vor?«

Eva überlegte nur kurz: »Geht in das PARADISO! Seit dem Besuch dieses Lokals ist Dr. Kessler verschwunden. Seht euch genau um. Vielleicht fällt euch irgendetwas Seltsames auf. Immerhin stammt ihr alle aus der Gastronomie.«

Es war stockdunkel geworden. Eva war froh, als sie in das warme Foyer des BERNSTEIN eintreten konnte. Auf der Couch mit Blick zur Eingangstür saßen Barbara Berger und Maria Werner. Sie hatten mit versteinerten Gesichtern auf Eva gewartet und erhoben sich sofort. »Wir sollten gleich in das Restaurant gehen und zu Abend essen. Wer weiß, ob das später noch möglich ist.«

Eva erschrak und folgte mit ungutem Gefühl. Ihr angestammter Platz am großen Fenster war besetzt, aber ein anderer, nicht so zentral gelegener Tisch war auch in Ordnung. Sie setzten sich und Eva drängte: »Was war bei der Kripo? Erzählen Sie.«

»Wir essen zuerst«, bestimmte Maria resolut.

»Und dann schauen wir gemeinsam die Abendschau im Bayerischen Fernsehen«, fügte Barbara hinzu.

»Und dann?« Eva ahnte nichts Gutes.

»Dann werden wir sehen «, ergänzten die beiden anderen.

Es schien Eva, als wäre der Kellner besonders still und zurückhaltend. Er nahm die Bestellung auf, brachte die Getränke und servierte schweigend. Irgendwie hatte sich die Atmosphäre im Lokal verändert. Was war es nur? Litt sie schon unter Halluzinationen?

Dr. Luchs hatte diesen Donnerstagnachmittag im Büro des Direktors an dessen Schreibtisch mit dem Studium der Personaldaten verbracht und sich Notizen gemacht. Fritz Krenners wuchtige Person saß hinter einem zweiten Schreibtisch, dessen Maße vermuten ließen, dass es sich um ein Möbel aus der Hinterlassenschaft des Rittergeschlechts derer von Schönburg handeln könnte.

Krenner beobachtete mit Argusaugen die Aktivitäten am Computer gegenüber. Als Dr. Luchs die Belegungsstatistik öffnete und in die Aufzeichnungen der Erlöse klickte, wurde Krenner sichtlich nervös. »Würden Sie mir endlich den Zweck Ihres unangemeldeten Besuches erläutern? Vielleicht könnte ich Ihnen einige Erklärungen geben.«

Luchs dankte. »Ich komme zurecht. Sie können sich gerne anderen Aufgaben zuwenden.«

Diese ließen auch nicht länger auf sich warten.

Fritz Krenners Handy klingelte. Es lag unweit der Computertastatur bei Dr. Luchs und der Direktor hechtete herüber. Noch ehe er es fassen konnte, sagte Luchs: »Marlene ruft an. Soll ich Ihnen das Telefon hinüberreichen?«

Krenner warf ihm einen wütenden Blick zu und verschwand mit dem Handy im angrenzenden Privat-Appartement. Es dauerte eine ganze Weile, ehe er leichenblass zurückkehrte.

Luchs stichelte: »Ich dachte, Ihre Frau heißt Anna-Marie?« Krenners Antwort blieb aus.

Es wurde Abend und Krenner hatte sich bereits zurückgezogen. Nach zaghaftem Klopfen öffnete sich die Türe zum Büro. »Sie haben Besuch, Herr Dr. Luchs.«

Hinter der schmalen Frau stand ernst blickend Hauptkommissar Harald Renner, ein 45jähriger, drahtiger, mittelgroßer, dunkelblonder Mann.

Luchs erhob sich zögernd und ahnungsvoll. Er ging auf den Schulfreund zu und beide reichten sich stumm die Hand.

»Wir sollten die Abendschau im Bayerischen Fernsehen verfolgen«, sagte Renner. »Gehen wir dazu in dein Appartement?«

Der Weg in den ersten Stock dauerte eine Ewigkeit. Renner entschuldigte sich: »Wir haben von Dr. Kesslers Verwandtschaft mit dir nichts gewusst. Darum kann ich dich erst jetzt so verspätet informieren.«

Sie nahmen nebeneinander auf der ausladenden Couch Platz. Dann ergriff Renner die TV-Fernbedienung.

Gebannt starrte zur gleichen Sekunde Eva Bauer auf den Bildschirm und auf den dunkel gekleideten Sprecher der »Münchener Abendschau«, der noch rasch seine blaue Krawatte zurecht rückte.

»Guten Abend, meine sehr verehrten Damen und Herren! Unser Niederbayerisches Bäder-Dreieck kommt nicht aus den Schlagzeilen. Wie erst heute bekannt wurde, verstarb bereits am Dienstag, dem 10. November, gegen 23.45 Uhr, der bekannte Münchner Rechtsanwalt Dr. Maximilian Ferdinand Kessler. Er war im Bad Füssinger Nachtlokal PARADISO während eines Tangos in den Armen seiner Tanzpartnerin zusammengebrochen und verstarb kurz danach auf der offenen Tanzfläche. Wie die durchgeführte Obduktion erst heute ergab, war er durch einen Stich in die Bauch-Hauptschlagader getötet worden. Dr. Kessler ist bereits das dritte Opfer einer Mordserie im Kurort innerhalb weniger Wochen. Wie die Polizei mitteilt, wohnte Dr. Kessler bis vor wenigen Tagen - ebenso wie das erste Opfer, der Schweizer Geschäftsmann Denis Leonhard - im Fünf-Sterne Nobelhotel BAYERN-Inn in Bad Füssing. Makaber ist, dass am Vormittag desselben Tages, an welchem Dr. Kessler ermordet wurde, jener Bademeister unter äußerst mysteriösen Umständen zu Tode gekommen war, der das erste Mordopfer, Denis Leonhard, hatte retten wollen.«

Die Zirbelstube, in die Frau Börner überraschend nach dem Abendessen geladen hatte, schien um Eva zu kreisen. Krampfhaft hielt sie sich an der Lehne eines Sessels fest. Ihr Gehirn glich einem Vakuum. Irgendwer hatte ihr ein Glas Schnaps in die Hand gedrückt und sie zum Schlucken aufgefordert. Dann fand sie sich heftig hustend, aber wieder bei Sinnen, in der Gesellschaft von Barbara Berger, Maria Werner, Frau Henny Börner und deren Stiefsohn, nämlich dem Empfangschef des BERNSTEIN, auf dem Boden der Tatsachen wieder.

»Nun sind wir die nächsten«, prophezeite Maria Werner düster.

Eva Bauer und Barbara Berger zuckten zusammen, während Frau Börner und ihr Stiefsohn erschrocken schwiegen. Eva fasste sich wieder. »Und damit das nicht passiert, werden wir uns jetzt sammeln und zum Gegenangriff blasen.« Die drei erhoben sich selbstbewusst. »Wir sollten einen Plan schmieden«, schlug Barbara Berger vor.

»...und das am besten in ruhiger Abgeschiedenheit«, ergänzte Maria Werner, »...nämlich in Frau Bauers Hotelzimmer.«

Damit war für Eva Bauer die Stunde der Wahrheit angebrochen.

Nachdem sich das Trio in Evas Zimmer im Trainingsanzug in der Konstellation des Vorabends eingefunden hatte, begann sie aus der Tiefe des Fernsehsessels heraus mit dem Geständnis: »Es ist an der Zeit, Sie beide näher über den wahren Grund meines Aufenthaltes hier in Bad Füssing zu informieren.«

Maria Werner und Barbara Berger richteten sich nicht sonderlich überrascht auf.

»Ich bin Miteigentümerin und damit Mitglied der Eigentümergemeinschaft des BAYERN-Inn«, fuhr Eva fort, »und gehöre in dieser Eigenschaft dem sogenannten »Füssinger Kreis« an. Das ist jene Gruppe unter den Eigentümern, die selbst vom Hotelfach sind und sich regelmäßig treffen, um die Auslastung des Hauses fachlich zu überprüfen und die Ergebnisse intern zu diskutieren. Ich habe diese Anteile am Hotel von meiner verstorbenen Tante geerbt.«

Eva nahm einen Schluck Wasser. »Wir stellen seit Monaten Unregelmäßigkeiten in den Büchern fest und vertreten die Meinung, dass unser Haus aus dem Ruder läuft. Über die Gründe rätseln wir«.

Eva blickte im schwachen Licht der Stehlampe auf die regungslosen Gesichter der zwei Frauen. »Unserer Gruppe gehörte auch das erste Mordopfer, der Schweizer Hotelier Leonhard an. Er hatte uns vorgeschlagen, eine als Kur getarnte Inspektion im BAYERN-Inn durchzuführen und als äußerst kompetenter Fachmann ziemlich schnell herauszufinden, was uns so beunruhigt. Aus irgendwelchen, uns völlig unbekannten Gründen, muss er aber bereits einen Tag früher angereist sein, wie Frau Werner feststellte. Das weitere Schicksal des Herrn Leonhard muss ich Ihnen nicht mehr schildern. Es ist Ihnen bekannt.«

Eine nachdenkliche Pause entstand. »Na ja«, murmelte schließlich die stämmige Maria Werner und blickte fast mitleidig auf Evas schmale Figur: »Und nun haben Sie seine Nachfolge angetreten. Deutlicher will ich zu den möglichen Konsequenzen nicht werden.«

Barbara Berger war besorgt: »Warum recherchiert kein Mann aus Ihrer Gruppe? Warum ausgerechnet Sie? Für einen Ernstfall sind Sie körperlich doch eher ungeeignet!«

Ja, das war auch Eva bekannt. Sie antwortete: »Ich bin die einzig verbliebene Alternative. Ich habe mich freiwillig angeboten, weil die Männer aus meiner Gruppe zu nervenschwach und einfallslos sind.«

Maria Werner entrüstete sich: »Ich befürchte, dass auch Sie mit dem Leben bezahlen werden und von Ihren beiden Nichten, von denen Sie neulich so begeistert erzählten, bald vergessen sind.« Eva Bauer sah sich im Geiste bereits gemeuchelt und dachte bedrückt an Lea und Luca. »Kommen wir nun zu Ihrem Polizeibesuch«, lenkte sie ab. »Was hat sich ergeben?«

»Wir haben unsere Aussage zu Denis Leonhard gemacht«, berichtete Maria Werner. »Das wurde protokolliert. Als wir aber Dr. Kessler erwähnten, wurde die Zeugeneinvernahme unterbrochen. Danach kam ein Hauptkommissar Renner hinzu und befragte uns akribisch genau zu Dr. Kesslers Gepflogenheiten, Äußerungen,

Meinungen, Absichten usw. Und dann folgte ohne Mitgefühl für unsere psychische Verfassung die Information, dass Dr. Kessler ermordet wurde. Dies werde in der heutigen Abendschau noch öffentlich bekannt gegeben. Im BERNSTEIN stellten wir fest, dass Frau Börner informiert und im Zimmer von Dr. Kessler bereits die Spurensuche zugange war. Wir waren schwer getroffen und haben uns spontan entschlossen, die Kur gleich morgen früh abzubrechen und heimzufahren. Übrigens: Wie mit Ihnen vereinbart, haben wir nichts von unserer eigenen Bedrohung erwähnt, um nicht noch weiter in diesen Fall verstrickt zu werden und letztendlich die Polizei am Hals zu haben.«

Eine nachdenkliche Pause folgte. Eva erhob sich schließlich, ging an die Mini-Hausbar und holte drei Tafeln bester Schweizer Schokolade heraus. »Diese horte ich schon mehrere Tage. Das ist Gehirnnahrung. Der bedürfen wir nun dringend.«

Ganz offensichtlich wirkte die Bitter-Schokolade tatsächlich. Und sogar umgehend.

»Fassen wir noch einmal zusammen«, begann Barbara Berger laut zu überlegen. »Warum sollte in dieser gegenwärtigen Situation nur ein durchtrainierter Mann gefahrlos recherchieren können? Die bisherigen Opfer waren Männer aller Altersklassen, sozusagen aus drei Generationen. Fazit: Muskeln schützen in diesem Falle nicht. Hier könnte tatsächlich eine jüngere Frau mit Unterstützung von Frauen im vorangeschrittenen Alter, geeigneter sein.«

Barbara übertrieb spöttisch: »Es kann natürlich alles passieren. Man denke nur an die heiklen Situationen um »Miss Marple«, die sich so ungefähr im Alter unserer lieben Frau Werner befand.«

Eva lachte, sah Maria Werner auffordernd an und konterte: »Zwei so mental starke Frauen wie Sie und Frau Berger, würden mir in der Tat beistehen können. Meinen Sie, dass Sie beide das schaffen, Frau Werner?«

In Maria Werners außergewöhnlich gutem Gedächtnis jagte das

vergangene Berufsleben vorüber, über das sie Stillschweigen bewahren möchte bis zum Jüngsten Tag. Doch aus dieser Erfahrung heraus musste sie nicht lange überlegen: »Aber ja, da bin ich mir sogar ganz sicher. Denn ehrlich gesagt: Frau Berger und ich haben längst bemerkt, dass Sie keine Kur machen, sondern irgendetwas im Schilde führen. Selbst Ihre unvermeidliche Umhängetasche haben wir längst als einen Notfallkoffer für alle Eventualitäten identifiziert. Sie sehen also, dass wir nicht ganz ungeeignet für den neuen Job sind, für den wir uns nun ganz offiziell empfehlen.«

Eva war gerührt. »Aber Sie sagten vorhin, dass Sie beide morgen früh die Heimreise antreten wollen«.

Barbara Berger hatte sich ebenfalls längst entschieden und antwortete ironisch: »Da wussten wir noch nichts Genaues von Ihrer interessanten, geheimdienstlichen Tätigkeit ... und da profitierten wir noch nicht von der Wirkung Ihrer Schokolade.«

Sie lachten befreit. Nun saßen sie gleichberechtigt in einem Boot und wollten es gemeinsam ans Ufer rudern. Kentern war nicht vorgesehen.

Dr. Luchs schritt hastig und tief in seinen Mohair-Schal versunken die Kurallee entlang. Der Tag und die Witterung glichen seiner Stimmung: Freitag, der 13. und tieffrostig. Noch vor dem Frühstück wollte er nach der gestrigen Schocknachricht die Freitagzeitungen nach Berichten über den Mordfall sichten und im Laufe des Vormittags seinen Onkel identifizieren. Harald Renner sollte ihn dazu gegen zehn Uhr vom BAYERN-Inn abholen.

Luchs blieb vor dem Kiosk am Ende einer Warteschlange stehen, die ihn peinlich berührte. Scheinbar waren alle Bad Füssinger Kurgäste trotz dieser Kälte und ihrer rheumatischen Beschwerden gleichzeitig auf den Beinen, um sich ein ganz bestimmtes

Blatt zu sichern. Und dessen aufdringliche Schlagzeile übertraf bei weitem alle übrigen Magazine: Riesenfoto von dem gemalten Bild des flotten, Tango tanzenden Paares an der Rückwand des Podiums im PARADISO und in großen, blutrot verlaufenden Lettern darunter: **SEIN LETZTER TANGO.**

Es war Dr. Luchs psychisch unmöglich, diese Zeitung zu kaufen. Er wandte sich ab und kehrte wie in Trance in das Hotel zurück.

Im Frühstücksraum des BAYERN-Inn saßen ca. dreißig Personen auf fünfzehn Tische verteilt – der Rest der Gäste. Luchs versuchte sich wieder zu fassen.

»Wo ist Herr Krenner? Ich möchte ihn sofort sprechen«, wandte er sich an die Serviererin. Die ungewöhnlich schüchterne Frau versicherte, dass sie das nicht so genau wisse, sie würde sich aber gerne erkundigen.

Nach zwei Minuten sauste der untersetzte, spindeldürre und aalglatt wirkende Restaurantchef herbei. Seine spärlichen, vom Gel glänzenden schwarzen Haare waren nach hinten gekämmt und er grinste: »Direktor Krenner ist um diese Zeit nie zugegen.« Süffisant fügte er hinzu: »Aber ab zehn Uhr kann man ihn manchmal erreichen. Was kann ich für Sie tun, Herr Dr. Luchs?«

»Es sieht so aus, als hätten wir derzeit mehr Personal als Gäste.«

»In der Tat, Herr Dr. Luchs, das Haus krankt an der Mordserie.«

Luchs sah auf ihn hinab. »Wir sind ein Fünf-Sterne-Hotel mit sorgfältig gewähltem Personal. Woher rührt die eigenartige Zurückhaltung der so gut ausgebildeten Mannschaft?«

Das Achselzucken des Restaurantchefs sollte ausdrücken, dass er das auch nicht weiß. Aber der damit verbundene listige Augenaufschlag forderte umgehend das Misstrauen des Anwalts heraus.

»Mir ist bekannt, dass der Direktor und Sie gelegentlich im

Clinch liegen«, bluffte Luchs und der Restaurantleiter fiel darauf herein: »Fritz Krenner ist als Direktor eines solchen Hauses vielleicht nicht die richtige Wahl.«

»Sie wären besser?«

»Eventuell. Sie sollten es herausfinden, Herr Dr. Luchs.«

»Gut, aber nicht heute.«

Der Restaurantchef verbeugte sich devot und verschwand in der Küche. Einer spontanen Eingebung folgend erhob sich Luchs und ging ihm nach.

In der modern ausgestatteten Hotelküche lehnte der massige, mit vier Hauben und drei Diamanten ausgezeichnete, hochdotierte Küchenchef gelangweilt an einem Edelstahl-Arbeitstisch, blätterte in einer Zeitung und betrachtete mit schadenfrohem Gesichtsausdruck das Bild der Schlagzeile. Der Restaurantchef ging auf ihn zu und gab ihm einen freundschaftlichen Klaps auf die breite Schulter. Beide grinsten sich an und der Kleine meinte lässig: »Ein ungewöhnliches Hinscheiden. Nicht jeder hat das Glück, während der Ausübung seiner Lieblingsbeschäftigung das Zeitliche segnen zu dürfen.« Luchs rang mühsam um Fassung. Am liebsten hätte er sich auf die beiden gestürzt und sie fristlos entlassen. Dann ging er nur scheinbar gelassen an seinen Tisch zurück und übergab der Serviererin seine Visitenkarte. »Ein Anwalt hat Schweigepflicht. Sie können mich gerne gratis konsultieren, wenn Sie ein arbeitsrechtliches Problem haben sollten oder sich über berufliche Vorkommnisse in diesem Haus vertraulich mitteilen möchten.«

Hauptkommissar Renner hatte sich vorgenommen, den Freund selbst abzuholen und nach der erfolgten Identifizierung Dr. Kesslers wieder zurückzubringen. Er wusste, dass sich Dr. Luchs in einer sehr schlechten psychischen Verfassung befand und sich mit Selbstvorwürfen überhäufte.

Während der Fahrt in die Pathologie berichtete ihm Luchs die letzten Vorkommnisse und Harald Renner nahm sich vor, das Vorleben des Chefkochs sowie das des Restaurantleiters genau zu beleuchten, ihre Alibis zu überprüfen und die beiden Herren in allen drei Mordfällen in die Liste der Verdächtigen aufzunehmen. Aber zunächst hatte Renner noch einige Fragen an Luchs.

»Welche Einzelheiten hinsichtlich seiner Beobachtungen hat dir denn dein Onkel mitgeteilt?«

»Wir waren telefonisch sehr vorsichtig. Onkel Max hatte auf ein persönliches Treffen gedrängt, das ich wegen einer Zeugeneinvernahme im Ausland nicht einhalten konnte. Ich weiß aber, dass Onkel Max aus reiner Gewohnheit grundsätzlich alle wichtigen Dinge notierte, um auch nicht ein Detail zu vergessen oder falsch wiederzugeben. Es gibt mit Sicherheit irgendwelche aufschlussreiche Notizen. Ich würde daher gerne Onkels Hinterlassenschaft und auch seine Kleidung einer genauen Inspektion unterziehen. Vielleicht hat er irgendwelche, nicht als solche erkennbaren Verstecke für die Aufbewahrung seiner Aufzeichnungen verwendet.«

Harald Renner nickte. »Das lässt sich einrichten.« Und nach kurzer Überlegung vermutete Renner: »Es muss Zusammenhänge zwischen den Mordfällen geben.«

Luchs stimmte ihm zu. »Leonhard hat doch bekanntlich die Zahl 158 genannt. So lautete allerdings auch die Zimmernummer meines Onkels. Ich habe dies gestern, bevor du kamst, persönlich in der Gästeliste nachgeprüft. Das Zimmer wurde nach ihm auch nicht mehr belegt. Im Übrigen waren die Bekanntgabe der Zimmernummer im BAYERN-Inn und sein späterer Umzug in das BERNSTEIN die einzigen Informationen, die ich telefonisch von ihm bekommen habe. Alles andere wollte er mir vertraulich nur unter vier Augen mitteilen.«

Renner hielt fest: »Und jetzt hast du diese Zimmernummer. Zufällig oder absichtlich?«

»Absichtlich natürlich! Ich habe das Appartement bereits total auf den Kopf gestellt und alles abgesucht. Nichts! Es ist penibel sauber. Wenn da was war, ist es längst in der hoteleigenen Verbrennungsanlage in Schall und Rauch aufgegangen.«

Sie waren in der Gerichtsmedizin angekommen. Dr. Luchs erschauerte. Ihm war übel. Vorsorglich hielt er ein Taschentuch bereit und folgte, selbst leichenblass, dem Hauptkommissar in die »Katakomben«. Ihre Schritte hallten und Luchs fror. Seine Nerven waren zum Zerreißen gespannt. Ihm graute vor der Identifizierung. Das war der schlimmste Gang seines Lebens. Aber da musste er durch.

In den folgenden Minuten stand Luchs – in Gedanken weit weg – neben dem Leichnam seines Onkels und blickte auf ihn hinab. Dann nickte er Renner bestätigend zu und schloss für einen kurzen Moment die Augen. Luchs hatte sich in die Erinnerung geflüchtet. In dieser stand er als Zwölfjähriger daheim im Garten und sein einziger Onkel steckte ihm wieder einmal verstohlen einen Geldschein zu. »Aber verprasse ihn nicht sinnlos«, hatte Onkel Max gelächelt und ihm zärtlich über das Haar gestrichen.

Wie aus der Ferne hörte sich Luchs im Schock fragen: »Was ist eigentlich der Mensch?«

Ebenfalls von weit weg kam die lapidare Antwort des Pathologen: »Nur eine Kohlenstoffverbindung.« Dann rollte die sterbliche Hülle des Onkels geräuschvoll in die Kühlung zurück.

Die Rückfahrt in das Hotel verlief schweigend. Als Dr. Luchs in der Dunkelheit aus dem Zivilfahrzeug der Polizei stieg und seinem Freund dankend die Hand reichen wollte, hatte Renner längst entschieden: »Ich begleite dich in dein Zimmer. Vielleicht hast du etwas übersehen. Krempeln wir es noch einmal um.«

Luchs war froh, nicht allein zu sein. Als sie gemeinsam durch das beinahe verwaiste Foyer des Hotels schritten, kam ihnen

Direktor Krenner entgegen. »Sie wollten mich heute Vormittag sprechen, Dr. Luchs? In dringender Angelegenheit?«

»Ja, in der Angelegenheit Dr. Kessler, der Gast dieses Hauses war. Ich hätte gerne von Ihnen etwas mehr über den Mann erfahren.«

Krenners auffallend flackernder Blick entging weder Harald Renner noch Dr. Luchs.

»Was soll ich zu Dr. Kessler sagen können? Er war ein unauffälliger Stammgast des Hauses, zu dem ich selbstverständlich keinen persönlichen Kontakt pflegte. Da ich meinen Gästen nicht hinterher zu spionieren pflege, kann ich nichts zu seinen Aktivitäten sagen.«

Harald Renner bohrte mit einem eindringlichen Blick nach: »Und das ist alles, was Sie wissen?«

Krenner reagierte zugeknöpft: »Ja, das ist alles. Ich wünsche dann beiderseits einen guten Abend.«

Der Koloss entschwand und Renner notierte das Gespräch in Stichpunkten in seinem Notizbuch. »Willst du Krenner nicht doch noch sagen, dass es sich bei Dr. Kessler um deinen Onkel handelt?«

Luchs war dagegen. »Ein Gefühl sagt mir, dass ich darüber schweigen sollte.«

Als Dr.Luchs die Eingangstür zum Hotelzimmer 158 geöffnet hatte und sie eingetreten waren, sah sich Harald Renner sehr intensiv um. »Du hast also nach schriftlich niedergelegten Informationen im Zimmer gesucht. Hat dich das Badezimmer interessiert?«

»Nein, das hat es nicht. Es ist nicht vorstellbar, dass Onkel Max irgendwelche Aufzeichnungen im Entlüftungsschacht deponiert haben könnte.«

»Was ist wohl deinem Onkel aufgefallen? Wir wissen außerdem bis heute nicht, warum der Schweizer Hotelier Denis Leonhard hier im BAYERN-Inn kuren wollte«, rätselte der Kommissar.

»Aber Harald, ich hatte dir doch gesagt, dass Leonhard einer der Miteigentümer dieses Hauses war. Und diese haben das Recht, ausschließlich im Winter zu einem Pauschalbetrag, der aus den Unkosten für den Hotelbetrieb berechnet ist, eine Badekur im BAYERN-Inn durchzuführen. Da er selbst ein Hotel in der Schweiz besaß interessierte ihn vermutlich nicht die Unterkunft sondern nur die Bad Füssinger Therme.«

Renner dachte nach. »Wen könnte Leonhard getroffen und was könnte er in den wenigen Stunden unternommen haben? Er kam an und starb. Andererseits ist es wahrscheinlich, dass dein Onkel in diesem Zusammenhang etwas bemerkt hat, das ihm schließlich ebenfalls das Leben kostete.«

Das sah Luchs auch so: »Ich befürchte zwar, dass es nicht mehr viel bringt, meine aber, dass die Spurensuche mein Zimmer und das Badezimmer rein vorsorglich noch im Nachhinein unter die Lupe nehmen sollte.«

Renner nickte. »Den irgendwie nicht ganz astreinen Direktor Krenner verständigen wir vorausschauend aber erst in letzter Sekunde, wenn wir schon da sind. Und du verhinderst, dass der Zimmerservice hier noch weitere Spuren vernichtet.«

Die Freunde trennten sich. Luchs öffnete seine Minibar und wählte ein Bier. Ein kaltes, süffiges, bayerisches Weißbier. Zwei davon würden seine Schuldgefühle vertreiben. Zumindest in dieser Nacht.

Das neu gegründete, völlig unterschiedliche aber hoch motivierte weibliche Ermittler-Trio wollte keinen Tag verlieren und noch heute, am Samstag, dem 14. November, gemeinsam mit der Aufklärung des Mordfalles D. Leonhard fortfahren. Man gab sich zwei Wochen. Dann musste Barbara Berger unbedingt in ihre Kanzlei zurück.

Eine e-mail von Hans hatte bereits um acht Uhr früh folgende

Information gebracht: »Hallo Eva, wie von Dir vorgeschlagen, wollten wir das PARADISO aufsuchen und standen vor verschlossener Tür. Der dort Schnee schaufelnde, ziemlich schwatzhafte Hausmeister klärte uns über den aktuellen Grund auf. Wir sind entsetzt! Der im Tanzlokal Ermordete ist doch der vermisste Mann aus Deiner Gruppe? Ein Satz des Hausmeisters ist uns besonders in Erinnerung geblieben. Er sagte: »Wir haben zu diesem Mord ein sehr aufschlussreiches Video, aber wir rücken es nicht raus. Man ist sich schließlich selbst der Nächste.« Sei vorsichtig! Hans«.

Eva mailte im Beisein von Barbara und Maria umgehend zurück. »Danke, das finde ich sehr interessant. Wir sollten uns aber nicht um die Aufklärung des Mordfalles Dr. Kessler bemühen sondern nur um die Todesumstände von Denis Leonhard. Zu unserer Sicherheit suchen wir heute eine neue Unterkunft und denken an eine Suite, in der wir gemeinsam wohnen können, aber drei Schlafzimmer haben. In Kürze nenne ich Dir die neue Adresse. Sorge Dich nicht! Keiner macht sich die Mühe und entführt drei widerspenstige Grazien. Viele Grüße, Eva.«

Gegen Mittag folgte die nächste mail:

»Hallo Hans, wir sind bereits umgezogen und wohnen nun ganz wunderschön im Hotel BUCHENHAIN. Das sind zehn Gehminuten vom BAYERN-Inn entfernt. Das Haus ist beinahe voll belegt. Es profitiert von den Gästen, die aus unserem BAYERN-Inn fliehen. Das wurmt mich ganz gewaltig.«

Die »drei Grazien« fühlten sich sicher. Sie hatten wie gewünscht ein gemeinsames Wohnzimmer, drei Schlafzimmer und drei Bäder. Die Suche nach der geeigneten Suite hatte Eva übernommen, damit Barbara Berger und Maria Werner noch ihre Thermal-Anwendungen nehmen konnten.

Bei Diät-Getränken und kalorienreichen Keksen relaxten sie auf der bequemen Couch im gemeinsamen Wohnzimmer. Maria Werner schob ihrer kaputten und deformierten Hüfte ein dickes, wärmendes Kissen unter. Nun konnte sie aufatmen und ohne Schmerzen überlegen. Sie wandte sich Eva zu: »Auch wenn wir nur den Mord an Denis Leonhard aufklären sollen, müssen wir annehmen, dass Dr. Kessler zu diesem Vorfall möglicherweise etwas wusste und aus diesem Grunde selbst umkam.«

Eva Bauer nickte zögernd: »Ich stimme Ihnen zu, Frau Werner. Wir müssen unsere Schnüffeleien gezwungenermaßen auch auf den Mordfall Kessler ausdehnen.«

Die vorsichtige Barbara Berger hingegen befürchtete, dass damit die Gefährlichkeit des gemeinsamen Vorhabens noch weiter zunehmen könnte.

Eva beruhigte: »Seien Sie kein Hasenfuß, Frau Berger. Wir sind zu dritt.«

Maria Werner tröstete mit einem Augenzwinkern: »Und Frau Bauer ist schließlich mit einer Gaspistole schweren Kalibers bewaffnet.«

Die Ironie war also in die Suite mit eingezogen. Frau Berger war wieder beruhigt und hoffte:

»Zum Schluss zerschlagen wir das mörderische Komplott. Der Kurdirektor verleiht uns die Agatha-Christie-Tapferkeitsmedaille und ehrt uns mit drei lebenslang gültigen Freibadekarten für die Therme.«

Maria Werner erhob sich: »Aber nun kommen wir ernsthaft zur Sache, liebe Leidensgenossinnen.« Dann schleppte sie sich in gebückter Haltung zum Mini-Kühlschrank.

»Was soll denn das bedeuten«, sorgte sich Barbara Berger. »Sie sind schwer angeschlagen. Und so wollen Sie mit uns einen Mörder fangen?«

Ein selbstbewusster Blick aus der Höhe der Kühlschranktüre traf sie. »Ich war in früheren Jahren in meiner Freizeit Greenpeace-Aktivistin und habe mir bei einem körperlichen Einsatz zum Schutz einer Affen-Art auf Sri Lanka ein kleines Leiden zugezogen, das gelegentlich wieder aufflammt aber nichts weiter zu bedeuten hat.«

Dann wandte sich Maria zur Ablenkung von diesem Thema an Eva: »Wen verdächtigen Sie, Frau Bauer?«

Eva überlegte nicht lange. »Bei Denis Leonhard habe ich noch keine bestimmte Person in Verdacht. In Bezug auf Dr. Kessler sieht das nicht viel anders aus.«

Maria war enttäuscht: »Äußerst dürftig, würde ich sagen.«

Barbara schüttelte sich: »Im Nachhinein gesehen war es ganz gut, dass uns Dr. Kessler vom PARADISO in das BERNSTEIN zurück kommandierte. Womöglich wären wir in jener Nacht Zeugen des Mordes an ihm geworden.«

Maria Werner schauderte und zog den halblangen Ärmel ihres grünen Pullovers bis zum Handgelenk. »Aber wie und warum kehrte Dr. Kessler, nachdem er uns im BERNSTEIN abgesetzt hatte, erneut in das PARADISO zurück? Wollte er mit dem Tanzpartner der Römer eine Rechnung begleichen?«

Barbara verneinte. »So kann es nicht gewesen sein. Die drei Morde hängen zusammen. Was hätte denn der sogenannte »Heiratsschwindler« mit Herrn Leonhard und dem Bademeister zu tun gehabt? Andererseits könnte er tatsächlich der Detektiv im BAYERN-Inn gewesen sein. Aber das ist eine unbewiesene Vermutung.«

Eva erhob sich und knipste die Stehlampe an. »Sie haben recht, Frau Berger, wir sitzen immer noch im Dunkeln. Mir ist jedoch folgendes aufgefallen: Wahrscheinlich erlitt Denis Leonhard im BAYERN-Inn die tödliche Verletzung. Und zufällig wohnte dort Dr. Kessler. Dieser ängstigte die Zeuginnen Berger und Werner, verhinderte damit deren Aussage bei der Kripo und checkte mit den beiden und der Frau Römer umgehend aus. Er kontrollierte ihre Aktivitäten. Und dann verstarb der Bademeister. Wer war da auch wieder zufällig zur Stelle?«

Barbara bekam eine Gänsehaut und ergänzte: »...unser Dr. Kessler!«

Eva Bauer wechselte den Sitzplatz, kuschelte sich in den Maxi-Couchsessel und lagerte an der Lehne die schlanken Beine hoch: »Dummerweise haben wir keinen Schimmer, welche Bedeutung die Römer hat. Vorausschauend hat sich diese schräge Person unseren Fragen gerade noch rechtzeitig entzogen.«

Barbara nickte: »Nicht zu vergessen, sie flüchtete vor Kesslers Neffen. Daraus ist zu schließen, dass die Familie sie kennt. Wahrscheinich sogar im negativen Sinn.«

Maria Werner schlug vor: »Wir müssen versuchen, an diesen Verwandten heranzukommen und ihn fragen, was ihm der Name Margot Römer sagt. Vordringlich müssen wir jedoch herausfinden, wann und wie Dr. Kessler noch einmal in das PARADISO zurückkehren konnte.«

Barbara nickte: »Das wird nicht schwer sein. Es ist anzunehmen, dass das Lokal inzwischen wieder geöffnet ist. Somit können wir noch heute abends mit der Recherche beginnen.«

Maria war ebenfalls einverstanden: »Wir suchen den Kellner vom Dienstag und befragen ihn. Besonders wichtig ist mir persönlich zu erfahren, in welchen weiblichen Armen er seinen letzten Atemzug nahm.«

Eva war amüsiert. Sie antwortete: »Jawohl Frau Werner, genauso gehen wir vor. Und nun fahren wir im Lift zum Kaffeetrinken eine Etage tiefer. Die haben hier eine »Kaffeestube« im niederbayerischen Stil. Das Abendessen nehmen wir auch hier im Hause und ziemlich früh ein. Anschließend stylen wir uns und brausen ab ins PARADISO. Dann »kriminalisieren« wir, wie »Pfarrer Braun« zu sagen pflegt.« Barbara Berger erhob sich. »Wir müssen davon ausgehen, dass Dr. Kesslers Handy im Tanzlokal entwendet wurde, als er im Getümmel am Boden lag. Am wahrscheinlichsten ist, dass es von seinem Mörder entwendet wurde.

Dieser könnte sich möglicherweise auch heute wieder im PARADISO aufhalten. Er wird uns sehen und vielleicht sogar Kontakt aufnehmen wollen. Wir begeben uns also ganz bewusst in Gefahr.«

»Das sehen Sie richtig, Frau Berger«, gab Maria Werner zu: »Wir werden daher spätestens um 22 Uhr das Lokal gemeinsam verlassen und unsere Beobachtungen und die hieraus gezogenen Schlüsse bei einem Gläschen Rotwein hier in der Suite besprechen und den Samstagabend ruhig ausklingen lassen.«

Sie entschlossen sich, noch eine Vorsichtsmaßnahme einzubauen. »Vor jeder Aktivität senden wir eine e-mail an Hans, damit immer klar ist, wann und wo man uns suchen müsste.«

Das Hotel BUCHENHAIN war gewöhnlich im Winter nicht so gut belegt. Aber nun hatte man alle Hände voll zu tun, um die verwöhnten Gäste aus dem BAYERN-Inn aufzufangen, sie nicht zu enttäuschen und als künftige Stammgäste zu gewinnen.

Es war dem verwitweten Alleininhaber des 200-Betten-Hauses gelungen, die Creme seines Personals aus dem Jahresurlaub zurück zu kommandieren. Er selbst wuselte geschäftig und mit hochroten Backen, die gleich in die glänzende Glatze übergingen, durch das Haus und erteilte in alle Richtungen seine Befehle. Ab und zu blieb er verschnaufend stehen, drehte nervös an den Hirschhornknöpfen seiner ledernen Trachtenjacke, strich ordnend über die spärlichen Daunen zwischen Haupt und Nacken und blickte sich um. Nichts entging seinem Adlerblick! Und schon sauste er an die Rezeption, an der sich soeben die Damen Bauer, Berger und Werner im Gästebuch verewigten. Sein angedeuteter Handkuss ließ die Spitzen seines verwegen aufgezwirbelten und strohblond eingefärbten Bartes an den Handoberflächen der Damen kratzen.

Diese Geste erinnerte die drei wehmütig an einen gewissen, nun nicht mehr unter ihnen weilenden Kavalier namens Kessler.

Maria Werner wischte sich eine Träne aus den Augen und Barbara Berger war gerührt: »Sie weinen um ihn, Frau Werner?«

»Nein, ich lache Tränen. Einen Bart wie diesen habe ich noch nie gesehen. Man könnte meinen, es handelt sich um den Skalp einer Massagebürste.«

Der rührige, kleine, dickliche Boss Ludwig Kugelmoser war nach einer höflichen Begrüßungsformel in der niederbayerischen Landessprache bereits wieder enteilt und die selbsternannten Amateur-Detektivinnen sahen sich bewundernd um.

Eine Empfangshalle wie in den bajuwarischen Heimatfilmen! Es war alles vorhanden: Vertäfelung in Kirschbaum, sichtbare Feuerstelle im Riesenkamin, alte Ölbilder vom ermordeten Wildschütz Jennerwein, schwere Sessel mit rautenförmigen Bezügen, Tische aus Nussbaumplatten und und und ... Sie sanken erschlagen auf die krachlederne Couch, die unmittelbar an der Wand stand.

Barbara ergriff neben sich eine Gazette aus dem Zeitschriftenregal und ließ sie angeekelt wieder fallen: »Diese blutige Schlagzeile verfolgt uns überall!«

Maria Werner provozierte: »In der Tat, Sie sind von Leichen umgeben. Eine in der Zeitung, eine über Ihrem Kopf...«

»...und bald eine neben mir«, drohte Barbara Berger und dann blickte die abergläubische Frau nach oben.

»Um Himmelswillen, ein Hirschgeweih mitsamt seiner originalen Schädelplatte! Ein grausiges Omen für den Beginn unserer kriminalistischen Arbeit. Womöglich existieren von uns selbst bald auch nur mehr die Aminosäuren. Lasst uns in das Restaurant gehen, essen und in das Bett verschwinden.«

»Nur nicht aufregen«, beschwichtigte Eva Bauer amüsiert: »Gemeinsam sind wir stark.«

Barbara Berger erhob sich, strich ihren sündteuren hellgrauen Rock glatt und ordnete die Frisur:

»Das bleibt zu hoffen, also packen wir´s an.«

Etwas später standen die »Ermittlerinnen« ungeduldig wartend an der Türe zur Eingangshalle des BUCHENHAIN, aber da schoss das erwartete Auto bereits um die Kurve.

Der humorvolle Seniorchef der Fahrdienste H. Peter öffnete die Türe seines neuen Kleinbusses. Sie ließen sich aufatmend in die Sitze fallen, legten die Gurte an und fragten: »Sie kennen uns noch?«

H. Peter nickte: »Ja freilich.«

»Dann können Sie sich vielleicht auch an den Mann erinnern, der letzten Dienstag mit uns fuhr und den Sie später ein zweites Mal in das PARADISO chauffierten?«

Eva hatte mit dem letzten Satz nur geblufft. Er war eine reine Vermutung. Aber wie wäre der Ermordete sonst in das Tanzlokal zurück gelangt?

H. Peter überlegte kurz: »Sie meinen den Mann, der im PARADISO seinen letzten Tango tanzte?«

»Genau den meinen wir.«

»Da muss ich Sie korrigieren: Ich habe Sie alle gemeinsam vom PARADISO in das BERNSTEIN gebracht. Aber ich habe den inzwischen Ermordeten nicht noch einmal zurück in das PARADISO chauffiert. Diese Frage hat mir übrigens die Polizei auch schon gestellt.«

»Aber wie konnte er dann erneut in das Lokal gelangen? Er hatte kein Privatauto bei sich.«

»Ganz einfach.«

H. Peter verringerte die Geschwindigkeit und überholte im weiten Bogen einen Fußgänger: »Vielleicht nahm er ein Taxi oder er ging, wie dieser kräftige Mann hier, zu Fuß.«

»Zu Fuß ging er bestimmt nicht. Er tanzte Tango und das tat er sicher nicht in Winterstiefeln«, kombinierte Eva.

Das Gespräch und die Fahrzeit waren zu Ende. »Bitte holen Sie uns um 22 Uhr wieder ab.«

H. Peter parkte ganz kurz das Auto auf der trockenen, überdachten Haltestelle vor der Eingangstüre. Sie bezahlten, bedankten sich und stiegen aus. H. Peter gab Gas und weg war er.

Da standen sie nun. Eigentlich erwarteten sie den beflissenen Kellner wie am Abend mit Dr. Kessler. Aber niemand erschien. Das Lokal war geöffnet, bestens besucht, aber die Stimmung schien nicht besonders gut zu sein. Die Kapelle spielte, aber irgendwie war etwas anders.

»Das Tango-Paar ist übertüncht«, flüsterte Eva Bauer erschauernd. Und in der Tat: Die Wand hinter dem Podium war blutrot gestrichen.

»Makaber und unerhört geschmacklos«, entrüstete sich Maria Werner.

Die empfindliche Barbara Berger gruselte sich: »Mich kriegt keiner auf die Tanzfläche. Wenn ich mir vorstelle, dass ich an der Stelle rocke, an welcher nur vor wenigen Stunden unser Dr. Kessler in seiner Blutlache lag, kriege ich die Paranoia!«

Unwillkürlich drängten sie sich ein wenig fröstelnd aneinander. Dann kam doch noch ein Kellner. Ein äußerst charmanter Österreicher. »Darf ich Ihnen einen schönen Tisch anbieten, meine Damen?« Und schon saßen sie, von den an der Bar auf einsame Frauen lauernden »Cavalieros« ziemlich gut zu erblicken, im wohltätigen Licht des Tanzlokals und harrten mit recht gemischten Gefühlen der kommenden Dinge.

Dieser bewusste Samstag hatte es aber auch für Dr. Luchs in sich: Ein polterndes Klopfen gegen sieben Uhr früh hatte ihm angezeigt, dass die Spurensuche der Polizei vor der Türe stehen musste. Er öffnete und sah sich dem unrasierten Direktor Krenner gegenüber, der im kurzen, schwarz/grau gestreiften Bademantel den Türrahmen füllte. Seine blassen, stämmigen Waden waren mit dunklen Haarbüscheln übersät und die nackten Füße steckten in breiten, Flossen ähnlichen, bräunlichen Filzpantoffeln. Wütende, eisgraue Augen blitzten aus auffallend dunklen Augenrändern und der Donald-Duck-Fan Dr. Luchs hätte sich nicht gewundert, wenn sich Krenner als »Panzerknacker 831-138« zu erkennen gegeben hätte. Offensichtlich war der Direktor eilig aus dem Bett geholt worden und darüber ziemlich erzürnt:

»Müssen wir diesen Aufwand treiben, damit sich auch noch der letzte Gast von uns abwendet?« Seine Nasenflügel bebten gefährlich. Um selbst eintreten zu können, schob ihn Renner nach vorne in den Raum.

»Sie können sich gerne in Ihr Bett zurückziehen. Wir brauchen Sie hier nicht!«

Krenner knotete angriffslustig seinen schwarzen Frottee-Gürtel enger.

»Ich bin als Direktor der Hausherr. Ich bleibe hier!«

»Und ich leite diese polizeiliche Maßnahme und sage Ihnen: Sie gehen raus!« Renners unmissverständliche Handbewegung zur Tür empfahl Herrn Krenner, sich der Staatsgewalt zu fügen. Unbeirrt packten die Männer der Spurensuche einen Koffer aus und Krenner trat unschlüssig zurück in den Flur. Luchs folgte ihm. In diesem Moment zuckte aus dem Hinterhalt der Blitz einer Kamera auf und es war klar, dass der Direktor des noblen Fünf-Sterne-Hotels BAYERN-Inn in kompromittierender Situation abgelichtet und damit so gut wie sicher der Yellow-Press zum Fraß vorgeworfen war. Im Geiste sah Luchs schon das Titelbild und die begleitende Schlagzeile vor sich. Irgendwie tat ihm Krenner plötzlich leid. Aber andererseits war auch das Hotel mit ihm blamiert und es war offen, welchen finanziellen Schaden das für die Eigentümer bedeuten könnte.

Kurze Zeit später nahm Dr. Luchs im Frühstücksraum Platz und ergriff die Passauer Neue Presse. Zufrieden bemerkte er, dass andere Schlagzeilen den Mord an seinem Onkel überlagerten. Ein leichter Parfumduft ließ ihn aufblicken. Vor ihm stand sehr zurückhaltend eine gut aussehende Frau von etwa fünfunddreißig Jahren. Er sprang auf. »Anna-Marie Krenner? Es freut mich, Sie zu sehen.« Die blonde Frau schüttelte leicht zweifelnd den Kopf. »Na ja, es gäbe bessere Anlässe. Hätten Sie etwas dagegen, wenn ich mit Ihnen frühstückte? Mein Mann hat die Nacht hier im Hotel in seinem Privat-Appartement verbracht und ich komme von zu Hause. Eigentlich wollte ich mit ihm frühstücken, aber im Moment ist er nicht ansprechbar. Dumme Sache, die da eben passierte.«

Luchs rückte ihr höflich einen Stuhl zurecht und nickte der Serviererin zu, die eilig ein weiteres Gedeck auflegte.

»Wie geht es Herrn Krenner, was macht er jetzt?«

Mit einem zarten Lächeln nahm sie Platz. »Er säße natürlich am liebsten in einem Mauseloch. Aber da passt er bekanntlich nicht hinein. Ich vermute, er hält sich aus Scham unter seinem Schreibtisch versteckt.«

Vor seinem geistigen Auge sah Dr. Luchs das monumentale Rittermöbel aus Schönburg und den darunter kauernden Direktor als Karikatur vor sich und brach ungewollt in Gelächter aus. »Entschuldigen Sie bitte, Frau Krenner. Die Situation ist nicht zum Lachen. Aber Sie haben sie genau auf den Punkt gebracht.«

Lauschend umkreiste der Restaurantchef derweil die nächstgelegenen Tische, korrigierte die Lage des Bestecks, ordnete Servietten neu, strich Tischdecken glatt und robbte immer näher. Dr. Luchs beobachtete ihn, stand auf und ging auf ihn zu. »Bitte decken Sie für Frau Krenner und mich im Wintergarten. Zu diesem haben Sie anschließend keinen Zutritt. Wir möchten uns gerne ungestört unterhalten.«

Beleidigt unterbrach Siegel seine Tätigkeit und stammelte: »Habe ich richtig gehört? Sie meinen mich? Ich persönlich soll den Tisch decken?«

»Sie haben richtig gehört. Das meinte ich.«

Anna-Marie Krenner warf Luchs einen Schmachtblick zu, den dieser verwundert auffing und der ihn sofort zur allergrößten Vorsicht mahnte.

»Ich bewundere Ihre Durchsetzungskraft«, säuselte sie. »Wenn mein Mann auch so konsequent vorginge, hätte er weniger Ärger.«

»Hat er denn solchen?«

»Aber ja, ständig!«

Luchs konnte es nicht fassen. Da schickte sich eine Frau soeben an, ihren Ehemann beruflich – um in der Sprache der Gastronomie zu bleiben – in die Pfanne zu hauen.

Luchs hatte nicht die Absicht, mit Krenners Ehefrau lange im Wintergarten zu verweilen und die Gerüchteküche zu nähren. Er kam umgehend zur Sache: »Ich habe Probleme mit der Bewertung der letzten Bilanz. Auffallend ist auch, dass wir in letzter Zeit, unabhängig von der Mordserie, einen merkwürdigen Personalwechsel haben. Überwiegend entlässt Ihr Mann die Leute mit Begründungen, die mir persönlich nicht ganz einleuchten und die rechtlich keineswegs auf einwandfreiem Fuß stehen. Das kann so nicht weitergehen. Hat denn Ihr Mann in irgendeiner Form Probleme?«

Sie senkte verschämt den Kopf. »Ja, doch. Er braust in letzter Zeit so häufig auf. Er vermutet überall Intrigen. Und er verfolgt mich mit unbegründeter Eifersucht.«

Dr. Luchs nickte verstehend. »Aha, das ist es«, dachte er und fragte interessiert. »Sind Sie gelegentlich im Hotel mit eingebunden? Ich könnte mir durchaus vorstellen, dass Sie Ihren Mann manchmal gerne unterstützen.«

Sie schüttelte bedauernd den Kopf. »Ich würde mich gerne einbringen, aber dann hätte mein Mann aus Eifersucht keine ruhige Minute. Wir haben nämlich unter den Gästen gar manchen honorigen, gut situierten Herrn. Das brächte ihn um.«

Dr. Luchs erhob sich. »Na ja, nicht auch noch der Direktor! Drei Leichen genügen vollauf.«

Sehr zögerlich erhob sie sich nun ebenfalls und Luchs fragte: »Wollen Sie nicht doch noch nach Ihren Mann sehen? Ich glaube, er braucht Ihren Trost und Zuspruch.«

Sie gab sich etwas gequält. »Ich will sehen, was ich für ihn tun kann.«

Dr. Luchs sah ihr eindringlich in die Kontaktlinsen: »Eine letzte Frage, bitte geben Sie mir eine ehrliche Antwort. Sind Sie der Meinung, dass Ihr Mann als Direktor des Hauses noch die Idealbesetzung ist?«

Sie senkte den Blick und hauchte: »Ehrlich gesagt ... eigentlich nein.«

Dr. Luchs dankte, begleitete sie zur Rezeption und verabschiedete sich.

Wenige Minuten später sah er sie durch das Fenster des Treppenhauses in ihrem gelben MINI davonbrausen.

In selbstquälerischen Gedanken versunken schritt Dr. Luchs am späten Samstagnachmittag von Raum zu Raum. Er wähnte sich auf den Spuren seines verehrten Onkels. »Hier hat er wahrscheinlich gefrühstückt – hier ist er sicher gesessen – hier muss er gestanden haben – und nun ist er aus dem Verschulden seines Neffen ins Grab gefallen.«

Dr. Luchs blieb überlegend stehen und sah im Kaminzimmer

nachdenklich auf den großen Wandbehang. »Wenn man den wegnähme und ein noch zu fertigendes großes Ölgemälde von Dr. Kessler anbrächte, wäre dies nur recht und billig. Es wäre ihm sogar geschuldet. Immerhin ist Onkel Max für das Hotel gestorben!« Luchs erinnerte sich eines Fotos, das seinen Onkel mit einer seiner Trophäen zeigt, die er bei einem Tanzwettbewerb in Andalusien errungen hatte: Es handelte sich um ein sehr auffälliges und äußerst wertvolles Porzellan-Tanzpaar in der Pose eines Tangos. Dieses Foto könnte er von einem Maler zu einem wertvollen Ölgemälde umgestalten lassen.

In wehmütiger Erinnerung ging Luchs weiter. Niemals wäre Onkel Max ein grobschlächtiger Großwildjäger geworden - nein, er war ein Trophäensammler der feinsinnigen Art. Dass er nun genau während seines Lieblingstanzes ermordet wurde, ist die reine Ironie des Schicksals.

Bei seinem Rundgang im Hotel war Dr. Luchs nur wenigen Gästen begegnet. Bei der gestrigen Kontrolle der momentanen Belegungssituation hatte er festgestellt, dass das Haus nur noch zu dreißig Prozent belegt ist. Ein schwerer Schock. Das war noch nie der Fall. Es handelt sich sozusagen um eine negative Premiere.

Luchs lehnte sich kurz an ein Fenster des Kaminzimmers und sah, dass der Direktor soeben den Haupteingang verließ und sich anschickte, bei leichtem Schneefall zu Fuß in Richtung Ortsende zu gehen. Vielleicht hatte er nach all den Vorfällen am Morgen das Bedürfnis, allein in der frischen Luft zu wandern und sich neu zu sortieren? Dr. Luchs nahm sich vor, gleich morgen früh ein ernsthaftes Gespräch mit ihm zu führen. Ganz offensichtlich war Krenner von einigen Feinden umringt. Was war da vorgefallen? Was ist noch im Gang? Während Luchs seinen Vermutungen nachhing und sich dabei auf einen Stuhl gesetzt hatte, ertönte von der Seite her eine angenehme weibliche Stimme:

»Sind Sie etwa auch einer der wenigen furchtlosen Stammgäste?«

Er blickte sich um. Eine Frau von ca. dreißig Jahren, schlank, braunes Haar und intellektueller Gesichtsausdruck, sah ihn mit ernster Miene fragend an.

»Nein, ich bin einer der Eigentümer.«

Sie setzte sich neben ihn. »Was hier abgeht ist reine Hysterie. Ich habe sogar den Eindruck, dass diese mit Absicht geschürt wird. Es ist doch in Wahrheit niemand im Hotel zu Tode gekommen. Zwei der Leichen haben hier lediglich zu ihren Lebzeiten einen Badeurlaub verbracht. Aus dem Leben schieden sie andernorts.«

Luchs wandte sich der Frau sehr interessiert zu und sie fuhr fort: »Mir ist auch aufgefallen, dass nach dem ersten Mord zunächst nur ein gewisser Dr. Kessler panisch wurde und auszog. Drei Damen folgten ihm innerhalb von zwei Tagen nach. Plötzlich tauchte unter den Gästen das Gerücht auf, dass nach internen Polizeiberichten die Justiz davon ausgeht, dass sich der Mörder unentdeckt hier im Hause verborgen hält. Dann nahm alles den bekannten Lauf. Es setzte eine wahre Fluchtwelle ein. Es schien bewiesen zu sein, dass der Mörder nur im BAYERN-Inn zu finden ist.«

Dr. Luchs überlegte: »Was meinen Sie mit der Vermutung, dass die Hysterie geschürt wird?«

Sie rückte vertraulich näher. »Ich habe einige gute Bekannte gefragt, die ebenfalls jedes Jahr hier kuren, warum sie sich so verrückt machen lassen. Jeder hat mir dem Sinn nach dasselbe erzählt, nämlich, dass das Personal sich so merkwürdig verhält, so als wüsste es etwas. Die Hausdame und die Sekretärin waren auch von einem Tag zum anderen verschwunden. Es wurde gemunkelt, dass sie es aufgrund von Insiderwissen vorgezogen haben, das Hotel zu verlassen. Den Direktor bekommt man nur selten zu Gesicht, so als ginge ihn die Sache nichts an. Er reagiert nicht auf den Massenauszug der Gäste, beschwichtigt nicht und hält niemand zurück. Einzig der Restaurantchef verabschiedet jeden einzeln und nimmt den Gästen das Versprechen ab, im nächsten Jahr auf alle Fälle wieder zu buchen. Er verteilt seine Visitenkarte mit dem Hinweis, gerne auch für private Auskünfte zur Verfügung zu stehen, wenn man nicht unbedingt im Hotel selbst nachfragen möchte. Und vor allem deutete er zumindest meinen Bekannten gegenüber an, dass sich die Situation im Hause bald bereinigt haben wird und ein Neuanfang unter seiner Führung bereits im Gange sei.«

Dr. Luchs kniff die Augen zusammen und musste seine Wut mühsam im Zaum halten. Ein viertes Mordopfer namens Siegel war denkbar und drohte Realität zu werden. Langsam verhärtete sich der Verdacht, den er seit Wochen hatte: Hier war etwas im Gange und das hatte seinem Onkel das Leben gekostet. Luchs schäumte vor Wut, aber nach außen hin behielt er die Contenance.

Gegen 17 Uhr nahm Luchs seinen Kaffee im Wintergarten. Er hatte einige Fachzeitschriften bei sich und wollte auf andere Gedanken kommen. Vorher hatte er vergeblich versucht, Harald Renner zu erreichen, um ihm die verschiedenen neuen Details zu schildern und ihn nach eventuellen konkreten Spuren zu fragen. Einige Tische weiter hatten vier junge Damen Platz genommen, die munter debattierten. Dr. Luchs ließ sich gerne ablenken. Interessiert drehte er seinen Stuhl in die Schallrichtung, verschanzte sich hinter seiner Lektüre und lauschte einer hellen Stimme.

»Ist euch schon aufgefallen, dass nun im Hause mehr Frauen wohnen als Männer?«

»Kein Wunder! Feigheit, dein Name ist ›Adam‹.«

»Wer wohl der Mörder ist?«

»Warum der Mörder? Es könnte doch genauso gut eine Frau sein.«

»Das glaube ich nicht. Frauen morden eher aus Eifersucht. Es kamen aber drei Männer in verschiedenen Altersklassen um. Das spricht weniger für eine einzelne Frau.«

»Es könnte sich demnach um drei Täterinnen handeln?«

Leises Kichern unterbrach die kurze Debatte.

»Also, wenn ich eine der Mörderinnen wäre, hätte ich den Denis Leonhard gekillt. Der sah am besten aus und um den hätte sich in der Tat eine Eifersuchtsszene abspielen können. «

»Und ich hätte den Bademeister gewählt. Er war der Jüngste und hatte die sportlichste Figur.«

»Und wer hätte sich den Grufti gekrallt?« Erneutes Gekicher, diesmal etwas lauter.

»Niemand, den hätten wir der scharfen Alten überlassen, die ihn auf Schritt und Tritt verfolgt hat. Die ist übrigens auch nicht mehr im Haus. Ich habe sogar einmal beobachtet, dass er sich vor ihr versteckt hat. Ihr Schmuck hatte sie verraten. Das Blech schepperte, als käme eine Kuh vom Alm-Abtrieb. Er muss sie schon meilenweit gehört haben und konnte sich meist rechtzeitig in Sicherheit bringen.«

Übermütiges Gelächter folgte. Dann wechselten sie das Thema und der Lauscher stöhnte in Gedanken: »Oh Gott, mein armer Onkel!«

Dr. Luchs schüttete den letzten Rest Kaffee in sich hinein, raffte seine ungelesene Literatur an sich und verließ fluchtartig den Raum. Was hatte Onkel Max für seinen Neffen und das Hotel auf sich nehmen müssen. Spontan entschied sich Luchs, sofort den berühmten Kunstmaler Schmidt zu beauftragen, Onkels Foto in ein monumentales Ölbild zu verwandeln. Sollte die Eigentümergemeinschaft dagegen voten und es nicht im BAYERN-Inn über dem Kamin aufgehängt werden, würde es einen Ehrenplatz in der Münchner Kanzlei erhalten.

Um 21 Uhr war Direktor Krenner immer noch nicht zurück. Dr. Luchs machte sich ernsthaft Sorgen. Aber wo sollte er ihn vermuten? Eigentlich kannte er den Mann nicht näher, der seit fünf Jahren ziemlich erfolgreich das BAYERN-Inn geleitet hatte. Krenner und er waren zwar ständig auf Konfrontationskurs, aber das lag mehr an der ungehobelten Art des Direktors, die den Beiratsvorsitzenden ziemlich oft auf die Barrikaden getrieben hatte. Mit der Zeit hatte sich ein etwas harscher Umgangston zwischen den beiden entwickelt, der jedoch nicht immer ernst gemeint war. Nur jetzt, da sich das Hotel in eklatanten Schwierigkeiten befand, verhielt sich Krenner auffallend desinteressiert. Sehr zur Verwunderung und zum Ärgernis von Dr. Luchs, der Krenner nur kämpferisch kannte und von dem er annahm, dass er bei Bedarf auch die Wand einreißen würde. Luchs hielt Krenner wegen seiner Tatenlosigkeit für den Hauptschuldigen an der Hotelmisere. Wegen dieser sandte er seinen Onkel zur Recherche ins Haus. Folglich war nach Ansicht von Luchs der Direktor indirekt mitschuldig am Tod des Onkels. Vielleicht war es aber doch nicht richtig gewesen, Krenner heute Morgen so vor den Kopf zu stoßen. Möglicherweise hätte dann auch sein lächerlicher Auftritt in der Nachtbekleidung gar nicht stattgefunden. Merkwürdig war nur, dass sofort die Presse vor Ort war. Wer hatte diese ins Haus geholt? Wer hatte vorher geahnt, dass Krenner diesen Auftritt hinlegt? Wer hatte gewusst, wo dieser Auftritt stattfinden wird? Über diese Fragen musste Luchs noch unbedingt mit Hauptkommissar Renner sprechen. Dann nahm er an der Hausbar Platz mit Sicht zur Eingangstüre. Er wollte Krenner auf keinen Fall verpassen.

Zur gleichen Uhrzeit saß das mutige Ermittlungs-Trio etwas unruhig und wie auf einem Präsentierteller am Tisch im PARADISO. Sie hatten zwar eine recht günstige Sicht auf die Tanzfläche, spürten aber in unangenehmer Weise die abschätzenden Blicke der Herren im Nacken. Der Kellner hatte es scheinbar zu gut mit ihnen gemeint und sie so zentral platziert, dass sie von der Männerwelt aus keiner Richtung übersehen werden konnten.

»Wie peinlich«, klagte Barbara Berger. »Man kann jede Geste von uns registrieren. Wenn ich versehentlich das Weinglas umwerfe, lachen sich die Männer noch an der hintersten Ecke des Lokals zu Tode.«

»Nehmen Sie das letzte Wort besser nicht mehr in den Mund. Es ist an dieser Stelle deplatziert«, erklang eine höchst angenehme männliche Stimme.

Sie blickten sich um und wären am liebsten unter den Tisch geflüchtet. Der Kerl, dem Dr. Kessler am Dienstag ausdrücklich untersagt hatte, sich seinen Tischdamen zu nähern, stand mit einem Stuhl in der Hand vor ihnen und drängte sich mit diesem forsch zwischen Barbara Berger und Maria Werner. Saßen sie nun etwa mit dem Mörder höchstpersönlich am Tisch? Ein bestimmter Kinofilm sauste durch Barbaras neuronales Netzwerk und erinnerte sie an eine fiktive Handlung, in welcher der im Raum schwebende Geist des Hingeschiedenen hilflos mit ansehen musste, wie die Angebetete sich seines aufdringlichen Mörders erwehrte. Aber soweit sollte es nicht kommen.

»Wo waren Sie in der Dienstagnacht um 23.45 Uhr?«, blaffte ihn Maria an und der mutmaßliche Täter begann zu lachen.

»Auf der Tanzfläche natürlich. Sogar ganz in der Nähe des Tangochampions. Ich hatte mich schon gewundert, dass es ihm gelungen war, seine – verzeihen Sie mir bitte! – nicht mehr besonders junge Anhängerschaft abzuwimmeln und mit der schönsten Frau des Abends einen rasanten Tango aufs Parkett zu legen.«

Die drei Frauen sahen sich mit offenem Mund an und Klammer erzählte ohne Unterbrechung weiter: »Der Meister hat sich dabei so übertrieben ins Zeug gelegt, dass ihm die Luft wegblieb.

Er riss sich das Jackett vom Leib, warf es anderen Tänzern zu und schnappte noch wie ein Koi, als er langsam zu Boden ging. Eine riesige Blutlache breitete sich aus und dann – Exitus. In diesem Halbdunkel, dem Getümmel und entsetzten Geschrei der Anwesenden konnte ich natürlich nichts mehr wahrnehmen. Man spricht von Mord, aber ich meine, dass er lediglich einem Aneurysma der Bauch Hauptschlagader erlag.«

»Aber – er wurde doch obduziert«, flüsterte Eva Bauer.

Da lachte der schräge Vogel schon wieder:

»Irren ist menschlich. Auch in der Pathologie.«

Eine kleine Pause trat ein. Aus Verlegenheit stellte Barbara Berger fest:

»Hier hat sich seit dem Tode Dr. Kesslers einiges verändert. Sie scheinen hier renoviert zu haben.«

Der Angesprochene nickte.

»Nicht direkt renoviert, aber die von Dr. Kessler gestiftete Wandmalerei ist überstrichen. Es herrscht hier außerdem ein internes Tango-Verbot. Man will nicht mehr an diesen Vorfall erinnert werden. Ich habe gehört, dass man sogar eine Namensänderung des Lokals erwägt. Damit will man der Presse zuvorkommen. Man fürchtet Schlagzeilen wie diese: **»Vom PARADISO direkt ins Paradies«.**

Den drei Frauen fehlten immer noch die Worte. Momentan wussten sie nicht einmal, was sie denken sollten. Da sahen sie plötzlich ein merkwürdiges Zucken in den Augen des ungebetenen Tischgenossen. Dieser erhob sich spontan, ließ sogar seinen Stuhl zurück und murmelte mit Blick zum Haupteingang:

»Immer gerne zu Diensten, meine Damen. Vielleicht treffen wir uns hier demnächst wieder?«

Ebenso schnell wie er gekommen war verschwand er im Dunstkreis und der Weite des Lokals.

Barbara Berger schüttelte sich. »Hatte ich eine Fata Morgana?«

»Nein, es war real. Der mutmaßliche Mörder unseres lieben Dr. Kessler war zum Ergreifen nahe«, stellte Maria Werner nüchtern fest.

»Womöglich hat er uns Arsen in die Getränke geschüttet«, spottete Eva Bauer.

Maria Werner beruhigte:

»Nein, bleiben Sie cool, Eva. Ich versichere Ihnen, dass ich seine unruhigen Hände nicht eine Sekunde lang aus den Augen gelassen habe. Alles hätte ich erwartet, aber nicht, dass sich dieser Kerl an unseren Tisch wagt. Aber warum hat er uns so überraschend verlassen?«.

Barbara drehte sich um und zuckte ganz schnell wieder zurück. »Seht zur Tür – der Ankömmling hat ihn verscheucht.«

Drei weibliche Augenpaare starrten den Koloss von Mann an, der eben die Eiskristalle vom Wintermantel fegte und ihn über den Tresen der Garderobiere reichte. Dann kam er geradewegs auf sie zu.

»Guten Abend die Damen!«

»Guten Abend Herr Krenner.«

Verblüfft blickte dieser auf Eva. »Frau Bauer, Sie hier in Bad Füssing? Und noch dazu in Gesellschaft der Damen Berger und Werner, die noch bis vor kurzem Gäste im BAYERN-Inn waren?«

Er reichte Eva die Hand und Maria erklärte:

»Das ist reiner Zufall. Frau Bauer ist meine Cousine, die mich im BUCHENHAIN besucht, in dem ich derzeit gemeinsam mit meiner Freundin Barbara Berger, wohne.«

Eva atmete auf. Diese Ausrede wäre ihr nicht in den Sinn gekommen. Aber nun war sie ausgesprochen und so sollte es bleiben.

Krenner stöhnte. »Ich bin zu Fuß hier und froh, dass mich die überholenden Autos bei dieser Witterung nicht überrollt haben.

Aber ich brauchte dringend frische Luft.«

Ungefragt zog er den verlassenen Stuhl an sich und seine wuchtige Person schob Barbara und Maria noch ein wenig näher an Eva heran. Nun saßen sie Herrn Krenner ganz eng aneinander gedrückt gegenüber und dieser stellte fest:

»Mein Stuhl scheint noch warm zu sein. Saß hier etwa bis vor wenigen Sekunden ein drahtiger Kerl so um die Fünfundfünfzig? Gut aussehend, ein bisschen schmierig, ein bisschen charmant, ein bisschen aufdringlich und rotzfrech?«

Der Direktor sah die Frauen der Reihe nach eindringlich an. Sie konnten nicht anders – sie nickten.

»Ich habe ihn gleich erkannt. Es war Erich Klammer, der örtliche Heiratsschwindler.«

Die Band unterbrach das Gespräch. Sie spielte einen sanften Blues und das Licht wurde noch ein wenig schummriger. Aber den Freundinnen ging eine ganze Saalbeleuchtung auf und im Geiste sahen sie die Szene mit Dr. Kessler vom Dienstag im ganz anderen Licht. Jetzt begriffen sie.

Krenner erzählte weiter:

»Er war mehrfach bei uns im Hotel, saß im Foyer oder Restaurant und bewertete die weiblichen Kurgäste nach Schmuck und Alter. Ich habe ihn schon öfter rausgeworfen, aber er kam trotz Hausverbot immer wieder.«

Nun hingen die drei sehr interessiert an seinen Lippen.

»Das Personal hielt ihn für einen von mir beauftragten Detektiv. In diesem Glauben ließ ich alle«, lachte Krenner kehlig und Barbara Berger zuckte heftig zusammen.

»Das ist sie!«, dachte sie außer sich vor Schrecken. »Das ist die Stimme, die ich in der Mordnacht aus Zimmer 158 gehört habe!«

Eva hatte inzwischen absichtlich ihr Brillenetui zu Boden geschubst. Sie bückte sich und warf unter dem Tisch einen raschen Blick auf das Schuhwerk des Direktors. Mit zufriedenem Gesichtsausdruck legte sie das Etui auf den Tisch zurück. Mit diesen Boots war es ihm ganz bestimmt unmöglich, auch nur einen Tanzschritt zu machen. Vor ihm war man sicher.

Krenner fuhr fort:

»Den Kerl sollte man nicht unterschätzen, er wird jedes Jahr fündig.«

»Jedes Jahr?«

»Jedes Jahr!«

»Und wer war heuer Klammers Favoritin?«

»Ach, eine Dame, die regelmäßig in der Hoffnung bei uns bucht, ihr beruflich bedingtes Nackenleiden zu kurieren und dabei den Mann für´s Leben kennenzulernen.«

»Lassen Sie uns raten: ...ihr Name ist Margot Römer?«

Krenner nickte und war nicht sonderlich überrascht.

»Das ist also auch den Gästen nicht entgangen?«

Die weibliche Neugier war nun voll angestachelt.

»Und - weiß Frau Römer von Klammers Absichten oder ahnt sie etwas?«

»Sie weiß und ahnt nichts. Und ich sehe mich nicht veranlasst, sie auf diese »Gefahr« hinzuweisen.«

»Und warum nicht?«

»Weil sie mir persönlich schon genügend Ärger bereitet hat. Der Typ wäre als Rache des Schicksals auch ganz im Sinne der Männer, die dieser Femme fatale bereits zum Opfer gefallen sind.«

Die »swingenden Saxophone« der Band unterbrachen seinen Redefluss und man lauschte gebannt. Als der letzte Ton verklungen war, fuhr der Direktor unaufgefordert fort:

»Frau Römer lernt bei jeder Kur einen neuen Mann kennen. Die meisten sind zwar verheiratet, aber das stört sie nicht. Nach der Kur zieht sich naturgemäß der Kurschatten zurück. Sie bleibt am Ball und geht ihm damit auf den Geist. Er möchte sie abschütteln, aber dann rächt sie sich – und zwar gewaltig. Denn

Margot Römer vergisst und verzeiht nichts. Wehe, man legt sich mit ihr an oder kommt ihr in die Quere. Sie ist um keinen noch so abwegigen Einfall verlegen!«

Alle drei hingen an Krenners Lippen und der erzählte munter weiter:

»Weinend steht sie im geeigneten Moment vor der Haustür ihres Ex-Lovers und erklärt der überraschten Ehefrau, dass ihr deren Ehemann die Heirat versprochen hat und sein Wort nur deshalb nicht halten kann, weil die ungeliebte Frau in die Scheidung nicht einwilligen will. Dann bittet sie die Ehefrau theatralisch, endlich den Weg freizumachen. Sträubt sich die Gattin, schiebt sie intime Einzelheiten nach. Spätestens dann geht ihre Rechnung auf.«

Krenner sah misstrauisch in die Runde.

»Sie glauben mir etwa nicht?«

»Doch, wir glauben sogar jedes Wort.«

Da faltete Krenner die mächtigen Pratzen und schloss die Augen.

»Ich hoffe jedes Jahr inständig, dass sie endlich einen älteren, betuchten Mann finden möge, der sie aus dem Verkehr zieht.«

Alle drei Frauen dachten nur das eine: »War Maximilian Kessler etwa auch ein Opfer dieser Amazone? Erpresste sie ihn womöglich? War sie der Grund, warum er nichts aus seinem Privatleben erzählen wollte?«

Man hatte eine lange Nacht vor sich. Das Füllhorn der Informationen war über ihnen ausgegossen worden. Vorsorglich hatte Eva die Schweizer Schokolade nachgekauft und zusätzlich eine »Pariser Torte« ins Depot gelegt. Alles wartete in der »Minibar« der Suite auf den Verzehr; nur Barbara und Maria wussten noch nichts davon. Das sollte eine Überraschung werden.

Plötzlich stand der Inhaber der Fahrdienste H. Peter am Tisch. »Haben Sie mich denn vergessen?«

Bedauernd verabschiedeten sie sich von Krenner und strebten der Garderobe zu. Aber der blieb am Ball. »Nehmen Sie mich mit! Ich kann bei diesem Schneefall und in der eisigen Kälte unmöglich zu Fuß in das Hotel zurückgehen.«

Dann sprang er außergewöhnlich behände in den Fond des Wagens.

Der Direktor betrat das Foyer des BAYERN-Inn und Dr. Luchs blickte erleichtert auf.

»Kommen Sie noch auf einen Drink an die Bar, ich lade Sie ein.«

Krenner wusste nicht wie ihm geschah und zögerte.

»Na kommen Sie schon«, winkte Luchs ziemlich angeheitert und Krenner ging, die Schultern zuckend, auf ihn zu: »Wie komme ich zu dieser Ehre?«

Luchs schmunzelte: »Ich sah Sie in einer Vorahnung als weiteres Opfer und jetzt freue ich mich, dass Sie wieder leibhaftig vor mir stehen.«

Sein Gegenüber war erstaunt. »Niemand wird sich mit meinen Bärenkräften messen wollen«, scherzte Krenner etwas unsicher.

»Wer aber offensichtlich so viele Feinde hat wie Sie, kann seines Lebens nicht mehr sicher sein«, übertrieb Luchs, der bereits zu viel Hochprozentiges intus hatte.

Krenner erbleichte merkwürdigerweise und Luchs stichelte. »Warum sind Sie nicht zu Hause? Wollen Sie erneut im Hotel übernachten? Und daheim wartet Ihre Anna-Marie.«

Das Schwergewicht ließ sich vorsichtig auf einem Barhocker nieder und nahm den zweiten Drink: »Kann sein – kann allerdings auch nicht sein.«

»Nun im Ernst, Herr Krenner. Ich schlage vor, dass wir beide morgen, am Sonntag, ungestört das Frühstück im Wintergarten einnehmen und uns anschließend im Büro verschanzen. Es gibt in diesem Hause so viele Probleme und wir wollen sie gemeinsam anpacken. Wir müssen dringend zu einem Ergebnis kommen und dazu erwarte ich von Ihnen absolute Offenheit und den ernsthaften Willen diese anzugehen und mit mir gemeinsam zu lösen.«

»Das stellen Sie sich so einfach vor, Dr. Luchs. Es wird aber nicht so klappen, wie Sie sich das erhoffen.«

Luchs sann dieser Aussage kurz nach. Er fand, dass es für ihn dringend Zeit wurde, das Bett aufzusuchen. Aufgrund der diversen Drinks würde er in dieser Nacht bestimmt nicht wach liegen. »Ich wünsche einen schönen Abend und schlage vor, wir beide treffen uns um zehn Uhr zum Frühstück.«

Der Direktor nickte: »Ja, diese Uhrzeit ist in Ordnung.«

Dann erhob er sich ebenfalls. Ein ereignisreicher Tag war zu Ende. Krenner hatte sich vorgenommen, gleich morgen früh die Sonntagsausgabe einer bestimmten Zeitung zu ordern. Gedanklich sah er bereits das Foto, das ihn in der Nachtkleidung zeigt. Und im Geiste las er die mögliche Schlagzeile: **»Direktor des Mord-Hotels aus dem Bett weg verhaftet.«**

Auf dem Weg in sein privates Appartement blitzte noch eine verspätete Erkenntnis durch Krenners vorderen Hirnlappen: Frau Bauer und die angebliche Cousine Maria Werner siezten sich! Man kreiste ihn also ein. Die Rädelsführerin der »Füssinger Gruppe« von außen und der Beiratsvorsitzende Dr. Luchs von innen. Aber da hatten die beiden – um weiter in der Gastronomie zu bleiben – die Rechnung ohne den Wirt gemacht.

Die beiden Drinks waren irgendwie sehr heftig. Bunte Kreise zogen plötzlich vor seine Augen und tanzten Hula-Hoop. Die Fratze des Restaurantleiters tauchte vor ihm auf – ein Alptraum? Krenner torkelte einen Gang entlang. Dann stolperte er in voller Bekleidung auf ein Bett. Es wurde dunkel vor seinen Augen und er begann zu schnarchen.

»Wie spät ist es bitte?«, fragte Eva, während sie gemeinsam mit Frau Berger und Frau Werner die Suite betrat.

»Samstag, 14. November, 23 Uhr«, lautete die korrekte Antwort Frau Werners.

War das ein Tag! Der volle Erfolg. Nun war Eva zwar dem Direktor des BAYERN-Inn über den Weg gelaufen, aber das war nicht zu verhindern. Und im Nachhinein war sie sogar froh darüber. Jetzt konnte sie ganz offen auch im »Mord-Hotel« schnüffeln, wenn es die Situation erfordern sollte. Sie lachte in sich hinein. Der Gute hatte die Ausrede mit der Cousine geschluckt und scheinbar nichts bemerkt.

Alle drei verschwanden rasch in ihren Badezimmern und kehrten nach einiger Zeit mit eingecremten Gesichtern und in ihre Bademäntel gehüllt zurück. Die Story um Frau Römer hatte sie schadenfroh aufgewühlt und die Gesamtinformationen des Tages mussten nun ausgewertet und den bisherigen Erkenntnissen zugeordnet werden.

»Wir hätten noch Schokolade besorgen sollen«, bedauerte Barbara Berger.

»Erinnert ihr euch noch an diese unglaubliche mentale Wirkung?«

Eva war bester Laune und wurde kindisch. »Simsalabim – Schokolade sei drin!« Und sie deutete mit der TV-Fernbedienung auf den Mini-Kühlschrank.

Maria Werner stürzte an dessen Tür und wurde fündig. Sie waren für ihr Alter ungewöhnlich ausgelassen. Es war schließlich ihr erster gemeinsamer Erfolg. Nun bestanden wohl keine Zweifel mehr, dass sie noch Puzzlesteinchen zusammentragen könnten, um das Rätsel zu lösen.

»Ziehen wir die Vorhänge zu. Wir befinden uns zwar im ersten Stockwerk, aber man könnte uns dennoch beobachten.«

Eva trat an das Fenster und warf noch einen Blick auf das

Schneetreiben. Ein einsamer weißer Kastenwagen aus der Richtung des BAYERN-Inn kommend schleuderte und rutschte den Gehsteig entlang auf den Parkplatz des BUCHENHAIN. Eva griff in ihre Umhängetasche und brachte andächtig das Fernglas ihres seligen Vaters zum Vorschein, das dieser in den Sechzigerjahren des vorigen Jahrhunderts gemeinsam mit einer Kuckucksuhr bei einer Kur am Tegernsee erstanden hatte.

»Es ist eine Passauer Nummer. Wenn ich nicht irre, sehe ich außerdem HO und die Zahl 113.«

Amüsiert betrachtete Maria Werner Evas bauchige Umhängetasche. »Unglaublich. Sie führen die volle Kriegsausrüstung mit sich.«

»Ja, die Zeiten von Sherlock Holmes, der nur ein Vergrößerungsglas benötigte, sind vorbei«, lachte Eva. Barbara Berger hatte inzwischen Torte und Schokolade aufgetragen und war soeben dabei, zur fortgeschrittenen Nachtzeit Kaffee zu brühen. Eva knipste die Raumbeleuchtung aus und eine Stehlampe an. Dann versanken sie gut gelaunt in den bequemen Polstern der Couch und des Fernsehsessels. Maria Werner forderte: »Und nun her mit der Schokolade. Ich bin die älteste von uns und beanspruche daher das größte Stück!«

»Nein, das steht zur Belohnung nur mir zu. Ich habe nämlich eine riesige Neuigkeit«, protestierte Barbara Berger mit erhobener Hand.

Die beiden Zimmergenossinnen horchten interessiert auf. Eine Künstlerpause entstand und dann bekannte Barbara: »Ich habe die damalige nächtliche Stimme aus dem BAYERN-Inn, Zimmer 158 identifiziert. Es ist die von Direktor Krenner.«

Am Sonntagmorgen stürmte und schneite es unter tief hängenden Wolken. Dr. Luchs blickte auf den Wecker am Nachttisch und drehte sich erleichtert um. Sein Kopf dröhnte. Zum Glück war er erst um zehn Uhr verabredet. Also hatte er noch Zeit.

Pünktlich fand er sich später im Wintergarten ein. Aber Fritz Krenner war nicht da. Gegen 10.30 Uhr wurde Luchs sauer. Um 11 Uhr frühstückte er allein. Um 11.45 Uhr packte ihn die Wut.

Er ersuchte eine Rezeptionistin, den Direktor auf seinem Handy anzurufen. Dieser nahm nicht ab. Zwei weitere Anrufe blieben ebenfalls ergebnislos und nun musste Luchs zur Tat schreiten: Er bestellte einen Hausmeister in das Büro und beauftragte ihn, mit dem Sicherheitsschlüssel Krenners Appartement zu öffnen und ihn zu wecken. Es gelang nicht. Krenner musste demnach das Schloss ausgewechselt haben. Beunruhigt setzte sich Dr. Luchs an einen Seitentisch der Rezeption und bemühte sich, nicht an die Möglichkeit eines weiteren Mordes oder gar an einen eventuellen Selbstmord des Vermissten zu denken. Er schlug zur Ablenkung die aufliegende Boulevard-Zeitung vom heutigen Sonntag, dem 15. November, auf und erschrak. Die halbe Titelseite zeigte Direktor Krenner, der mit wirrem Blick in die Kamera sah. Die Schlagzeile rief: »**Flucht nach Timbuktu?**« und das Blatt fuhr im Text fort: »Die Polizei im Nacken flüchtete der Direktor des BAYERN-Inn aus Zimmer 158 – bekannt aus der Mordserie Bad Füssings. Aus noch unbekannten Gründen hatte die Polizei eine überraschende Razzia im »Mord-Hotel« durchgeführt. Allein die Tatsache, dass Direktor Krenner nicht verständigt worden war weist darauf hin, dass er dem engen Kreis der Tatverdächtigen zugeordnet ist.«

»Mein Gott!«, stöhnte Luchs und raufte sich das bereits lichter gewordene Haar.

»Jetzt sind ihm die Nerven durchgegangen.«

Eine Rezeptionistin sauste mit dem mobilen Telefon herbei: »Frau Krenner will Sie sprechen, Herr Doktor.«

Luchs riss der jungen Frau das Telefon aus der Hand. »Frau Krenner, ist Ihr Mann bei Ihnen zu Hause?«

»Nein«, gab sie zurück. »Ich wollte eben bei Ihnen anrufen und Sie dasselbe fragen.« Ihre Stimme bebte: »Ich kann ihn auch telefonisch nicht erreichen.«

Luchs war fix und fertig. »Können wir so verbleiben, dass wir uns gegenseitig umgehend verständigen, wenn wir etwas von ihm hören?«

Dann legte er auf. Er wollte nicht länger mit der Frau sprechen, die ihm unsympathisch geworden war.

Hauptkommissar Renner schwieg schon ungewöhnlich lange.

Dr. Luchs saß ihm gegenüber am Schreibtisch des Verschwundenen und hatte den Kopf in die Hände gestützt. Auch Renner schien sich nicht wohl zu fühlen.

»Ich fasse noch einmal zusammen«, ergriff der Hauptkommissar endlich das Wort.

»Jetzt ist auch noch der Krenner weg. Und mit ihm der firmeneigene Kastenwagen PA-HO 113. Der Nachtportier hat nichts bemerkt und ihn zuletzt gesehen, als er gestern noch vor Mitternacht mit dir an der Bar saß. Er konnte das Büro und sein dahinter liegendes Appartement unmöglich betreten haben, ohne am Personal vorbei zu gehen. Um noch etwas weiter auszuholen: Niemand an der ständig besetzten Rezeption hat gestern früh Zeitungsreporter in das Hotel kommen oder aus diesem hinausgehen sehen. Niemand – außer dir und später dem Direktor – hat überhaupt gewusst, dass die Spurensuche am Samstag das Appartement 158 unter die Lupe nehmen wollte. Und dennoch war ein Fotograf zugegen, als Krenner in seiner Schlafbekleidung von mir in den Gang zurückgedrängt wurde. Jemand hat ein Interesse daran, Krenner mit einer Falschmeldung in der Öffentlichkeit verdächtig zu machen und mit diesem Foto zu verunglimpfen.

Dann schwiegen sich beide wieder aus. Schließlich kombinierte Luchs weiter: »Ich kann mir einfach nicht vorstellen, dass Krenner die Zeitung gelesen hat, darüber einen Nervenzusammenbruch erlitt und verschwand. Zur Flucht benützte er aber nicht sein neues Auto, das in der Tiefgarage steht. Nein, er verschwand mit dem hoteleigenen Ford. Das passt absolut nicht zu dem Wüterich, als den ich ihn kenne. Ich frage mich, ob man uns diese Flucht nur glaubhaft machen will und ob nicht alles zu einem einzigen Plan gehört, den wir nur noch nicht durchschauen.«

Dann stand eine Mitarbeiterin der Rezeption vor ihnen.

»Frau Krenner ist angekommen und möchte Sie und den Hauptkommissar sprechen, Herr Dr. Luchs.« Und schon stand sie in der Türe: Weißblonde Strähnen im aufgesteckten Haar, zierliche Figur, blasses Gesicht und große Augen, die hilflos auf die beiden Männer gerichtet waren und ihre Wirkung nicht verfehlten.

Renner war selten so schnell und sogar Luchs beeilte sich, gemeinsam mit ihm die dunkel gekleidete Frau zu stützen, zum Schreibtisch des verschollenen Gatten zu geleiten und ihr seinen Bürostuhl anzubieten.

»Die Schlange trägt bereits Trauerkleidung«, fuhr es Dr. Luchs durch den Kopf.

Vorsorglich hatte sie ein kleines Taschentuch in der linken Hand, das sie nervös knetete.

»Sie haben mich schwer geschockt, Dr. Luchs.«

Dann blickte sie hilfesuchend zu Renner. »Wo könnte mein Mann sein? Was ist ihm zugestoßen?«

»Tja, wenn wir das wüssten«, antwortete Renner und sah sie ziemlich entzückt an. »Es sieht ganz so aus, als hätte Ihr Mann nach der Lektüre eines Zeitungsartikels die Flucht ergriffen. Es ist schwer vorstellbar, dass man ihn gegen seinen Willen aus dem Hotel hätte entfernen können.«

»Es hätte eines Krans bedurft«, schob Luchs trocken nach.

Frau Krenner verharrte, von Trauer gebeugt, auf dem verwaisten Drehstuhl und lauschte aufmerksam den Überlegungen der beiden Männer. Renner erhob sich schließlich und verabschiedete sich. Luchs brachte ihn zur Tür.

»Ich meine, dass sich das alles aufklären wird.«

Renner nickte. »Eigentlich glaube ich das auch. Ich könnte mir aber vorstellen, dass es irgendetwas gibt, was er uns vorenthalten will. Vielleicht drückt er sich nur vor deinen Fragen.«

Luchs zuckte mit den Schultern. »Krenner ist ein zupackender Mann. Ich habe ihn erst seit einigen Monaten passiv erlebt. Den Grund hierfür würde ich gerne wissen.«

Renner reichte seinem Freund die Hand. »Du findest es heraus, davon bin ich überzeugt. Ruf mich bitte an, wenn sich etwas Neues ergibt.«

Luchs wollte soeben in das Büro zurückkehren, als Siegel, der Restaurantleiter, mit wichtigem Gesichtsausdruck an ihn herantrat.

»Ich würde Sie gerne unter vier Augen sprechen, Herr Dr. Luchs.«

Der Angesprochene wies mit seiner Hand zum Wintergarten und ging voran.

»Herr Dr. Luchs, wir stehen sehr verlegen vor unseren Gästen. Ich werde ständig gefragt, ob Direktor Krenner verhaftet wurde oder als Tatverdächtiger entflohen ist. Es wäre sehr wichtig, dass Herr Krenner so rasch wie möglich einen Stellvertreter bekommt. Wie soll ich mich den Gästen gegenüber verhalten?«

Luchs vergrub seine Hände in den Hosentaschen, sonst hätte er sein Gegenüber an der sorgfältig gebundenen »Fliege« am Hals gepackt.

Er blieb neben einem Tisch stehen, blickte unbewegt auf den

kleineren Mann hinab und hörte sich sagen: »Der derzeitige Stellvertreter des Herrn Direktor Krenner steht vor Ihnen.«

Luchs war über sich selbst erschrocken. Eigentlich hatte er das nicht beabsichtigt, aber Siegel hatte ihn soeben zu dieser Entscheidung genötigt.

Der sah ihn entgeistert an: »Sie?«

»Ja ich, Herr Siegel. Die Gäste werden noch heute von mir sehr umfassend unterrichtet. Sie selbst enthalten sich ab sofort jeder Äußerung und konzentrieren sich ausschließlich auf Ihre Aufgabe. Zu Ihrer eigenen Information soll dienen, dass Herr Krenner weder verhaftet noch derzeit Tatverdächtiger ist.«

Eigentlich hätte Siegel nun gehen können. Aber die unerwartete Wende seiner Intervention hatte ihn festgenagelt: »Sie sind doch Rechtsanwalt und kein Hotelmanager.«

»Das lassen Sie meine Sorge sein. Ich werde für Dienstag eine außerordentliche Eigentümerversammlung einberufen. Eines kann ich Ihnen jetzt schon verraten, Herr Siegel: Wir werden zu dem Ergebnis kommen, dass hier im Hause private Intrigen ausgefochten werden, die es wirtschaftlich in den Ruin treiben. Meiner Meinung nach ist es auch nicht auszuschließen, dass Herr Leonhard und Dr. Kessler Opfer dieser Intriganten wurden.«

Eine fahle Blässe überzog Siegels unsympathisches Gesicht und Dr. Luchs fuhr fort: »Über die Konsequenzen dieses Beschlusses werden Sie rechtzeitig informiert.«

Siegel blieb immer noch wie angewurzelt stehen. Luchs sah ihn emotionslos an. »Haben Sie noch etwas auf dem Herzen?«

»Nicht in diesem Moment.« Dann verließ der Restaurantchef mit forschen Schritten den Raum.

Dr. Luchs sah ihm überlegend nach und wollte soeben in das Büro zurückkehren, als Frau Krenner herankam und ihn ansprach. »Es ist ein schwerer Fehler, sich mit dem Personal anzulegen.«

Luchs sah sie fragend an. Hatte sie etwa gelauscht?

»Mein Mann hat das auch nicht beherzigt. Und nun ist er verschwunden.«

»Wie meinen Sie das, Frau Krenner? Möchten Sie etwa sagen, dass Siegel etwas mit dem Verschwinden Ihres Mannes zu tun hat?«

Erneut stand Trauer in ihrem Gesicht. »Herr Siegel ist ein unentbehrlicher Mitarbeiter. Niemand in diesem Hause wäre passender für den Posten des stellvertretenden Direktors.«

»Sie verwirren mich, Frau Krenner. Ihren Ehemann halten Sie als Hotelmanager für ungeeignet und den Ihnen fremden Restaurantleiter protegieren Sie?«

»Sie haben mich gestern nach meiner Meinung gefragt, Dr. Luchs.«

»Frau Krenner, Sie sagten mir, dass Sie Ihren Mann im Hotel nicht unterstützen. Wie können Sie dann beurteilen, ob Herr Siegel fähiger ist als er, der seinen Job jahrelang ziemlich gut ausgefüllt hat?«

»Entschuldigen Sie meine Einmischung, Dr. Luchs. Vielleicht habe ich meinen Mann tatsächlich etwas zu hart beurteilt.«

Luchs war nicht nur irritiert, er war sauer. Hier stank irgendetwas ganz gewaltig zum Himmel. Er hatte nur noch nicht herausgefunden was es sein könnte. Zumindest wurde ihm Frau Krenner noch unsympathischer:

»Ich möchte mich von Ihnen verabschieden, Frau Krenner, da ich noch im Büro zu tun habe. Sie können sich natürlich gerne weiterhin im Hotel aufhalten. Sollte Ihr Mann allerdings bis spätestens morgen nicht zurückgekehrt sein, wird sein Privat-Appartement, welches Hoteleigentum ist, von der Polizei geöffnet und anschließend versiegelt.«

»Sagt das Herr Hauptkommissar Renner?«

»Ja, das sagt der Hauptkommissar und das sagt Ihnen auch der stellvertretende Direktor dieses Hotels.«

Frau Krenner wandte sich wortlos ab. Da hatte Luchs eine spontane Idee: Natürlich, wie konnte er das nur übersehen? Es war doch anzunehmen, dass Krenners Ehefrau einen Zweitschlüssel für das ausgewechselte Schloss besaß.

»Frau Krenner, bitte händigen Sie mir Ihren Zweitschlüssel für das Appartement aus. Sie bekommen ihn zurück, wenn Ihr Mann seinen Dienst wieder aufgenommen hat.«

Sie überlegte kurz. Dann kramte sie in ihrer Handtasche und zog zögernd einen Schlüssel mit einem auffälligen Anhänger hervor, den sie sichtlich ungern überreichte. Frau Krenner hatte sich bereits entfernt und bemerkte nicht mehr, dass Dr. Luchs immer noch auf den Schlüsselanhänger starrte. Dieser stellte in Miniatur und in Silber jenes Tanzpaar dar, das sein verstorbener Onkel in der Porzellanausführung besaß.

Als Luchs versuchte, mit diesem Schlüssel das Privat-Appartement Krenners zu öffnen, erlebte er eine weitere Überraschung. Er passte ebenfalls nicht und Luchs fragte sich, ob es möglich sein kann, dass Krenners Ehefrau keinen Zugang zum Appartement ihres Mannes hat?

Ein Sonntagvormittag kann aber auch anders verlaufen.

Die drei Mädels aus der BUCHENHAIN-Suite aalten sich immer noch im samstäglichen »Fahndungserfolg«. Die Schadenfreude darüber, dass Margot Römers Schmuck von Erich Klammer bereits umklammert wurde, erzeugte eine geradezu fröhliche Stimmung. Ein für den Vormittag geplanter Spaziergang wurde zwar schnell abgeblasen, als man des wütenden Schneesturms gewahr wurde. Aber schließlich gab es im BUCHENHAIN eine nach Gebirgsgrotte aussehende Thermal-Badehalle, die man ausgiebig nutzen konnte.

Die angenehm warmen, nach Schwefel riechenden Wellen,

schwappten über die drei gut erhaltenen Badenixen. Sie hingen in der Rückenlage, festgekrallt an den Sicherheitsstangen des Beckenrandes und streckten die krampfaderfreien Beine dekorativ und gut sichtbar zur Basin-Mitte. Mit ihren Füßen deuteten sie minimale Gymnastikbewegungen an.

»Einmal nicht nachdenken müssen und sich nur treiben lassen«, seufzte Eva und warf unter halb geschlossenen Lidern einen Blick nach links. Da paddelte Barbara Berger gelöst neben einem männlichen Grauschopf, dessen einziges Lebenszeichen von der scheinbar nur der Zierde dienenden Badekappe ausging, die im Wellengang hin und her wedelte.

»Lebt er noch?« fragte sich Eva und begann ihn anzustarren, bis er durch ein leichtes Zucken mit dem Schnurrbart verriet, dass er noch im Diesseits war.

»Langsam komme ich in die Krise«, tadelte sie sich in Gedanken selbst und döste leicht weg. Sie hatte noch flüchtig gesehen, dass rechts von ihr Maria Werner mit einem Methusalem zu flirten begann.

Als sie nach einiger Zeit die Augen wieder öffnete, nahm sie im Dunst der Schwefelschwaden das Blitzen eines besonders weißen Kunstgebisses wahr, dessen Träger sie anbandelnd angrinste. Sie lächelte amüsiert und schon kraulte die männliche Figur ermutigt näher.

Später begaben sich die drei im Bademantel zurück in die Suite und suchten das jeweils eigene Zimmer auf, um einen Schönheitsschlaf nachzuholen.

Am späten Sonntagnachmittag hatte Eva das Gefühl, den schneereichsten Winter zu erleben, den Bad Füssing, das sie seit ihrer Kindheit kannte, jemals gesehen hatte. Das sonst so gemäßigte südliche Klima des Kurortes war weithin bekannt. Aber nun wütete ein Sturm, der gut und gerne mit dem berüchtigten »Böhmischen Wind« aus dem Bayerischen Wald konkurrieren konnte. Alle Gäste waren an die gemütlichen Aufenthaltsräume gebunden und genossen die Winterstimmung in vollen Zügen. Eva, Barbara und Maria saßen erholt unter ihnen. Im voll besetzten »Brotzeitzimmer« des BUCHENHAIN stießen sie mit Rotwein an.

»Wir brauchen einen Plan für die nächste Woche«, erinnerte Eva die traute Runde.

»Vor allem müssen wir jedoch im eigenen Interesse herausfinden, von wem wir bedroht werden«, warf Maria Werner ein und zog mutig ihr Blackberry aus der Handtasche. »Was meint ihr, sollen wir Dr. Kesslers Anschluss noch einmal anläuten?«

Einige Sekunden lang kam keine Antwort. Erst folgte ein zögerndes Nicken und dann die volle Zustimmung. »Warum nicht, wir sitzen hier im sicheren Haus.«

Der Ruf ging durch und dann erklang in ihrer unmittelbaren Nähe, zur angedrohten Entführung passend, Verdis »Gefangenenchor« als Klingelton. Die drei zuckten heftig zusammen. Unauffällig blickten sie sich um. Die Musik war verstummt und die Verbindung unterbrochen.

Barbara : »Was könnte das bedeuten?«

Eva: »Wir ahnen, was es bedeutet.«

Maria: »Nein, es ist uns sonnenklar was das bedeutet.«

Stumm starrten sie auf das Display. Dann war sie da, die SMS. Maria las und reichte die Nachricht weiter. Sie blickte sich furchtlos um und musterte jeden Gast. Doch niemand verhielt sich auffällig. Eva und Barbara starrten noch immer wortlos auf die Drohung: »Wir wissen wo Sie sind – Wir wissen was Sie tun – Wir kriegen Sie!«

Die nächste Aufregung folgte am Montag, dem 16. November, sieben Uhr. Der eindringliche Klingelton seines Smartphones hatte Dr. Luchs aus dem Schlaf gerissen. Die Stimme der schüchternen Serviererin flüsterte: »Eine Intrige gegen Herrn Krenner ist im Gange. Bitte kommen Sie an die Rezeption.« Luchs erhob sich schlaftrunken. Müde quälte er sich in das Badezimmer und stellte sich unter die heiße Dusche. Was war wohl jetzt wieder vorgefallen?

Am gestrigen Sonntagabend hatte er alle Gäste des BAYERN-Inn zum Abendessen eingeladen und sich als der Beiratsvorsitzende der Hotel-Eigentümergemeinschaft vorgestellt, der für einige Tage die Stellvertretung von Direktor Krenner übernommen hat. Er konnte die Gäste beruhigen und betonen, dass der Direktor des BAYERN-Inn keineswegs verhaftet wurde, sondern wegen eines Burn-out-Syndroms momentan abwesend ist.

Anschließend hatte er Rita, seine Sekretärin, telefonisch gebeten, sofort eine dringliche Eigentümerversammlung für Dienstag, den 17. November in das BAYERN-Inn einzuberufen.

Luchs kleidete sich an und nahm den Lift. An der Rezeption deutete man stumm in Richtung Wintergarten. In diesem saß der Direktor in zerknitterter Kleidung und trank schwarzen Kaffee. Als er Dr. Luchs bemerkte erhob er sich leicht schwankend. »Wir sind zwar erst um zehn Uhr verabredet. Aber ich bin jetzt schon auf den Beinen.«

Luchs setzte sich neben ihn. »Wir waren gestern um zehn Uhr verabredet. Von woher kommen Sie?«

»Ich weiß nicht wie es passieren konnte; ich erwachte heute früh vollkommen angekleidet in Zimmer 101.«

Mit hochnäsiger Miene trat der Restaurantchef an den Tisch. »Ich möchte dem Direktor sowie dem stellvertretenden Herrn Direktor melden, dass unser Firmenauto wieder aufgetaucht ist und mit mehr als zweihundert gefahrenen Kilometern und einer Beschädigung am linken Kotflügel auf dem Parkplatz steht.«

Luchs blieb ganz ruhig. »Woher haben Sie diese Information?«

Siegel verschränkte die Arme hinter dem Rücken. »Werfen Sie doch selbst einen Blick aus dem Fenster. Dann bemerken Sie das Auto ebenfalls.«

»Sie sehen mehr als ich, Herr Siegel. Ich kann von hier aus nicht erkennen, ob das Auto beschädigt ist und zweihundert Kilometer mehr auf dem Tacho hat.«

Seine eisigen Augen waren auf Siegel gerichtet und dem wurde ein wenig mulmig. »Das geht aus dem Fahrtenbuch hervor.«

»...das Ihrer Verantwortung unterliegt?«

»Das nicht, aber es hat mich interessiert.«

»Warum?«

Siegel zog es vor, nicht mehr zu antworten und sich vorsichtshalber zurückzuziehen.

Luchs wandte sich wieder an Krenner, der ihm desinteressiert gegenüber saß. »Ich schlage vor, Sie nehmen heute frei und erholen sich. Ich habe für morgen, 14 Uhr, eine Eigentümerversammlung einberufen, die wie gewohnt hier im Konferenzraum stattfinden wird. Wir beide frühstücken um zehn Uhr gemeinsam und besprechen dabei alle Einzelheiten.

Krenner wirkte immer noch benommen und teilnahmslos.

Luchs sah ihn eindringlich an. »Wo haben Sie Ihren Mantel?«

Der Direktor zuckte mit den Achseln. »Hatte ich denn einen solchen überhaupt bei mir?«

Luchs warf einen prüfenden Blick auf Krenners Stiefel. Vollkommen trocken. Er kann zumindest nicht mit diesem Schuhwerk vom Parkplatz in das Hotel gekommen sein.

Luchs entschuldigte sich für einige Minuten, ging in das Büro und verschloss die Tür hinter sich. Dann rief er Harald Renner zu Hause an: »Der Vermisste ist aufgetaucht. Er ist desorientiert und hat scheinbar die ganze Zeit in einem Gästezimmer verbracht. Könntest Du über eine Blutentnahme im Krankenhaus abklären lassen, ob man ihm Medikamente oder Drogen verabreicht hat? Sehr wichtig wäre auch zu wissen, ob er noch imstande war, ein Auto zu lenken.«

Renner kam umgehend und hatte bereits einen Krankenwagen im Schlepptau. Wenig später geleiteten zwei Sanitäter den Patienten zum Wagen. Auf die Tragbahre hatten sie wohlweislich verzichtet.

Luchs blickte ihnen vom Fenster aus nach und Renner blieb ebenfalls im Büro zurück. »Hast Du noch Kaffee? Gefrühstückt habe ich auch noch nicht.«

Luchs ergriff das Haustelefon und bestellte zwei Gedecke in das Büro.

Wieder erschien Siegel, der eilfertig fragte, an welchem Bürotisch man zu frühstücken gedenke.

Dem Anwalt schoss die Zornesröte ins Gesicht. »Ich hatte eine Serviererin erwartet, nicht Sie!«

Renner ergriff die Gelegenheit am Schopf und erhob sich. »Gut, dass Sie mir zufällig über den Weg laufen, Herr Siegel. Ich erwarte Sie wegen einer Zeugenaussage zu den Mordfällen Denis Leonhard und Dr. Kessler am morgigen Dienstag, den 17. November um 13 Uhr bei mir in der Dienststelle in Passau.«

Siegel wehrte ab: »Morgen findet hier eine Eigentümerversammlung statt. Ich werde aufgrund des zu erwartenden Andranges unabkömmlich sein.«

Luchs antwortete anstelle von Renner. »Ihre morgige Anwesenheit hier im Hotel ist auf keinen Fall erforderlich und auch gar nicht erwünscht.«

Siegel wand sich und suchte nach einer weiteren plausiblen Ausrede, aber Renner ließ ihn nicht mehr vom Haken. »Sollte evtl. Ihr Auto in der Werkstatt sein, kann ich Sie natürlich gerne von den Pockinger Kollegen abholen lassen.«

Siegel verstand und gab auf. »Ich werde pünktlich sein.«

Noch während des Frühstücks traf ein Abschleppwagen ein und holte den hoteleigenen Ford. Luchs blickte anerkennend auf Renner und dieser grinste. »Ich hoffe, du kannst am Dienstag auch euren Haubenkoch entbehren. Den suche ich nachher in der Küche auf und bestelle ihn ebenfalls ein.«

»Mach das wie du willst, Harald«, antwortete Luchs erfreut. »Wir haben genügend Personal in der Küche und ich bin froh, wenn bezüglich der Ermittlungen alles rasch vorangeht.«

Auch das Frühstück verlief recht zügig. Renner legte schon nach einer Viertelstunde die Serviette zur Seite: »Also dann bis bald. Und behalte die Nerven, Christoph.«

Luchs erhob sich ebenfalls. »Und wer benachrichtigt nun Frau Krenner? Du oder ich?«

»Ich natürlich, Christoph, denn manchmal hält mein Berufsleben auch angenehme Dinge für mich bereit. Es ist mir eine Freude, einer Frau zu verkünden, dass ihr Ehemann beinahe wohlbehalten zurückgekehrt ist. Ich vermute fast, dass diese Freude möglicherweise nicht ganz geteilt wird.«

Luchs zog sich warm an. Die Witterung war unwichtig. Er wollte hinaus in die kalte Winterluft, um einen klaren Kopf und Abstand zum Hotel zu bekommen. Langsam musste die Sache hier zu Ende gehen. In der eigenen Kanzlei hatte sich die Arbeit bereits aufgetürmt. Aber wie sollte er in Ruhe arbeiten können, wenn der Tod seines Onkels ungesühnt bleibt? Renner musste den oder die Mörder finden und Luchs wollte den Freund dabei unterstützen, koste es was es wolle. Hastig schritt er dahin. Irgendwie hatte er das ungute Gefühl, etwas übersehen zu haben. Nur was?

Gegen Mittag kam Renners Anruf:

»Krenner bleibt zur Beobachtung im Krankenhaus. Es geht

ihm nicht besonders gut. Er hatte eine gefährlich hohe Dosis Barbiturate im Blut. Mit dem Auto kann er nicht gefahren sein. Die Spurensuche im Ford ist bereits in vollem Gange. Auffallend war aber gleich zu Beginn, dass die Sitzeinstellung und die Höhe der Nackenstütze nicht mit Krenners Figur vereinbar sind.«

Dr. Luchs war zufrieden. »Ich danke dir für den Anruf, Harald. Ich melde mich spätestens morgen gegen Abend.«

Renner hatte noch eine Neuigkeit: »Bevor ich es vergesse, Christoph, über das Ergebnis der Spurensuche in Appartement 158 kann ich wahrscheinlich morgen auch schon Genaueres berichten.«

Luchs wollte schon auflegen, da fiel ihm Frau Krenner ein. »Hast du Krenners Ehefrau benachrichtigt und wie hat sie alles aufgenommen?«

Renner räusperte sich. »Ich möchte mal so sagen: Irgendwie wusste die bereits alles, hat es aber nicht zugegeben. Ich denke, dass ich mich gleich in den nächsten Tagen zu einem harmlosen Kaffee bei ihr einlade und sie reden lasse. Vielleicht erleben wir eine Überraschung.«

Wer gedacht hatte, dass aufgrund der Drohung per SMS Angst und Schrecken in die gemütliche Suite des BUCHENHAIN eingekehrt wären, irrte. Unruhe war entstanden, vielleicht auch etwas Unsicherheit, aber das Trio blieb auf Kurs.

Sie hatten das Frühstück an diesem Morgen, dem 16. November, in die Suite bestellt und konnten nun ungeniert debattieren. Eva eröffnete die Diskussion und goss reihum den heißen Kaffee in die vorgewärmten Tassen. »Sollen wir tatsächlich annehmen, dass wir mit unserem bisherigen Wissen für den oder die Mörder so gefährlich sind, dass sie uns bis in das BUCHENHAIN verfolgen müssen?«.

Maria Werner kaute an ihrem Sonnenblumenkerne-Brötchen: »Was wissen wir denn vom Mörder?«

Barbara Berger schluckte ihren Toast und antwortete: »Nichts wissen wir, rein gar nichts. Noch nichts.«

Eva stimmte zu. »Das ist richtig; wir haben nur merkwürdige Tatsachen zur Hand, die wir aber erst dann zuordnen können, wenn noch einige Puzzleteile gefunden sind.

Maria Werner fasste zusammen: »Wir werden bedroht, wissen aber nicht warum. Wir haben keine Ahnung, was der oder die Mörder vermuten, was wir wissen könnten. Vielleicht wissen wir aber tatsächlich etwas, von dem wir selbst nicht ahnen, dass wir es wissen?«

Barbara setzte sich im Lotussitz auf die Couch und schwieg zunächst. Sie fühlte sich gar nicht so wohl in ihrer Haut. Ob man vielleicht doch die Polizei hinzuziehen sollte?

Laut sagte sie: »Die Drohung, dass auch wir verschwinden, wenn die Polizei nicht aus dem Spiel bleibt, ist offenbar sehr ernst gemeint. Denn nun ist klar, dass man uns tatsächlich nicht aus den Augen lässt. Das heißt, die Mörder sind uns ständig dicht auf den Fersen.«

Ein kurzes Summen unterbrach die Diskussion. Eva sprang von der Couch und ergriff ihr Notebook. »Wir haben eine e-mail von Hans. Ich lese vor: »Dienstag, den 17. November, 14 Uhr, dringende Eigentümerversammlung im BAYERN-Inn. Wir kommen und auch Dein Erscheinen ist unerlässlich....«

Barbara Berger blickte auf: »Na, dann her mit den Bilanzen. Nun haben wir eine Beschäftigung. Schließlich müssen Sie morgen gut vorbereitet sein.«

Gerührt blickte Eva auf Barbara Berger. »Sie bieten mir Ihre fachkundige Hilfe an?«

Barbara lachte: »Was bleibt mir denn anderes übrig? Mitgefangen ist mitgehangen!«

Stunde um Stunde verstrich. Die nur äußerlich nicht besonders attraktive Maria Werner hatte sich in die »Bibliothek« des BUCHENHAIN zurückgezogen und las in ihrem neu erworbenen Buch mit dem Titel: »Alterslose Schönheit, wie kann auch ich sie erringen?« Nebenbei registrierte sie sehr aufmerksam alle Gäste, die sich in ihrer Nähe aufhielten oder an ihr vorbeiflanierten.

Oben in der Suite herrschte ebenfalls Stille, die nur ab und zu durch das leise Klacken der Notebook-Tastatur und einige sachliche Fragen und Antworten unterbrochen wurde.

Endlich mailte Eva an Hans: »...Danke für Deine Benachrichtigung. Natürlich werde ich pünktlich erscheinen. Möglicherweise ist der Rechner am Getränkeausschank im Hotel manipuliert. Vielleicht sollte aber auch der Rechner am Wareneingang konfisziert werden. Lasse Dir bitte entsprechende Anträge einfallen....«

Kurz danach öffnete Maria Werner die Tür. Genervt warf sie ihre Daunenjacke auf den Garderobenhaken und schleuderte ihre warmen Schuhe von sich. »Völlige Pleite! Ich habe ein unsinniges Buch gelesen, mich mit einigen langweiligen Frauen unterhalten, die ich zu Mordzeiten im BAYERN-Inn gesehen hatte. Ich habe ganz eindringlich allen mir verdächtig erscheinenden Männern zu deren Belustigung nachgeblickt und mit dem verwitweten Hotelinhaber ein Schwätzchen gehalten.«

Eva schob die Blätter der durchgearbeiteten Bilanzen zusammen und legte sie sorgfältig in einer Arbeitsmappe ab. »Ich habe da noch eine etwas abwegige Idee«, meinte sie nebenbei.

»Und die wäre?«

»Wir verteilen uns heute Abend etwas weitläufig unter den Gästen. Ich wähle die Kessler-Nummer mit dem Telefon der Rezeption an. Dann könnte folgendes passieren: Wir vernehmen den »Gefangenenchor« aus den Reihen der Gäste oder die betreffende Person nimmt andernorts das Gespräch an und meldet sich, wenn wir Glück haben, sogar mit vollem Namen. Aber selbst wenn kein Name genannt und nur »Hallo« gemurmelt würde, wüssten wir, ob es sich bei unserem Verfolger um einen Mann oder eine Frau handelt. Möglich wäre auch, dass die betreffende Person die unverdächtige Telefonnummer der Rezeption zurückruft. Ich bleibe in jedem Fall in der Nähe und könnte vielleicht aus dem Gesprächsinhalt der ankommenden Telefonate etwas entnehmen.«

Maria war begeistert, aber Barbara blieb skeptisch: »Ich glaube nicht, dass es funktioniert. Aber einen Versuch ist es wert.«

Gegen zwanzig Uhr an diesem denkwürdigen Montag war Ludwig Kugelmoser, der Direktor und Eigentümer des Hotels BUCHENHAIN, immer noch auf den Beinen. Er konnte sehr zufrieden sein. Während zu derselben Zeit in all den Jahren zuvor der Großteil seines Personals den Jahresurlaub nehmen musste und das Haus meist nur mehr zu einem Viertel belegt war, hatte er dieses Jahr dank der Misere im Nachbarhotel BAYERN-Inn kein einziges Zimmer mehr frei. Alles ausverkauft. Wenn das kein Grund zur Freude war. Innerlich rieb er sich die Hände. Dann blickte er höchst zufrieden auf seine gepflegten Fingernägel. »Des einen Freud´ ist eben des ander´n Leid!« Dieses Sprichwort war ihm in diesen Tagen zum lieben Motto geworden. Er hatte es in goldfarbigen Buchstaben ausgedruckt und über seinem chaotischen Schreibtisch an die Wand geklebt.

Die drei Frauen da vorne kannte er. Die kamen letztendlich auch aus dem BAYERN-Inn. Mit der einen hatte er heute ein halbes Stündchen geschwatzt. Aber die war ihm zu introvertiert und schwierig.

Rasch sauste er auf die Gruppe zu und Maria Werner riss die nächstliegende Zeitung an sich. Nun hatte sie keine Hand frei, die der Direktor hätte busseln können. So streiften die sorgfältig gehegten Bartborsten nur Eva Bauer und Barbara Berger.

»Sind die Damen mit meinem Haus zufrieden?«

Sie bejahten.

»Haben die Damen noch einen Wunsch?« »Nein? Oder doch?« Er sah sie irritiert an.

»Ich würde gerne ein Telefonat von der Rezeption aus führen«, hauchte Eva und sah ihm eine Spur zu tief in die Augen. »Leider hat keine von uns ihr Mobilphone bei sich.«

Seine Pupillen weiteten sich. »Das ist doch kein Problem, bitt´ schön! Von der Rezeption aus ist das aber ein bisserl zu öffentlich. Da, nehmen´s mein i-phone und gehn´s in mein Büro. Da können´s in aller Ruhe telefonieren.«

Die ganze heftige Abwehr half nichts. Eva hatte bereits sein Telefon in der Hand und las die zu wählende Nummer von einem Zettel ab. Der Ruf ging durch, niemand nahm ab, kein Klingelton weit und breit.

Enttäuscht gab Eva dem Direktor, der sich diskret einige Meter entfernt hatte, das phone zurück. Der löschte, ganz vornehmer Mann, die angewählte Nummer und entfernte sich etwas taumelnd mit einem verklärten Lächeln und den allerbesten Wünschen für einen weiteren schönen Aufenthalt in seinem Hause.

Die plötzlich von einem äußerst unguten Gefühl befallenen drei Frauen blieben zurück.

»Ob das nun klug war? Ich bezweifle es«, fand Maria Werner die Sprache wieder.

»Das hat sich jetzt so ergeben. Das war ganz spontan«, entschuldigte sich Eva.

Barbara Berger enthielt sich eines Kommentars. Aber an ihrer Miene ließ sie ganz deutlich erkennen, was sie soeben dachte.

»Hoffentlich nimmt das ein gutes Ende«, wünschte Maria Werner besorgt und wandte sich Eva zu: »Haben Sie den erhofften Klingelton gehört?«

»Nein, was aber nichts bedeutet«, antwortete diese. »Das Haus hat viele Räume und theoretisch kann unser Verfolger überall lauern.«

Barbara Berger nickte: »Genau das denke ich auch. Eigentlich haben wir das schon vorher gewusst.« Maria Werner warf die nicht mehr benötigte Zeitung in das Regal zurück. »Suchen wir einen guten Sitzplatz für das Abendessen im Restaurant und warten wir ab.«

Dienstag, 17. November, zehn Uhr, Hauptkommissar Harald Renner stand mit einem Koffer an der Rezeption des BAYERN-Inn und wartete auf Dr. Luchs. Bewundernd sah er sich um. »Ein Wahnsinnshaus«, dachte er und schätzte über den Daumen gepeilt die Erträge, die es möglicherweise erwirtschaften kann. Er konnte die Sorgen seines Schulfreundes durchaus verstehen. Hier hatte dieser den größten Teil seines Kapitals eingebracht und nun war das Haus beinahe leer. Auch wenn Renner kein Hotelier war, so konnte er doch erahnen, welcher Aufwand und finanzielle Einsatz geboten sein wird, um das beinahe gestrandete Schiff wieder flott zu kriegen. So schnell konnte es gehen. Ein voll belegtes Hotel war wegen einer unerklärlichen Mordserie innerhalb weniger Wochen so gut wie leer. Sein Ruf war ruiniert. Und die Polizei tappte weiter im Dunkeln. Renner musste sich eingestehen: »Immer noch keine Idee warum der Schweizer Geschäftsmann Leonhard ermordet wurde. Leider keinen blassen Dunst, warum es Dr. Kessler erwischte.« Nur der Bademeister war möglicherweise ohne Gewalteinwirkung nach dem Genuss einer Kiwi an einem allergischen Schock verstorben. Aber auch hier war nicht von der Hand zu weisen, dass ihm die gepresste Frucht heimtückisch im Multivitamingetränk untergeschoben wurde und es demnach auch Mord war.

Der »Kriminaler« ging die wenigen Schritte zur Bar, die zu dieser Stunde menschenleer war. Nur der Barkeeper beschäftigte sich hingebungsvoll mit dem Aufpolieren einiger Gläser und Flaschen. Im Übrigen wartete er darauf, dass sich wenigstens einer der wenigen Gäste auf einen Barhocker verirrt.

Nun nahm Renner Platz. »Ich habe noch nicht gefrühstückt. Bitte mixen Sie irgendetwas, was mich auf den nüchternen Magen nicht gleich unter die Theke wirft.«

Der Shaker rüttelte und schüttelte und kippte ein gelbgrünes, zäh fließendes Getränk in ein hohes Glas, das er mit einer frischen Zitrone verzierte.

»Sie sind der ermittelnde Beamte?« fragte er lässig, als er Renner das Glas zuschob.

Dieser nickte.

»Noch kein Resultat?«

»Doch, da ist schon einiges im Gang«, übertrieb Renner.

»Tatsächlich? Das sieht aber nicht so aus.«

Renner ärgerte sich. Was fiel dem Kerl ein? Aber andererseits hatte er Recht. Man stand in der Tat mit fast leeren Händen da. Vielleicht hatte sein Gegenüber eine Idee: »Und wer ist der Mörder, was denken Sie?«

Spontan hielt der Barkeeper mit dem Polieren inne, sah sich um und neigte dem Kommissar seinen schmalen Oberkörper zu. Er senkte die Stimme. »Würde meine persönliche Meinung ganz privat unter uns bleiben?«

»Aber ja«, antwortete Renner erstaunt.

»Ohne Protokoll, nur so ganz unverbindlich, an einer Bar geäußert?«

»Ich sagte schon: ja!«

»Gut, ich persönlich meine: Es ist der Krenner.«

Renner beugte sich nun ebenfalls über die Theke. »Wieso?«

Der Schmächtige flüsterte. »Krenner hat ein Verhältnis mit der Ehefrau des ermordeten Schweizers.«

Baffes Schweigen des Kripobeamten folgte und der Mixer genoss die Zündung dieser Bombe.

»Ich denke auch, dass er für sie ziemlich viel Geld braucht und dass aus diesem Grund die Abrechnungen hier im Hause nicht immer ganz korrekt laufen.«

Renners Gehirn speicherte: »Krenners Konto kontrollieren!« und er fragte: »Kennt man Frau Leonhard hier im Hotel persönlich?«

»Ich nicht.«

»Weiß Frau Krenner davon?«

»Keine Ahnung.«

Renner gab auf. Mehr war wohl nicht mehr zu erfahren. Aber so ganz Unrecht hatte der Barkeeper möglicherweise nicht. Er arbeitet immerhin an einem Platz, an dem dank der alkoholischen Mixturen die Sprache der Gäste ein wenig deutlicher ist als anderswo. Aber andererseits: Sind denn manipulierte Abrechnungen unter dem Personal bekannt? Auf dieses Thema musste er noch zurückkommen.

Renner zahlte und ging an die Rezeption. Der Koffer stand noch da. Den hätte er nun beinahe vergessen.

Dr. Luchs stieg eben aus dem Lift und freute sich, den Freund zu sehen.

»Ich habe das Gepäck deines Onkels dabei, das wir im BERNSTEIN aus seinem Zimmer geholt haben. Und hier in der Seitentasche haben wir diejenigen Dinge, die er in der Tatnacht in seinem Jackett und in der blutverschmierten Hosentasche hatte.«

Renner öffnete den Reißverschluss an der Außenseite des Koffers und zog eine Liste hervor. »Die musst du dann noch durchsehen und unterschreiben, aber das kennst du ja.«

Luchs nickte und überflog die Liste. »Da ist ja auch sein Handy! Warum ist es unversehrt?«

»Es befand sich in seinem Hotelzimmer im BERNSTEIN.«

»Ich würde gerne kontrollieren, mit wem er zuletzt telefoniert hat.«

»Das haben wir schon getan. Sein letztes Telefonat führte Dr. Kessler am Montag, dem 9. November um 11 Uhr mit der Rezeption des BAYERN-Inn. Seine letzte SMS galt dir. Diese setzte er an seinem Todestag, diesem Dienstag, dem 10. November, um neun Uhr morgens ab. Dann hatte er mehrere Anrufe erhalten. Aber alle kamen ausnahmslos vom Anschluss deiner Kanzlei. Seitdem wurde das Handy nicht mehr benützt.

Während sich die tapferen Frauen in der Buchenhain-Suite naiv und gutgläubig dem Telefonterror aus dem Kessler-Handy ausgesetzt glaubten, blickte Luchs auf das Gepäck seines Onkels und schwieg.

Es fühlte sich an, als hätte er zum Gedenken an ihn eine Schweigeminute eingelegt. Renner schloss sich ihm pietätvoll an. Doch dann knurrte sein Magen.

Luchs kam zu sich. »Gut, dass du mich erinnerst. Wir wollten doch gemeinsam frühstücken. Wir haben exakt bis zwölf Uhr Zeit. Um vierzehn Uhr findet hier die Eigentümerversammlung statt. Ich habe schon alles Nötige veranlasst und bin selbst gut vorbereitet.«

Renner nahm Platz: »Und ich muss dann auch gleich zurück. Mich erwarten, wie du weißt, um 13 Uhr und 13.30 Uhr die zwei Herren aus Küche und Service. Wie findest du das Timing?«

Luchs klopfte ihm lobend auf die Schulter. »Einfach genial!«

»Übrigens, Christoph, die Laboruntersuchungen aus dem Bad in Zimmer 158 haben eine merkwürdige Analyse erbracht. Wir fanden natürlich massenweise deine DNA, die deines Onkels, aber auch die einer unbekannten Frau. Wahrscheinlich aber nicht die des Zimmermädchens, das beim Reinigen Latex-Handschuhe trägt. Wir benötigen von dir dennoch den Namen und die Anschrift dieser Angestellten zum vorsorglichen Abgleich.«

Luchs hob bedauernd die Hand.

»Ich musste bereits feststellen, dass die damalige Zimmerfrau der ersten Etage nur vorübergehend im Hotel tätig war. Namen und Anschrift sind mir nicht bekannt. Ich könnte aber Krenner fragen. Die stellvertretende Hausdame – die offizielle hat er ja rausgeworfen – weiß jedenfalls nichts.«

Renner goss rasch eine zweite Tasse Kaffee nach.

»Viel Glück mit Krenner! Er bleibt ein paar Tage länger in der Klinik. Und wenn er entlassen wird, habe ich einige dringende Fragen an ihn.«

Der Kommissar erhob sich schließlich.

»Danke für das Frühstück. Mein Dienst beginnt zu Mittag und wenn es möglich ist, komme ich noch am späten Abend vorbei. Du hörst auf alle Fälle von mir.«

Luchs begleitete den Freund zum Auto.

Dann wandte er sich der architektonisch auffallenden Fassade zu. Ein Geisterhaus im wahrsten Sinne des Wortes. Ermordete Gäste, geflohene Gäste, zweifelhaftes Führungspersonal und in Kürze: ruinierte Eigentümer. Am liebsten hätte sich Luchs beim Anblick des Hotels, auf das er noch vor einem Monat riesig stolz war, schaudernd abgewandt. Aber das konnte er schon seines Onkels wegen nicht machen. Er musste da durch und es musste erfolgreich sein. Seine letzte Hoffnung setzte er nun auf die Miteigentümer.

Der Ton einer protzigen Hupe ließ ihn zur Seite springen. Ein »Riesenschlitten« glitt an Luchs vorbei. Am Steuer saß eine fahle Gestalt mit Zigarre. Und am Beifahrersitz? War dies die Enkelin? Der erste Eigentümer war eingerollt. Das konnte heiter werden.

Das ahnungslose Ermittler-Team kehrte an diesem Dienstagvormittag aus dem Thermal-Hallenbad des BUCHENHAIN in ihre Suite zurück. Sie hüllten sich in große Badelaken und gingen zu Bett. Eine Wohltat! Dieses tägliche Badevergnügen wollten sie unter keinen Umständen missen. Und den im Anschluss daran gebotenen halbstündigen Schlaf ebenfalls nicht.

Eva hatte noch Zeit. Es war zehn Uhr. Sie wollte sich um 13.30 Uhr im BAYERN-Inn einfinden und dem Kreis ihrer Freunde anschließen. Dann blieb noch eine halbe Stunde Zeit, um sie auf den neuesten Informationsstand zu bringen und die Anträge für die Versammlung abzusprechen.

Bevor Eva aufbrach, wollten sie noch gegen elf Uhr das Restaurant im BUCHENHAIN aufsuchen, um sich gemeinsam einen kleinen Imbiss zu gönnen.

In der Eingangshalle des Hotels saß ein Polizeibeamter unter dem Hirschgeweih, der mit strengem Gesichtsausdruck unter seiner tief in die Stirn gezogenen Kappe hervorschielte und eindringlich die Kurgäste musterte.

Es wird doch kein weiterer Mord passiert sein? Diesmal im BUCHENHAIN?

»Wahrscheinlich sucht er einen Zechbetrüger. Das kommt schon mal vor«, nahm Barbara Berger an.

»Das glaube ich jetzt am allerwenigsten.« Die misstrauische Maria Werner schloss diese Möglichkeit sofort aus. Aber irgendetwas Gravierendes muss wohl passiert sein.

»Nach den Vorfällen im Kurort präsentiert keine Hotelleitung einen Uniformierten freiwillig so zentral in der Eingangshalle«, vermutete Eva Bauer.

Im weiten Bogen umgingen sie den verlängerten Arm des Gesetzes und suchten einen stillen Platz im Restaurant, das für diese Uhrzeit schon gut besucht war.

Der in stylischen Kniebund-Lederhosen servierende Ober trat

in seinen schneidigen Haferlschuhen an den Tisch, überreichte die Speisekarten und nahm die Bestellung der Getränke entgegen.

»Warum ist die Polizei im Haus?«

Der Ober bückte sich vertraulich und flüsterte zurück: »Es sand drei. Die zwoa andern sand beim Scheef.«

Eva wandte sich Barbara zu: »Nach Zechbetrug sieht es also nicht aus, Frau Berger.«

»Nach Mord aber auch nicht. Da wären sie nicht uniformiert sondern zivil gekleidet«, klärte Maria Werner auf.

»Lassen wir das. Wir haben schon genug anderes am Hals«, ermahnte Barbara. »Wann kommen Sie wieder zurück, Frau Bauer? 18 oder 19 Uhr? Wir warten jedenfalls in der Suite auf Sie und es ist egal wie spät es wird.«

Eva nickte. »Ich melde mich umgehend telefonisch bei Ihnen, sowie die Versammlung zu Ende ist. Sollte es bereits dunkel sein, lasse ich mich von meinen Freunden begleiten. Ich gehe kein Risiko ein.«

Um 14 Uhr stand Dr. Luchs etwas abseits in der Eingangshalle des BAYERN-Inn und beobachtete das lebhafte Treiben.

Inzwischen waren beinahe alle Eigentümer eingetroffen. Sie saßen oder standen im Foyer, lehnten an der Hausbar oder debattierten, in Gruppen versammelt, im Konferenzraum. Eine unterschwellige Aggression schwebte über allem. Aufgefangene Wortfetzen ließen nichts Gutes erwarten. Luchs schloss kurz die Augen und gab sich für einen Moment der Illusion hin, nicht die Eigentümer sondern zahlende Gäste vor sich zu haben. Dann gesellte er sich zu Rita, seiner Sekretärin aus der Münchner Kanzlei. Sie saß an der Rezeption und würde – wie immer – das Protokoll führen. Im Moment war sie dabei, die Anwesenheitsliste abzuhaken.

»Christoph, da können Sie sich auf einiges gefasst machen.«

»Ja, damit rechne ich, Rita.«

»Die geben Ihnen die Alleinschuld an der Misere. Tenor: Sie haben nicht rasch genug reagiert, nicht energisch genug eingegriffen und den untätigen Direktor zu lange im Amt gelassen.«

Eine besonders laute männliche Stimme tönte wie bestätigend in unmittelbarer Nähe:

»Der Luchs kann meinen finanziellen Schaden übernehmen. Den verklag´ ich gleich morgen!«

Ein anderer, ebenfalls nicht weit weg: » ...der ist da Nächste, der a Schlagzeile wie da Krenner kriegt, damit er sich nirgendwo mehr blick´n lass´n kann!«

Der Klingelton seines Handys lenkte Luchs ab. »Hallo Harald, hast du etwa eine Neuigkeit? Tatsächlich? Hier geht die Post ab. Es sieht so aus, als wäre ich die nächste Leiche. Kannst du mir einen Gefallen erweisen? Bitte behalte die beiden Herren noch einige Zeit bei dir. Die würden mir hier gerade noch fehlen. Was? Die kommen sowieso nicht so schnell? Du machst mich neugierig. Ich rufe dich an sowie ich hier fertig bin.« Ironisch fügte er hinzu: »Das heißt, wenn sie mich nicht gevierteilt haben.«

Luchs steckte sein I-phone in die linke Brusttasche des Jacketts und wandte sich wieder Rita zu: »Ist der Beirat vollzählig da?«

»Ja und das gleiche gilt für die übrigen Eigentümer. Unser lieber Herr Engel nebst furchteinflößender Gattin sitzt bereits im Konferenzraum und hat zwei Sitzplätze in der ersten Reihe beschlagnahmt. Direkt in Ihrem Blickfeld. Sie werden ihn drohend vor sich haben, wenn Sie am Mikrofon stehen.«

Luchs lachte. »Da brauche ich einen Leibwächter.«

»Den haben Sie schon. Ich sitze ja an Ihrer Seite.«

Luchs musste grinsen. Seine Chefsekretärin war nicht ohne und im Streitfall nicht zu unterschätzen. Er nahm seine Aktentasche an sich, die er neben Rita abgelegt hatte, und ging entschlossen in den Konferenzraum. Die Sekretärin heftete sich an seine Fersen.

Luchs trat ans Mikrofon, begrüßte die Miteigentümer zu dieser außerordentlichen Eigentümerversammlung und erntete die ersten, zunächst noch zaghaften, aber dann immer lauter und wütender werden Buh-Rufe. Er blieb ruhig stehen und wartete ab, bis diese verebbt waren. Dabei blickte er aufmerksam in den Saal und lokalisierte für sich selbst die lautesten Schreier.

»Wenn Sie sich nun beruhigt haben, können wir zur Sache kommen. Wenn Sie sich noch einmal so vergessen wie jetzt eben, breche ich die Versammlung ab. Es bestünde aber auch die Möglichkeit, dass ich mein Amt niederlege und Sie sehen selbst zu, wie Sie das gegenwärtige Problem lösen können.«

Ein Murren war zu hören, aber weitere Rufe unterblieben.

Luchs fuhr fort: Wir beginnen mit Punkt eins unserer Tagesordnung, der Bilanz des letzten Jahres. Ich erläutere, welche Posten mir merkwürdig erscheinen.«

Eva Bauer atmete auf. Sie hatte bereits den Abbruch der Versammlung befürchtet.

Die »Füssinger Gruppe« hatte an einem langen Tisch in der zweiten Reihe Platz genommen. Eva hatte noch genügend Zeit gehabt, den Freunden die wichtigsten Einzelheiten mitzuteilen und die Vorgehensweise für diese Versammlung abzusprechen.

Nun hörte sie mit Erstaunen, dass Dr. Luchs den gleichen Verdacht hegte, den auch die Wirtschaftsprüferin Barbara Berger gestern geäußert hat. Wegen derselben Verdachtsmomente hatte Evas Gruppe den erfahrenen Hotelier und Miteigentümer Denis Leonhard zu Kontrollzwecken in das Hotel als Gast einschleusen wollen.

Eva meldete sich zu Wort und trat zu Dr. Luchs an das Mikrofon.

»Als Mitglied der »Füssinger Gruppe«, die sich, wie Sie wissen, ausschließlich aus den zehn Hoteliers unter den Eigentümern zusammensetzt, gebe ich zu Protokoll, dass wir Dr. Luchs zustimmen. Wir kommen zu den gleichen Ergebnissen und Schlussfolgerungen.«

Luchs war erstaunt und flüsterte ihr zu. »Warum haben Sie keine Verbindung zu mir aufgenommen?«

Eva raunte: »Wir waren uns anfangs nicht sicher und wollten keinen Staub aufwirbeln. Erst jetzt, da Sie das gleiche Problem erkennen, gehen wir davon aus, dass unsere Befürchtungen real sind.« Luchs überlegte rasch. »Und was schlagen Sie nun vor?«

»Das kann man nicht sagen, wenn aller Blicke auf uns gerichtet sind.«

»Treffen wir uns während der Pause im Büro?«

»Ja, gut, abgemacht.«

Später klopfte Eva an die Bürotür. Dr. Luchs öffnete und hatte das Telefon am linken Ohr.

»Frau Bauer, darf ich noch um fünf Minuten bitten? Ich habe einen sehr wichtigen Anrufer in der Leitung.«

Irgendwie wirkte er ziemlich aufgekratzt. Vielleicht hatte er nach dem ersten Teil der Veranstaltung einen hochprozentigen »Bärwurz« gekippt?

Eva zwängte sich zwischen einige Frauen auf eine Couch und beobachtete die aufgebrachten Eigentümer. Dazwischen agierte souverän das ruhig und professionell arbeitende Servicepersonal. »Wie das?«, fuhr es ihr durch den Kopf. Wo waren die Unruhe und die Nervosität der Angestellten? Sie blickte zur Rezeption. Derselbe Eindruck. Alles in Ordnung. Warum?

Rita brachte auf einem Tablett ein Glas Sekt. »Für Sie, Frau Bauer. Auftrag von Dr. Luchs.«

»Zur Beruhigung meiner Nerven oder ein Grund zum Feiern?«

»Letzteres Frau Bauer, Sie werden es gleich erfahren. Kommen Sie bitte mit mir.«

Mit dem Glas in der Hand nahm Eva entspannt auf jenem Bürostuhl Platz, auf dem erst vor kurzem Frau Krenner so gelitten hatte.

Luchs schmunzelte. »Ich glaube, ich habe Sie immer ein wenig verkannt, Frau Bauer. Denn dass ausgerechnet Sie mir eines Tages zur Hilfe eilen würden hätte ich nie zu hoffen gewagt.«

»Dafür der Sekt?«

»Nein, dafür nur Danke. Der Sekt steht für einen Erfolg, von dem ich soeben per Telefon erfahren habe.«

Dann beugte er sich aufgekratzt nach vorne: »Unser Führungspersonal aus Verwaltung, Küche und Service ist vorläufig einige Zeit nicht mehr zugegen.«

»Ach, darum sehe ich weder Herrn Krenner noch Herrn Siegel. Ich dachte schon, Sie hätten Krenner wegen der Versammlung beurlaubt, um ihn vor den wütenden Eigentümern in Sicherheit zu bringen. Und Siegel ist eventuell krank.«

»Umgekehrt. Krenner ist krank und Siegel hat Zwangsurlaub, gemeinsam mit und dennoch getrennt vom Küchenchef.«

»Sie sprechen in Rätseln.«

»Na, dann etwas ausführlicher: Unser vorhin gemeinsam geäußerter Verdacht ist nun personifiziert. Die Namen: Siegel und Geissner.«

»Nein!?«

»Doch, sie haben gemeinsam die Abrechnungen getürkt und die Software manipuliert.«

»Wie hat man das entdeckt?«

»Gar nicht. Die beiden waren zur Zeugeneinvernahme in den Mordfällen und wegen einiger Fragen zum kurzzeitigen Verschwinden Krenners in die Polizeiinspektion geladen. Noch bevor sie ankamen gab es dort einen telefonischen, ganz konkreten und aus unserem Hotel kommenden Hinweis. Der Anrufer wollte jedoch anonym bleiben. Der ermittelnde Polizeibeamte, übrigens ein guter Freund von mir, schnappte sich die überrumpelten Kerle mitsamt ihrem Eingeständnis der Computer-Manipulation und den daraus resultierenden Straftaten. Die beiden haben uns über Monate hinweg permanent beklaut.«

Eva war starr und Luchs fuhr fort:

»Der bis ins Detail konkrete Hinweis kam von einem Angestellten unseres Hauses, der es nicht gewagt hatte, den Direktor darauf hinzuweisen. Harald Renner geht davon aus, dass diese Informationen von mehreren Mitarbeitern stammen, die einen gemeinsamen Befreiungsschlag riskierten und eine Person aus ihrer Mitte in der Polizeiinspektion anrufen ließen.«

Es war noch nie vorgekommen: Eva Bauer rang um Worte. »Du meine Güte«, dachte sie aufgeregt, »das gibt schon wieder Zündstoff für eine Nachtsitzung mit Barbara und Maria.«

Ihre Gedanken sausten im Zickzack. Theoretisch war es möglich, dass einer von beiden oder eventuell sogar beide, Denis Leonhard auf dem Gewissen hatten, weil er sie als Fachmann sofort durchschaut hatte. Aber andererseits, wie sollte denn Leonhard etwas bemerkt haben, wenn er noch gar nicht richtig angekommen war? Nein, dieser Einfall musste verworfen werden. Aber Dr. Kessler könnte vielleicht unbeabsichtigt etwas entdeckt haben? Wurde er daraufhin bedroht? War er deshalb aus dem BAYERN-Inn ausgecheckt? War er möglicherweise aus dem Hotel gar geflohen? Was würde wohl noch alles ans Tageslicht kommen! Der erste Ziegel der Mauer des Schweigens schien abgebröckelt zu sein.

Nach zwei weiteren heftigen Stunden war die Eigentümerversammlung zu Ende gegangen. Nach Bekanntwerden der Verhaftung des Restaurant- und des Küchenchefs war die Stimmung unter den Eigentümern umgeschlagen. Irgendjemand im Hintergrund hatte sogar zaghaft applaudiert. Nur um das Schicksal des

Denis Leonhard und das des Dr. Kessler herrschte Uneinigkeit. Der Mord an dem Miteigentümer Leonhard wurde zwar bedauert, aber Dr. Kessler kannte man nicht. Den Eigentümern war lediglich wichtig sicherzustellen, dass Maßnahmen getroffen werden, welche künftig die Einnahmen wieder sprudeln lassen.

Dr. Luchs verschwieg weiterhin seine Verwandtschaft mit Maximilian Kessler und damit den eigentlichen Grund für seinen Aufenthalt im BAYERN-Inn.

Er bot an, bis zur Gesundung Krenners, oder einer eventuellen Neubesetzung der Verwaltung, als stellvertretender Direktor zu fungieren. Sein Antrag wurde einstimmig angenommen.

Es war bereits dunkel geworden.

Dr. Luchs sah sich um. Wo war Eva Bauer? Diese stand inmitten des Abreisetrubels im Foyer und unterhielt sich ziemlich temperamentvoll mit ihren Freunden. Luchs lief auf sie zu. »Fahren Sie etwa auch gleich nach Hause?«

Eva antwortete ausweichend: »Ich muss umgehend weg. Aber vielleicht darf ich Sie demnächst zu einem Gespräch aufsuchen?«

Luchs überlegte kurz. »Daran wäre mir sehr gelegen. Wie Sie wissen, habe ich mich aber in ein Abenteuer gestürzt. Ich bin im Moment nur hier im BAYERN-Inn zu erreichen.«

Er sah etwas verloren aus. »Dabei muss ich gestehen, dass ich so gut wie keine Ahnung von der Führung eines Hotels habe.«

»Und da denken Sie an eine tatkräftige Unterstützung durch mich?«

Luchs wehrte ab: »Nur an eine Beratung.«

Eva reichte ihm die Hand. »Sie können mich jederzeit anrufen und fragen. Ich überlasse Ihnen hiermit gerne meine Handynummer.«

Sie verabschiedeten sich und Eva wandte sich Hans zu. »Würdest du bitte so freundlich sein, mich die wenigen Meter zum BUCHENHAIN zu begleiten? Es ist schon dunkel.«

Er nickte beglückt und sie hakte sich unter.

Auf dem Weg zum BUCHENHAIN berichtete ihm Eva: »Wir sind schon wieder telefonisch bedroht worden. Aber darüber möchte ich im Moment nicht sprechen. Mein Kopf summt noch von vorhin.« Hans war sehr besorgt. »Sollen wir zum Wochenende erneut im FÜRSTENHUT buchen? Oder soll ich dort allein absteigen? Dann könnten wir alles Weitere besprechen.«

»Nein, das ist nicht nötig. Wenn sich irgendetwas Gravierendes ereignen sollte, hörst du von mir.«

»Und du handelst nicht auf eigene Faust?«

Eva versprach es.

Hans wartete, bis sie wohlbehalten im Foyer des BUCHENHAIN angekommen war und winkte ihr zum Abschied zu.

Eva stürmte mit allen Neuigkeiten in die Suite und hängte an der Garderobe ziemlich umsichtig ihre Tasche mit dem wertvollen Inhalt ab. Es war so merkwürdig ruhig und das gemeinsame Wohnzimmer war nur durch eine Stehlampe beleuchtet. Maria und Barbara saßen auf der Couch und blickten ihr mit düsteren Mienen entgegen.

Eva fiel müde in einen Sessel: »Mein Gott, diesen Gesichtsausdruck kenne ich! Was ist passiert?«

»Sie haben immer das Glück der Abwesenheit, wenn uns das Schicksal beutelt«, formulierte Maria Werner theatralisch das Geschehene.

»Welches Schicksal?«

»Wir sind rausgeflogen«, brachte es Barbara Berger auf den Punkt.

»Aber wir sind doch noch da.«

»Nur bis morgen vormittags, dann sind wir weg.«

»Warum?«

»Ihretwegen! Weil Sie unbedingt die SMS vom Handy des Direktors verschicken mussten.«

Barbara sah anklagend auf Eva. »Ich hatte sowieso keines gutes Gefühl, aber da war es schon zu spät, Sie an Ihrem Vorhaben zu hindern.«

Eva war peinlich berührt. »Dann war die Polizei also unseretwegen im Haus? Man reiche mir ein Mauseloch.«

»Nein, die Polizei ermittelt wegen eines Unfalles mit Fahrerflucht. Ein weißer Ford soll den Pkw eines Hausgastes demoliert haben und geflohen sein. Aber das gehört jetzt nicht hierher.«

Barbara wollte endlich zur Sache kommen.

»Der Direktor wird unseretwegen erpresst und wagt nicht, die Polizei einzuschalten. Er bekam noch gestern in der Nacht eine SMS mit folgendem Ultimatum: »Die drei aus der Suite fliegen bis spätestens Mittwochnachmittag raus, oder die Mordserie greift vom BAYERN-Inn auf das BUCHENHAIN über.«

»Er fürchtet natürlich bei einer Anzeige die Rache der Erpresser«, warf Maria ein.

»Er fürchtet aber noch mehr die Presse und ihre Schlagzeilen«, ergänzte Barbara Berger.

Eva resignierte: »Ich verstehe. Er befürchtet aber am allermeisten, bei einer Anzeige dieser Erpressung und dem dann folgenden Einschreiten der Polizei in Kürze mit einem ebenso leeren Haus dazustehen wie derzeit wir mit unserem BAYERN-Inn. Da habe ich ja was angerichtet.«

Maria erhob sich. »Nein, wir haben angerichtet. Die kalte Platte steht auf dem Tisch dort drüben. Es liegt wohl auf der Hand, dass wir uns im Restaurant nicht mehr blicken lassen dürfen.«

Die drei erhoben sich gleichzeitig und nahmen am runden Esstisch Platz.

Maria Werner rief: »Genießen wir nun den letzten Abend im

BUCHENHAIN! Sie, Frau Bauer, werden uns gleich morgen früh eine neue Bleibe suchen, während Frau Berger und ich zum Abschied im Heubad relaxen.«

Dieses Wort löste an Evas Unterarmen einen kurzen, allergischen Juckreiz aus. Sie begann sich unbewusst zu kratzen. »Es ist zwar nicht schön, dass wir schon wieder umziehen müssen, aber die größere Überraschung habe trotzdem nur ich zu bieten.«

Dann sah sie triumphierend in die Runde. »Aber zuerst möchte ich essen. Sie müssen sich noch ein Weilchen gedulden.«

Eine halbe Stunde später schilderte Eva in einem wahren Redeschwall die Versammlung mit allen wichtigen und nebensächlichen Details. »Zwei Verdächtige wurden heute eingelocht. Das sind der Küchen- und der Restaurantchef.«

Freude und Genugtuung blitzten in Barbaras Augen auf. »Dann brauchen wir vielleicht nicht mehr ausziehen? Es ist doch naheliegend, dass die beiden auch die Mörder sind. Ein starkes Motiv haben sie zumindest.«

Eva vermutete ahnungslos. »Dann sind sie – ich meine: waren sie – auch im Besitz von Dr. Kesslers Handy? Nachdem sie in U-Haft sitzen sind sie handlungsunfähig und können uns nicht mehr bedrohen.«

Und umgehend wurde Maria Werner vom Geistesblitz gestreift: »Wir versenden eine neue SMS. Wenn die beiden Inhaftierten mit dem Mord an Dr. Kessler zu tun haben und sich dessen Telefon angeeignet hatten, bleibt die Antwort aus.«

Schon mailte sie: *»Wir weigern uns, aus dem BUCHENHAIN auszuziehen.«*

Keine Antwort.

Vergnügt warteten sie noch eine Weile und prosteten sich dann übermütig mit einem Riesling zu. Sie wähnten sich bereits am Ende der Mord-Story und kurz vor ihrer Heimreise, als das Zimmertelefon rasselte.

Eva nahm ab, lauschte wortlos und bedeutete mit einer Handbewegung den beiden Leidensgenossinnen, die Türe zu öffnen. Der Hotelchef trat ein, der Handkuss entfiel und stattdessen hielt er Maria und Barbara gar nicht mehr gentlemanlike sein Handy unter die Nasen. »Hier, lesen Sie!«, forderte er barsch und seine Bartspitzen bebten. »Da steht mehr als deutlich: »Die drei wollen nicht abreisen. Die Frist läuft. Am Donnerstag haben Sie Ihre Schlagzeile und am Freitag ein leeres Haus.«

Eva schlichtete. »Natürlich reisen wir ab. Wir werden noch morgen während des Vormittags auschecken.«

»Ich nehme Sie beim Wort«, warnte er. »Ab morgen mittags ist die Suite neu vergeben.«

Er fauchte vermutlich noch ein »Guten Abend«, aber die Endsilbe wurde vom geräuschvollen Einschnappen des Türschlosses verschluckt.

Das war kein alltägliches Ausschecken aus einem Hotel. Das war ein Rauswurf erster Sahne.

»Gut, dieses Haus sieht mich nie mehr«, entrüstete sich Maria Werner.

Barbara Berger befand sich in einer pessimistischen Phase. »Malen Sie den Teufel nicht an die Wand! Womöglich benötigen Sie nie mehr ein Hotelzimmer weil Sie in eine Grabkammer einziehen werden.«

Sie schwiegen betroffen.

Dann stellte Eva fest: »Es sieht so aus, als wären die neuen Insassen im Passauer Gefängnis die Mörder. Möglicherweise haben sie aber Komplizen, die sich noch auf freiem Fuß befinden. Fazit: Die mutmaßlichen Mörder sitzen zwar in der Passauer Theresienstraße. Aber uns sitzt weiterhin, sogar noch verstärkt, die Gefahr im Nacken.«

Maria Werner fügte trotzig hinzu: »Dennoch werden wir weiterhin auf die Polizei verzichten. Sie wäre für unseren Plan, mit unseren eigenen Methoden die Mordfälle aufzuklären, nur hinderlich.

Der 18. November, ein Mittwoch, graute – und Eva erging es ebenso.

Sie hatte in den Morgenstunden im Internet gegoogelt, aber in Bad Füssing kein Hotel mit passender Suite gefunden. Entweder hatten die in Frage kommenden Häuser wegen Kurpause geschlossen oder sie waren wegen der Flucht aus dem BAYERN-Inn ausverkauft. Einzelzimmer kamen nicht mehr in Frage und Unterkünfte in Privatpensionen waren angesichts der Bedrohung zu riskant.

Resignierend mailte sie an Hans: »Neue Situation: Wir werden heute Vormittag zwangsweise ausquartiert. Eine neue Bleibe ist nicht in Sicht. Fällt Dir etwas ein? Bitte rasche Antwort. Gruß, Eva.«

Es dauerte zwei Minuten: »Aber Eva, weißt Du nicht mehr? Unser aller BAYERN-Inn verfügt über leere Suiten und braucht dringend Gäste.«

Rückantwort: »Ich verbiete Dir den Spott. Denke bitte nach und melde Dich wieder.«

Kurz danach klickte die nächste Nachricht:

»Ich spotte nicht. Dr. Luchs wohnt auch im Hotel und kann euch beschützen.«

Eva war unzufrieden. Sie setzte ihre letzte Hoffnung in den genialen Einfall, bestieg die Badewanne und schlief darin übermüdet ein.

Gegen sieben Uhr kam sie frierend zu sich, erhob sich schlaftrunken aus dem lauwarmen Wasser und trocknete sich ab. Der zündende Funke hatte sie verfehlt. »Wo wir uns wohl am Abend befinden? Auf keinen Fall im BAYERN-Inn. Hans hat wohl einen Knall!«

Maria und Barbara erwarteten Eva bereits im Wohnzimmer der Suite. Danach bestiegen sie den Lift, um das »Katerfrühstück« in der »Kaffeestube« einzunehmen.

Maria erwähnte nebenbei: »Ich habe übrigens erfolglos versucht, über das Internet ein passendes Hotel zu finden.«

Barbara bestrich ein Sesam-Brötchen mit Honig und hielt den Blick gesenkt. »Ich habe es auch vergeblich versucht. Wir sitzen auf der Straße.«

Eva hörte sich zum eigenen Erstaunen selbst beschließen: »Es gibt keine freien Suiten – außer im BAYERN-Inn. Sie beide werden daher noch heute in Ihre sichere Heimat abreisen und ich quartiere mich im »Mord-Hotel« ein. Ich werde Sie täglich am Abend per e-mail vom Stand der Dinge auf dem Laufenden halten.«

Maria Werner lehnte sich auf dem stabilen Holzstuhl zurück und lachte laut auf. »Das kommt nicht in Frage, dass Sie allein den Fall aufklären und die Lorbeeren ernten!«

»Meine Rede«, bekräftigte Barbara Berger.

Einige Gäste drehten sich empört zu ihnen um. Aber das störte sie nicht. Mittlerweile waren sie abgebrüht.

»Dann ist wohl nur noch die Frage zu klären, wie Sie dem selbsternannten »stellvertretendem Direktor Luchs « glaubhaft machen, warum Sie nach der Versammlung doch nicht abgereist sind, sondern im Gegenteil, mit zwei, noch vor kurzem aus diesem Hause geflohenen Frauen, im BAYERN-Inn wieder einziehen wollen«, stellte Maria Werner seelenruhig fest.

»Soll das heißen, dass Sie beide darauf erpicht sind, mit mir die eventuell letzte Strecke meines Weges zu gehen?«, fragte Eva Bauer zweideutig und atmete erleichtert auf.

»Das heißt es«, befand Maria Werner und schob appetitlos ihr Gedeck zur Seite. »Ich schlage vor, wir zahlen jetzt gleich und packen die Koffer. Frau Bauer sucht anschließend den uns beiden noch unbekannten Dr. Luchs auf und wählt die schönste Suite. Dann ruft sie uns an. Wir bestellen die Fahrdienste H. Peter und kommen die paar Meter mit dem Gepäck nach. Bis dahin bleiben Frau Berger und ich im Foyer des BUCHENHAIN neben unseren Koffern sitzen und rächen uns am Direktor.«

Irritiert sah Eva die beiden an. »Was haben Sie vor?«

»Es ist sozusagen eine Aufgabenteilung, Frau Bauer. Machen Sie sich bitte nur Gedanken über Ihren Part.«

Die Rezeption im BUCHENHAIN war mit fünf feschen Dirndln in schmucken, bunten und gleichnamigen Kleidern besetzt. Sie hatten ihre eigenen schönen Haare mit »fremden Federn« verflochten und kunstvoll in dicken blonden, roten oder schwarzen Zöpfen um den Kopf geschlungen. Unter den streng kontrollierenden Augen ihres Direktors fertigten sie freundlich und in rascher Reihenfolge ein- und auscheckende Gäste ab, nahmen Telefonate an, buchten neue Termine, erteilten Auskünfte und erledigten die persönlichen Anliegen der Hausgäste.

Nun trat der Chef deutlich bescheidener als noch am Abend zuvor an Eva heran. »Bitte entschuldigen´s meine gestrige Nervosität. Ich persönlich hätte Sie gern weiterhin als meine Gäste gesehen. Aber die Verantwortung meinem Haus gegenüber muss vorrangig sein. Ich kann nicht zulassen, dass es in den Sog des BAYERN-Inn gerät.«

Eva nahm die Rechnung entgegen, kontrollierte sie kurz und sah ihn ernst an: »In diesem Sog befindet es sich bereits. Auch wenn wir ausgezogen sind.«

Seine Augen flackerten erschrocken. »Wie meinen´s denn des, Frau Bauer?«

»Unsere SMS war an das Mobiltelefon des ermordeten Dr. Kessler gerichtet. Wir hörten in unserer unmittelbaren Umgebung Dr. Kesslers Klingelton. Das beweist, dass die Person, die im Besitz des Handys des Ermordeten ist, auch als dessen Mörder in Frage kommt und sich hier im Hotel aufhält. Die an Sie gerichtete SMS sagt ebenfalls aus, dass diese betreffende Person nur hier im Hause zu suchen ist.«

Hektische Röte kroch wie ein Irokesenschnitt von rückwärts über das Haupt des Herrn Kugelmoser. Die hinzu gekommene Maria Werner stichelte: »Sie haben die bedrohten Frauen nicht beschützt, sondern aus Feigheit aus dem Hotel geworfen. Den oder die Täter beherbergen Sie aber weiter.«

Der beige Flaum in seinem Nacken richtete sich starr auf.

Nun sattelte auch noch Barbara Berger auf: »Ich sehe bereits die Schlagzeile: ›***Mörder verbarg sich im BUCHENHAIN.***‹ Oder: ›***Dreifacher Mörder im BUCHENHAIN dingfest gemacht.***‹

»Vielleicht ist es aber auch strafrechtlich relevant«, feuerte Maria Werner die nächste Breitseite auf den Ärmsten ab. »Schlagzeile: ›***Direktor des BUCHENHAIN deckte Massenmörder***‹«

»Jetzt reicht´s aber, meine Damen«, wurde er wütend. »Verkaufen´s mich nicht für blöd!«

Dann verließ er gemäßigten Schrittes das Foyer und betrat sein Büro. Dort verschloss er aufgeregt die Tür von innen und lehnte sich erschöpft dagegen. »Mein Gott!«, jammerte er fassungslos und drückte sein rotgetupftes Schnupftuch auf die schweißbedeckte Stirn. »Dass ich da nicht selbst d´raufgekommen bin! Da hab´ ich nicht nur die Gäste aus dem BAYERN-Inn sondern auch gleich den dortigen Mörder bei mir aufgenommen! Wenn das rauskommt, hab´ ich den Schwarzen Peter.«

Und in seiner schlimmsten Phantasie schwappte wie bei Ebbe und Flut der Gästeschwarm vom BAYERN-Inn zuerst zu ihm, aber dann wieder zurück.

Ungerührt suchten die drei Frauen ihre Suite auf.

»Packen wir die Koffer und schicken wir Frau Bauer los. Wir müssen bis Mittag weg sein.«

Eine halbe Stunde später stapfte Eva tief vermummt in das BAYERN-Inn hinüber. Nur gut, dass ein kleines Schneegestöber ihr Gemüt kühlte. Sie wusste immer noch nicht genau, was sie Dr. Luchs erzählen sollte. Der Mann war ziemlich clever und könnte sie rasch durchschauen. Ob es vielleicht sinnvoll wäre, ihn einzuweihen? Besser nicht. Man kannte Dr. Luchs nicht näher. Er würde sicher umgehend die Polizei einschalten und genau das wollten sie auf gar keinen Fall. Eva war sich sicher: Irgendeine plausible Erklärung würde ihr in allerletzter Sekunde schon noch einfallen.

Der Gesuchte hastete zu dieser Uhrzeit einen Gang im Krankenhaus Rotthalmünster entlang und suchte Zimmer 210. Es war an der Zeit, Fritz Krenner endlich am Krankenbett zu besuchen. Denn Anstand muss sein.

Luchs klopfte, ein zaghaftes »Herein« ließ ihn eintreten.

Der Kranke saß blass aber aufrecht im Bett und blickte Luchs überrascht entgegen. Der reichte ihm die Hand. »Wie geht es Ihnen, Herr Krenner?«

»Na ja, zumindest besser als am Montag. Ich werde wahrscheinlich am Donnerstag, den 19. November, wieder entlassen. Das wäre schon morgen.«

Der Besucher zog einen Stuhl an das Bett und setzte sich. Dann reichte er dem Direktor sein Geschenk: Ein Buch im roten Glitzerpapier mit dem Titel »**Amouren beim Kuren**«.

Der Beschenkte grinste und bedankte sich.

»Ihre Frau hat sich große Sorgen gemacht, als Sie am Sonntag spurlos verschwunden waren«, sagte Luchs und sah Krenner prüfend an. Dessen Gesichtszüge waren aber nicht zu deuten.

»Anna-Marie macht sich keine Sorgen. Sie hat mich bis heute nicht besucht.«

Luchs war nicht überrascht.

»Herr Krenner, Ihr Privatleben geht mich nichts an. Aber fließt es vielleicht in irgendeiner Weise im negativen Sinn in Ihr Berufsleben mit ein? Haben Sie möglicherweise private Probleme, die Sie in Ihrer Arbeitsweise behindern?«

Krenner schüttelte abweisend den Kopf und Luchs wechselte umgehend das Thema. »Was hat sich medizinisch ergeben?«

Nun wurde der Patient zugänglicher. »Ich hatte eine ziemlich hohe Dosis Barbiturate im Körper. Ich entsinne mich noch daran, dass Sie mich am Samstag in die Bar eingeladen haben, dass ich anschließend mein Appartement aufsuchen wollte, aber am Montag ein Stockwerk höher in einem Gästezimmer aufgewacht bin, zu welchem ich gar keinen Schlüssel bei mir hatte.«

Luchs schwieg und Krenner sinnierte. »Ich nehme grundsätzlich keine Schlafmittel und könnte es daher auch nicht versehentlich geschluckt oder zu hoch dosiert haben.«

Dann geriet er in Rage: »Die ganze Zeit überlege ich, wie ich in diese Situation kommen konnte. Aber es fällt mir nichts dazu ein.«

Luchs nickte. Er verstand es ja selbst nicht. »Kann es sein, dass Sie in der Nacht mit dem Hausmeisterauto weggefahren sind, Herr Krenner?«

»Ganz bestimmt nicht. Ich fahre seit vielen Jahren ausschließlich ein Automatikgetriebe und käme mit der Gangschaltung des Ford längst nicht mehr zurecht.«

Das klang logisch und Luchs glaubte ihm.

»Wir hatten gestern eine Eigentümerversammlung. Da Sie derzeit krank sind, wurde ich von der Mehrheit der Eigentümer zu Ihrem Stellvertreter bestimmt.«

»Sie?« Krenner klang ernsthaft besorgt. »Wie wollen Sie als

Branchenfremder mit Gegenspielern wie dem smarten Geissner und dem gerissenen Siegel zurechtkommen?«

Dr. Luchs ging auf diese Frage nicht ein und schwieg zunächst einige Sekunden. Schließlich ließ er die Katze aus dem Sack:

»Die beiden haben die Restaurantabrechnungen und den Wareneingang getürkt. Haben Sie denn nichts bemerkt?«

Krenners Blick senkte sich. »Natürlich ist mir einiges aufgefallen. Da müsste ich ja ein Anfänger sein. Aber diese beiden sind nicht zu überführen. Ich versuche das schon seit mehr als einem Vierteljahr.«

Luchs wunderte sich.

Wenn Krenner das bewusst war, warum ließ er dann auf eigene Faust die beiden zum Schaden des Hotels gewähren? Irgendwie passte diese Langmut auch nicht zum Naturell des Direktors. Steckte Krenner mit den beiden unter einer Decke? Oder erpressten sie ihn?

Die Arztvisite unterbrach die Unterhaltung. Luchs musste für kurze Zeit auf den Gang hinaus. Dort überlegte er weiter. Er hatte ganz konkret Geissner und Siegel der Unterschlagung bezichtigt und Krenner hatte nicht gefragt, woher er das weiß. Im Gegenteil: Er hatte doch soeben eingeräumt, dass er das längst vermutet hat. Ganz sauber konnte demnach wohl auch der Krenner nicht sein. Höchstwahrscheinlich war Onkel Max, von jeher ein schlauer Fuchs, tatsächlich fündig geworden.

Eine Krankenschwester bedeutete Dr. Luchs, dass er das Zimmer wieder betreten darf. Krenner hatte sich im Bett zurückgelehnt und erwartete ihn schon.

»Es bleibt dabei, dass ich morgen entlassen werde. Ich schlage daher vor, dass Sie mich noch bis zum Wochenende vertreten und dass ich am Montag die Geschäfte wieder übernehme. Sie werden in Ihrer Kanzlei bestimmt schon dringend erwartet.«

Dr. Luchs schüttelte den Kopf.

»Nein, Sie bleiben einstweilen zu Hause. Wir haben beschlossen, das Hotel nach Abreise des letzten Gastes für ganze zwei Monate wegen angeblicher Renovierungsarbeiten zu schließen. Innerhalb dieses Zeitraumes werden sich die Morde aufklären. Wir starten mit neuem Image und mit neuen Küchen- und Restaurantchefs erst wieder im Februar.«

Krenner sah das anders. »Sie werden doch nicht annehmen, dass Sie Siegel und Geissner abschütteln können?«

Luchs lehnte sich triumphierend auf seinem Stuhl zurück und verschränkte die Arme hinter dem Kopf. »Das haben wir bereits getan.«

Zunächst kam keine Reaktion. Dann verwandelte sich Krenners Pokerface langsam in ein verwundertes, beinahe sympathisches Gesicht.

»Ich kann Ihnen nicht folgen. Erklären Sie das bitte etwas ausführlicher.«

Krenner saß kerzengerade auf seinem Bett und ließ Dr. Luchs nicht mehr aus den Augen, als dieser berichtete:

»Beide waren bei der Kripo vorgeladen. Wie es der Zufall so wollte, legten sie unabhängig voneinander das Geständnis ab, sich gemeinsam an den Einnahmen des Restaurants bereichert zu haben. Damit mutierten sie außerdem zu den Hauptverdächtigen in den Mordfällen und sitzen nun in U-Haft.«

Es hätte nicht viel gefehlt und Krenner wäre vor Schreck aus dem Bett gefallen. Anstatt eines Jubelrufes fragte er fassungslos: »Und das haben die beiden zugegeben? Für ein Geständnis sind die doch viel zu abgebrüht.«

Krenner hielt sich mit beiden Händen am »Bettgalgen« fest. Er konnte es einfach nicht glauben.

Dr. Luchs beobachtete ihn erstaunt. »Ich dachte, Sie fallen mir nach dieser Nachricht um den Hals.«

Krenner frotzelte: »Sie sehen doch, dass ich mich gewaltsam zurückhalten muss.«

Und nach kurzer Pause: »Ich fasse es immer noch nicht.«

Dann schwang der stämmige Bayer seine muskulösen Beine aus dem Bett, schlüpfte in die durch Zeitung, Rundfunk und TV bekannten Schlappen und tappte im gestreiften, ebenfalls berühmten Bademantel zur Tür.

Luchs erhob sich ebenfalls. Er war ziemlich erheitert und dachte: »Wie eine Uniform aus Sing-Sing. Wenn das kein Omen war.«

Aber da war noch eine persönliche Kleinigkeit, die Luchs wissen wollte: »Wer hat Ihnen eigentlich Ihre Nachtsachen gebracht?«

Krenner überhörte es und stellte eine Gegenfrage. »Sind Ihnen denn auch Einzelheiten der Aussagen bei der Polizei bekannt?«

Nun hörte Luchs schlecht.

Nach erneuter Frage flunkerte er: »Die Kripo hält sich bedeckt. Ich bekam nur ganz oberflächliche Informationen.«

Krenner glaubte das nicht und murmelte: »Warum frage ich auch?!«

Dann stand er in voller Größe vor Luchs, überragte ihn fast um einen halben Kopf und übertraf ihn – geschätzt – mit mehr als 20 kg.

Er sah auf Luchs herab: »Na, dann sehen wir uns am kommenden Montag um zehn Uhr zu Ihrem Abschiedsfrühstück in meinem Büro, das Sie freundlicherweise für mich warmgehalten haben, Dr. Luchs.«

Dieser korrigierte sehr energisch: »Ich wiederhole mich nur ungern. Wir sehen uns irgendwann in den nächsten Wochen, ist das klar? Zuerst erholen Sie sich und denken intensiv nach. Und dann gestehen Sie. Ich weiß, dass Sie etwas zu gestehen haben!«

Luchs reichte dem Kranken zum Abschied die Hand und dieser schlug ein. »Dass Sie sich bei all Ihrem Scharfsinn nur nicht irren, Dr. Luchs. Also dann, bis demnächst und danke für Ihren Besuch.«

Er ließ Luchs den Vortritt und begleitete ihn hinaus auf den belebten Gang. Eigentlich sollte Krenner nun erleichtert sein oder zumindest glücklich aussehen. Aber Luchs schien es, als wäre dieser hinter seiner Fassade nur noch nachdenklicher geworden. Ein merkwürdiger Kerl. Aber vielleicht wusste man in einer Woche mehr von ihm.

Luchs zwängte sich hinter das Steuer seines Wagens und wollte soeben starten, als sein Telefon summte. Es war die Rezeption des BAYERN-Inn.

»Sie haben Besuch, Herr Dr. Luchs. Eine Frau Bauer wünscht Sie zu sprechen und lässt sich nicht davon abbringen, auf Sie zu warten.«

»Auch das noch«, flüsterte Luchs mehr zu sich selbst. Dabei hatte er für wenige Stunden in seine Anwaltskanzlei nach München fahren und dort kurz nach dem Rechten sehen wollen. Aber nach der momentanen Situation zu urteilen, konnte er es sich nicht erlauben, die Bauer vor den Kopf zu stoßen. Warum war sie eigentlich noch einmal nach Bad Füssing zurückgekehrt?

»Bitte sagen Sie ihr, dass ich bereits unterwegs bin und in spätestens einer Viertelstunde im Hotel eintreffe. Und bewirten Sie Frau Bauer inzwischen. Ich beeile mich.«

Dann gab er Gas.

Eva Bauer saß im Wintergarten und unterhielt sich ziemlich gut mit einigen Gästen. Dem Gelächter nach ging es aber nicht um die Probleme des Hauses. Luchs atmete erleichtert auf, ging auf sie zu und reichte ihr die Hand.

»Frau Bauer, Sie sind wieder zurück? Sie wollen zu mir?«

Eva entschuldigte sich bei den Gästen und folgte ihm in das Büro.

»Herr Dr. Luchs, ich bin nicht zurück sondern immer noch da. Ich habe vor einer Woche wegen meiner permanenten Rückenprobleme eine Badekur begonnen. Wegen der Mordsache und dem Drumherum wollte ich aber nicht im BAYERN-Inn buchen. Ich ging in das BERNSTEIN und traf dort auf ehemalige Gäste aus unserem Hotel, die wegen des Mordes an Denis Leonhard umgebucht hatten. Nachdem aber die Verdächtigen mittlerweile hinter Gittern sitzen, würden wir gerne wieder hier im Hause wohnen. Wir haben uns mittlerweile angefreundet und möchten daher zu dritt eine Suite beziehen. Mir würde die 110 vorschweben.«

Luchs zögerte kurz. »Im BERNSTEIN?«

Er war zwar erstaunt, hatte aber keine Zeit mehr, um nachzuhaken. Warum sollte sie hier nicht einziehen? Das Haus war sowieso fast leer. Man musste schließlich um jeden Cent dankbar sein. »Aber bitte Frau Bauer, checken Sie ein und belegen Sie so viele Zimmer wie immer Sie wollen.«

Eva atmete auf. Sie schien überzeugend zu wirken. Ihm fiel nichts auf.

Da durchzuckte Eva – wie sie meinte – der genialste Einfall des letzten Jahres.

»Ich dachte außerdem, dass ich Sie bei dieser Gelegenheit ein oder zwei Tage vertreten könnte, damit Sie wichtige Angelegenheiten in Ihrer Kanzlei in aller Ruhe erledigen können.«

Luchs sah sie überrascht und unendlich dankbar an. Die Gute wollte seinetwegen ihren Badeurlaub einschränken. Sie wollte ihn uneigennützig unterstützen. Wenn das nicht hochanständig war!

»Das würden Sie für mich tun?«

»Aber natürlich! Wir sitzen doch alle in einem Boot. Und wenn ich schon da und außerdem vom Fach bin, entlaste ich Sie doch sehr gern.«

In der Fensterscheibe gegenüber spiegelte sich die über ihrem Kopf befindliche kreisrunde Deckenleuchte.

Es könnte aber auch ihr Heiligenschein gewesen sein.

Luchs wählte seine Kanzlei an. »Rita, stellen Sie sich darauf ein, dass ich in zwei Stunden im Büro bin und bis Freitag bleibe.«

Dann gab er entsprechende Anweisungen an den Chef der Hotelrezeption und wandte sich wieder Eva Bauer zu: »Darf ich Ihnen noch einige Informationen geben und nehmen wir dabei einen Mocca?«

»Sehr gerne, Dr. Luchs. Ich möchte aber vorher noch meine Bekannten anrufen.«

Während er das Getränk orderte, versandte Eva eine Nachricht: »Es hat geklappt. Schnappt unser Gepäck und kommt.«

Luchs hatte es eilig. »Ich komme soeben von Krenners Krankenbett. Er wird morgen entlassen, wird sich aber erholen und in den nächsten Wochen nicht arbeiten. Von den Häftlingen habe ich nichts weiter gehört außer, dass sie nun durch eine auswärtige – na sagen wir: etwas mäßig begabte Kollegin – vertreten sind und vorsichtshalber schweigen. Mittlerweile gelten sie auch als die Hauptverdächtigen in den Mordfällen.«

Eva nickte und sehnte insgeheim seine Abreise herbei. Endlich verabschiedete er sich. Eva sah das Heck seines Autos in der Kurve verschwinden und schon rollte der Kleinbus der Fahrdienste H. Peter vor das Portal.

Der Hausdiener des BAYERN-Inn karrte die Koffer in die Suite 110 und sah Frau Bauer an. »Kann es sein, dass Sie die vergangene Woche hier im Hause waren und ich Ihnen ausnahmsweise Zimmer 118 zeigte?«

»Aber natürlich, es freut mich sehr, dass Sie mich wieder erkennen.«

Dann gab es Trinkgeld gleich aus drei Handtaschen.

Barbara und Maria blieben zufrieden im gemeinsamen Wohnzimmer der Suite 110 stehen und sahen sich um. Wie nicht anders erwartet. Luxus pur! Dann teilten sie die drei unterschiedlichen Schlaf- und Badezimmer unter sich auf und Eva warf einen Blick aus dem Fenster. Dr. Luchs war längst über alle Berge. Aber eine andere Limousine rollte im Schritttempo zur Eingangstüre.

»Das kann doch nicht sein. Wir bekommen neue Gäste?«

Eva wandte sich an Barbara: »Während Sie beide auspacken möchte ich mich an der Rezeption sehen lassen. Ich bin in Kürze zurück.«

Eva begrüßte zuerst die Mitarbeiterinnen an der Rezeption und reichte anschließend deren Chef die Hand. Dieser rümpfte hochnäsig die Nase. »Sie können gerne weiterhin Ihre Kuranwendungen nehmen, Frau Bauer. Ich versichere Ihnen, dass ich die anfallenden Geschäfte bis zur Rückkehr des Herrn Dr. Luchs in gewohnt professioneller Weise ausführen lassen werde.«

Eva dankte für diese Unterstützung und bat ihn in das Büro. Mit hochrotem Gesicht erschien er nach fünf Minuten an der Rezeption, übertrug seine Arbeiten einer Kollegin und verabschiedete sich in einen dreitägigen Urlaub.

Danach hatte Eva den Eindruck, als tauten die Mitarbeiterinnen auf.

»Frau Bauer, ein Ehepaar, das vor einer Woche abreiste, bewohnt seit einer halben Stunde wieder sein ehemaliges Appartement in unserem Hause. Und soeben hatten wir zwei weitere Anfragen. Diese Gäste kehren aus dem BUCHENHAIN zu uns zurück.«

Eva war überrascht. »Bitte drucken Sie eine Liste über jene Gäste für mich aus, die ab meinem Eintreffen hier im Hause buchen bzw. anreisen. Ich möchte außerdem jeden einzelnen Gast persönlich begrüßen und ich will über alle Aktivitäten im Hause permanent am Laufenden sein. Egal zu welcher Stunde. Informieren Sie bitte das gesamte Personal von dieser Anweisung.«

Der Abend brach herein. Die Bewohnerinnen der Suite 110 dinierten äußerst gepflegt im matten Kerzenschein und bei leiser Musik gegen 19 Uhr im Wintergarten.

Barbara war aufgeblüht und sah sich um: »Nun sind wir wieder am Ausgangspunkt unserer Kur angelangt. In unserem geliebten BAYERN-Inn.«

Eine stille, beinahe mystische Kraft ging von diesem wohltemperierten Raum aus und das Rieseln der Schneeflocken vor den großen Fenstern trug zur vorgezogenen Adventsstimmung bei.

Auch Maria Werner freute sich: »Ich bin mir ziemlich sicher, dass wir hier fündig werden.«

Eva nickte zustimmend. »Ich hoffe das sehr und habe an der Rezeption Anweisung gegeben, mir jeden neuen Gast vorzustellen. Mich wundert nur, dass sogar Gäste aus dem BUCHENHAIN zurückkehren. Was das wohl bedeutet?«

Maria Werner blickte vielsagend von ihrem Teller auf: »Das wollen wir Ihnen gerne erklären: Wir kamen mit mehreren Gästen im BUCHENHAIN ins Gespräch, als wir bis zur Abreise absichtlich bei unseren Koffern in der Hotelhalle ausharrten. Dabei deuteten wir an, dass das Gerücht im Umlauf sei, dass der Mörder im BUCHENHAIN abgestiegen sein soll. Die gestrige, ziemlich auffällige Polizeipräsenz im Foyer des Hotels spreche für sich. Das BAYERN-Inn sei jedenfalls wieder sicher und daher kehren wir umgehend zurück.«

Eva war überrascht. »Sie meinen, das war die Arbeitsteilung von der Sie sprachen? Und das war Ihr Part?«

Eine kurze Pause entstand. Dann kreischten sie zu dritt: »Der arme verwitwete Ludwig Kugelmoser!«

Barbara Berger spottete: »Das ist in der heutigen Zeit der offene Markt. Die Konkurrenz schläft nicht.«

Maria Werner wurde leiser: »Außerdem haben wir möglicherweise gar nicht so Unrecht. Vielleicht hält sich der Mörder tatsächlich im BUCHENHAIN auf.«

»Und wenn nicht, wo wäre er dann?«

Barbara murmelte gequält: »Wenn sich der Mörder aber in Wirklichkeit doch noch hier im Hause befindet und nur ganz zufällig am Sonntag im BUCHENHAIN nach uns gesehen hat?«

Sie dachten nach.

Schließlich fuhr Barbara betroffen fort. »Vergessen Sie nicht, wir drei befinden uns nun in einem fast leeren Hotelkomplex und unseren einzigen möglichen Beschützer, nämlich den Dr. Luchs, hat Frau Bauer listig aus dem Haus gelockt.«

Maria würgte an ihrem Feldsalat, Barbara konnte nur noch mit Mühe einen Schreikrampf unterdrücken und Eva Bauer fragte sich, ob sie sich vorzeitig in ein Pflegeheim zurückziehen sollte.

Während die drei wie versteinert um diesen wunderschönen runden Tisch saßen, schneite es draußen unbeirrt weiter.

Barbara Berger richtete sich schließlich auf und sah aufmerksam auf die dicht fallenden weißen Flocken. »Was wollen uns diese wohl sagen?«

Maria Werner antwortete trocken: »Sie sind eine Metapher.«

Eva Bauer blickte deprimiert auf: »Für es rieselt der Kalk.«

Wieder hüllten sie sich in nachdenkliches Schweigen.

Barbara Berger versuchte schließlich zu trösten: »Aber vielleicht entpuppen sich Siegel und Geissner doch noch als Mörder. Sie hätten immerhin ein Motiv....«

Maria Werner beendete den Satz: »...und wir fürchten uns und fliehen vor »Fantomas«, der sich Dr. Kesslers Handy angeeignet und sich an unsere Fersen geheftet hat.«

Langsam begann Evas Gehirn wieder hochzufahren »Ganz egal, ob Siegel und Geissner nun als Hauptverdächtige einsitzen. Wir sind immer noch real bedroht und müssen uns schützen. Solange die beiden des Mordes nicht überführt sind, nehmen wir an, dass der oder die Mörder noch frei herumlaufen. Werfen wir also unseren Grips zusammen und ziehen wir unbeirrt unser Ding durch!«

Nach dem Abendessen gesellten sich Barbara und Maria zu dem kleinen Kreis der übrig gebliebenen Gäste in das Kaminzimmer und genossen das Flair der gehobenen Kultur, die samtweichen Sessel und das niveauvolle Geplauder einiger weit gereister, eventuell sogar alleinstehender Herren, die regelmäßig im Winter zum Thermalbaden und im Sommer zum Golfen im BAYERN-Inn abstiegen. Die anwesenden Damen hatten sich untereinander bereits bekannt gemacht und sich für Rotwein entschieden. Man prostete sich zu.

Eva Bauer hingegen kannte ihre Pflichten. Sie stand an der Rezeption und wollte soeben ein Gespräch mit dem Nachtportier beginnen, als ein Zusteller von Fleurop einen aufwendigen Strauß Rosen, weiß und frisch wie der zarte Schnee, ohne Grußkarte übergab. »Eva Bauer« stand mit einer sehr männlichen Tintenschrift auf der Adressatenkarte. Der Absender blieb unbekannt.

Könnte der Strauß eine Falle sein? Ein Trojaner mit einer »Wanze« in den Knospen? Oder eine wortlose, im Moment noch nicht verstandene Drohung? Spontan zuckte Eva der Titel eines Krimis durch den Kopf. Agatha Christie: »Der Wachsblumenstrauß«.

Unter keinen Umständen wollte Eva diese Rosen in die Suite mitnehmen.

Der Portier sah sie fragend an.

Ein wenig hektisch entschied sie: »Anonyme Geschenke nehme ich nicht entgegen. Bitte lassen Sie die Rosen im Foyer aufstellen. Aber nicht in der Nähe zur Rezeption.«

Nach einigen Minuten saß der Nachtportier wieder an seinem Arbeitsplatz und man hörte das Geräusch der Computertastatur.

Eva sah ihn an. Er war ein etwas älterer, gewissenhaft und diskret wirkender Mann.

Als er ihren Blick spürte, sah er freundlich zu ihr auf. »Wir haben heute einen Glückstag. Außer der Suite für Sie haben wir insgesamt zehn Appartements vergeben können.«

Eva sah die Freude in seinen ruhigen Augen. »Sie sind schon lange hier im Hause?«

»Ja, seit Anbeginn. Ich arbeite schon immer im Hotelgewerbe. Aber nun hatte ich mir ernsthaft Sorgen gemacht. Seit heute sehe ich wieder einen kleinen Hoffnungsschimmer am Firmament.«

Eva nickte. »Mir ergeht es ebenso. Kannten Sie Herrn Leonhard?«

Zu ihrem Erstaunen nickte er.

»Ja, er reiste versehentlich einen Tag zu früh an.«

»Herr Leonhard gehörte zu meinem Freundeskreis«, erklärte Eva hastig. »Wir konnten uns nie erklären, warum er sich im Datum irrte und wo er dann übernachtete.«

»Das wissen Sie nicht?« Der Portier war erstaunt.

»Herr Leonhard hatte sich im Datum vertan und wir waren vollständig ausgebucht. Das von ihm gewünschte Zimmer 118 wurde erst am nächsten Tag frei. Direktor Krenner kennt Herrn Leonhard persönlich und kam nicht umhin, ihm deshalb für diese eine Nacht sein Privatappartement anzubieten, das nur durch den Büroraum erreichbar ist. Ich habe Herrn Leonhard persönlich geholfen, sein Gepäck in Krenners Appartement zu bringen.

Eva blieb ganz ruhig. »Wer wusste davon?«

»Nur der Direktor und ich.«

»Und wo nächtigte Herr Krenner?«

»Ich vermute, dass er nach Hause fuhr.«

Eva musste sich selbst kneifen.

»Hatten Sie den Eindruck, dass sich Herr Krenner und Herr Leonhard gestritten haben?«

»Nein, kein Streit. Aber Herr Krenner murrte, dass ihm »der Leonhard« gerade noch gefehlt habe. Den solle der Teufel holen.«

Das war makaber und Eva schluckte. »Also doch vielleicht der Krenner? Aber wie und warum?«

»Hatte Herr Leonhard auch Kontakt zu Siegel und Geissner?«

Der Portier überlegte. »Das kann ich nicht sagen. Ich weiß nur, dass Geissner Spätdienst hatte und Siegel in der Bar auf ihn gewartet hat.«

»Und Leonhard? War der auch an der Bar?«

»Ja, ganz kurz, er unterhielt sich ziemlich munter mit einigen Gästen.«

Eva war fix und fertig.

»Sie kannten wahrscheinlich auch Dr. Kessler?«

»Ja, aber sicher. Herr Kessler war hier allseits beliebter Stammgast. Die Frauen haben ihn vergöttert und die Männer bewunderten oder beneideten ihn. Er hatte keine Feinde, wenn Sie das meinen.«

»Aber wie könnte der Tod des Bademeisters in diese Mordserie passen?«

»Der Bademeister arbeitete erst seit einem halben Jahr in der kommunalen Therme. Vorher war er bei uns beschäftigt.«

Eva konnte es nicht fassen. »Weiß das die Polizei?«

»Das ist mir nicht bekannt. Mich hat jedenfalls niemand danach gefragt.«

»Wissen Sie sonst noch etwas, was die Polizei nicht weiß, worüber Sie sich aber so Ihre Gedanken machen?«

Eine kleine Pause entstand. Der Portier sah Eva vielsagend an. Dann setzte er seine Arbeit fort. Sie wollte nicht in ihn dringen. Sie musste für sein kurzzeitiges Vertrauen dankbar sein.

Gegen 23 Uhr war Eva wieder in der Suite eingetroffen und dort mailte sie an Hans: »...Uns blieb keine andere Wahl, wir mussten Deinen Ratschlag befolgen. Nun bewohnen wir die Suite 110 im BAYERN-Inn. Die Männer des Sicherheitsdienstes wurden allerdings noch von Krenner beurlaubt, was ich nicht wusste, und Dr. Luchs ist aufgrund meiner eigenen Schläue nach Hause gefahren. Liebe Grüße, Eva.«

Ziemlich müde und genervt begab sie sich zur Ruhe. Die erhaltenen Informationen wollte sie morgen, am Donnerstag, dem 19. November, mit Maria und Barbara beim Frühstück besprechen.

Dass der Portier während der Nacht noch zweimal an die Türe ihrer Suite trat und minutenlang davor stehen geblieben war, bemerkte sie nicht mehr.

Eva sprang gewohnheitsmäßig um sieben Uhr aus dem Bett und begann ihr morgendliches Ritual. Ein kurzer Blick auf die Uhr im Badezimmer beruhigte sie. Sie hatte noch Zeit, aber diese musste intelligent genützt werden. Für heute und den morgigen Freitag plante sie, sich ausschließlich im Büro aufzuhalten, in den Unterlagen zu blättern und einen Fragebogen zu den Todesfällen zu erstellen, der bis zur Rückkunft des Dr. Lutz abgearbeitet sein musste.

Gegen zehn Uhr hatten Barbara und Maria im Thermalwasserbecken des BAYERN-Inn die Krankengymnastik absolviert und waren einige Runden geschwommen.

An der Rezeption standen die Ankömmlinge in der Schlange und wurden von Eva mit Handschlag begrüßt. Sie flüsterte den

Freundinnen zu: »Alles Rückkehrer vom BUCHENHAIN. Ihr habt einen Orden verdient.«

Dann nahmen sie in der »Guten Stube« neben dem Büro Platz und orderten ein Getränk. Eva war wieder mehr als zufrieden: »Haben Sie die angenehme Atmosphäre im Haus bemerkt? Alles läuft wie am Schnürchen.«

Barbara schlug vor: »Wir sollten noch am Vormittag mein ehemaliges Zimmer 157 aufsuchen und überprüfen, aus welcher Richtung ich die nächtlichen Geräusche gehört haben könnte.«

Alle drei erhoben sich. Eva vergewisserte sich an der Rezeption, dass dieses Zimmer frei war. Dann betraten sie den ersten Stock. Zimmer 157 lag beinahe am Ende des Flurs in Richtung Garten. Nachbarzimmer waren 155 und 159. Genau gegenüber, zur Vorderseite des Hotels, befand sich 158, eingerahmt von 156 und 160. Während Maria und Barbara in Zimmer 157 an der geschlossenen Innentüre standen und lauschten, schlug Eva nacheinander die Nachbartüren zu. Barbara war sich völlig sicher, die Geräusche nicht aus diesen Zimmern gehört zu haben. »Gut, wenigstens das haben wir geklärt. Aber 158 können wir nicht überprüfen. Es ist momentan belegt. Ich werde im Hotel-Computer nachsehen, wer es zum damaligen Zeitpunkt bewohnt hat.«

Gegen 16 Uhr kehrte an der Rezeption kurz Ruhe ein. Eva fragte die Mitarbeiterinnen, ob sie zu einer kleinen Siesta in das Büro einladen dürfe. Die überraschten Gesichter der drei Angestellten verrieten, dass ihnen so ein Angebot noch nie offeriert worden war. Sie nahmen die Einladung überschwänglich dankend an.

Der Kaffee duftete, Eva reichte Gebäck in die fröhliche Runde und fragte: »Hat denn Herr Krenner keine Sekretärin?«

»Die hatte er«, sagte eine der Mitarbeiterinnen. »Aber der Mann ist zur Zeit unberechenbar. Seit dem Mordfall Leonhard ist sie weg. Das ging so schnell, dass sie sich nicht mehr verabschieden konnte. Nun erledigen wir auch die anfallenden Sekretariatsarbeiten. Bei diesem Gästeschwund haben wir dazu reichlich Zeit.«

Eva war neugierig. »Er hat sie fristlos entlassen?«

»Ja, sozusagen.«

»Was war der Grund? Bei einer fristlosen Entlassung muss schon einiges vorgefallen sein.«

Eva beschränkte sich darauf, immer nur Stichpunkte zu geben und die Antworten sowie Mimik und Gestik der Angesprochenen auf versteckte Hinweise zu prüfen.

Die jungen Frauen gaben gerne Auskunft.

»Über die Gründe rätselt man. Sie war angeblich indiskret und soll sich über Anweisungen der Geschäftsleitung hinweg gesetzt haben.«

»Nun befinden sich der Küchen- und Restaurantchef in Haft und heute habe ich festgestellt, dass wir auch nur eine stellvertretende Hausdame haben. Wo ist denn die offizielle?«

Leises Gekicher: »Sie wurde ebenfalls entlassen. Herr Krenner wusste nicht, dass sie mit Herrn Siegel verwandt ist.«

»Aber darum entlässt man doch niemand.«

»Der Direktor hatte sie in seinem privaten Appartement angetroffen, das nicht betreten werden darf.«

»Vielleicht wollte sie es reinigen?«

»Die machte sich nie die Hände schmutzig. Im Übrigen hatte Herr Krenner immer eine eigene Reinigungsfrau von außerhalb, die ausschließlich sein Appartement pflegte und die er privat entlohnte. Und obwohl dieses Privatappartement nur durch sein Büro erreichbar ist, ließ er nach dem Mordfall Leonhard das Schloss auf eigene Rechnung von einem fremden Schlüsseldienst erneuern. Zu unseren eigenen Hausmeistern hatte er offenbar kein Vertrauen.«

»Du meine Güte, was treibt Herrn Krenner um?«

»Wenn man das nur wüsste. Sein letztes Opfer war Mariana.«

»Die Kosmetikerin?« fragte Eva spontan.

»Ja, sie musste letzten Freitag das Haus verlassen. Sie war mit der Sekretärin und der Hausdame eng befreundet. Man munkelt, dass auch Mariana sehr indiskret war und sich nicht an die Hausvorschriften gehalten hat. Sehr merkwürdig ist, dass genau an diesem bewussten Freitagabend Direktor Krenner auf recht geheimnisvolle Weise verschwand und erst am Sonntag wieder auftauchte. Man könnte fast einen Racheakt vermuten.«

Eva nahm den letzten Schluck aus ihrer Tasse.

»Ich danke Ihnen, meine Damen. Ich lade Sie bei passender Gelegenheit gerne wieder ein.«

Mit ansteckender Begeisterung kehrten die jungen Frauen an ihren Arbeitsplatz zurück. Ein Ehepaar war soeben angereist. Es gab zu tun.

Gegen 18 Uhr kam Eva nachdenklich aus dem Büro und ging gedankenverloren an Barbara und Maria vorbei, die schon einige Zeit im Foyer saßen und das rege Treiben genossen. Ihnen war kein Gast entgangen und vergnügt hatten sie Eva beobachtet, wenn diese die Hände der Neuankömmlinge schüttelte und mit Argusaugen die Umgebung betrachtete. Sie wussten genau, was Eva in diesen Sekunden dachte und sie amüsierten sich. Es war aber auch schier unglaublich. Allein heute, am Donnerstag, waren 25 Paare angereist.

»Hallo Frau Bauer, verzeihen Sie uns bitte, wenn wir Ihnen lästig fallen«, witzelte Maria. »Aber dürfen wir Sie ganz kurz stören?«

Eva blickte in die verschmitzten Gesichter ihrer Freundinnen. »Ach, Barbara und Maria, könnten Sie bitte ausnahmsweise heute Abend allein und im Restaurant mit den Gästen zu Abend essen? Ich bin auf eine unglaubliche Fährte gestoßen und muss dazu noch einige Unterlagen einsehen.«

»Sie machen uns neugierig. Geben Sie uns doch einen Hinweis.«

Eva atmete tief durch. »Was glauben Sie, wer bei dem damaligen nächtlichen Spektakel gegenüber von Frau Berger das Zimmer bez. Appartement 158 bewohnt hat?«

Achselzucken.

»Dr. Kessler! Denis Leonhard hat am Beckenrand der Therme nicht seine eigene sondern aus unbekannten Gründen die Zimmernummer des dritten Mordopfers genannt. «

Barbara und Maria sahen sich an. »Um Gottes Willen, Frau Bauer, bleiben Sie am Ball! Wir sprechen dann über alles am Abend.«

Eva nickte. »Wir brauchen massenhaft Zeit. Ich habe ziemlich viele Informationen zu bieten.«

Dann zog sie die Türe zum Büro hinter sich zu.

Nun hatte Eva, ohne es zu ahnen, die Schnittstelle zu den Erkenntnissen des Dr. Luchs erreicht.

Nur die Tatsache, dass Dr. Kesslers Handy in Wirklichkeit sicher verwahrt war, trennte die Parteien vom Wissen um den aktuellen Stand der Dinge.

Barbara Berger und Maria Werner kleideten sich um und zogen sich im Restaurant an einen einsamen Tisch zurück. Weder bemerkten sie etwas von der faszinierenden Atmosphäre noch von der geschmackvollen Dekoration. Sie befanden sich in einer Art Schockzustand. In dieser Starre bestellten sie anstelle eines leichten Abendessens das komplette Tagesmenü und nickten geistesabwesend einen Weinvorschlag des Kellners ab.

Nicht nur Frau Berger war schwer enttäuscht.

»Als ich ihm von meiner Wahrnehmung erzählte, hätte er sagen müssen, dass er mir gegenüber wohnt. Er hätte mir eine harmlose Erklärung für diesen Krach geben können, bei dem ich, wie ich seit Kurzem weiß, auch die Stimme von Direktor Krenner gehört habe.«

Maria Werner drückte mitfühlend Barbaras Hand.

»Sie haben völlig recht. Infolgedessen kann der Lärm nicht harmlos gewesen sein. Immerhin hat er Ihnen dringend geraten, diesen Vorfall der Polizei zu verschweigen. Und damit er sichergehen konnte, dass Sie ganz gewiss nicht reden, forderte er Sie zum sofortigen Verlassen des Hotels auf.«

Beide schwiegen und löffelten die erkaltete Zwiebelsuppe.

»Nachdem Dr. Kessler aber großen Wert darauf legte, dass auch Sie, Frau Werner, das Haus verlassen und sich seiner Kontrolle ausliefern, muss Ihre Beobachtung bedeutungsvoll sein. Denn nur Sie konnten damals bestätigen, dass Leonhard in der Nacht der merkwürdigen Geräusche bereits im Hause war.«

Mehrere Minuten des erneuten Sinnierens verstrichen. Sie konzentrierten sich schließlich auf den Hauptgang des Menüs und prosteten sich zu: »Auf dass wir diese schwere Enttäuschung überwinden mögen und den Fall nun zügig lösen können.«

Aber nach dem Essen rätselten sie weiter:

»Mittlerweile kennen wir auch die Version des Nachtportiers. Das bedeutet, dass Sie, Frau Werner, der Nachtportier und Direktor Krenner die einzigen Zeugen dafür sind, dass Denis Leonhard bereits am Tag vor seinem Tod im Hotel war bzw. die Nacht hier im Hause verbrachte.«

Maria Werner zückte einen Notizblock.

»Listen wir unser Wissen auf: Leonhard reist versehentlich zu früh an und bezieht für eine Nacht ausnahmsweise das Appartement des Direktors, weil der ihn persönlich kennt. In dieser Nacht findet eine Etage höher in Zimmer 158, welches Dr. Kessler bewohnt, offensichtlich eine Auseinandersetzung statt. Sie, Frau Berger, wohnten gegenüber und identifizierten die Polterstimme als jene von Direktor Krenner. Leonhard verstirbt am nächsten Vormittag an einer Verletzung, die man ihm durchaus zu dieser Nachtstunde zugefügt haben könnte. Der ihn retten wollende Bademeister stirbt später ebenfalls unter mysteriösen Umständen und an dessen Todestag wird zusätzlich in einem Nachtlokal Dr. Kessler, der Bewohner des Appartements 158, ermordet. So, nun sind wir so klug wie zuvor.«

»Nein, wir sind eine Spur klüger«, berichtigte Barbara Berger.

Während im Restaurant zwei Köpfe heiß liefen, hatte der Nachtportier seinen Dienst wieder aufgenommen.

Mit einem undefinierbaren Lächeln überreichte er Eva einen weiteren Strauß, dieses Mal aber gelber Rosen, deren Blütenrand zart und leicht rosafarbig schimmerte.

Eva drehte die Karte hin und her. Wieder kein Absender. War sie wirklich gemeint? Mit solchen Blumen und deren momentanen Preis macht man keine Scherze. Ihr war kein Kavalier geläufig, der eine solche Investition tätigen würde. Und so wanderte der wunderschöne Strauß in der Vase auf eine Kommode mit einer gewissen Entfernung zur Rezeption.

Eva verabschiedete sich für diesen Donnerstag. Noch bevor sie sich anschickte die Suite aufzusuchen, hörte sie den Nachtportier sagen:

»Vielleicht sollte man Herrn Krenner etwas intensiver befragen.«

Sie blieb stehen. »Sie denken, er war es?«

»Das habe ich nicht gesagt.«

»Sie wissen etwas?«

»Ich ahne etwas.«

»Wollen Sie es mir sagen?«

»Nein.«

Eva blickte ihn bedauernd an. »Ich wünsche Ihnen einen guten Abend und danke für Ihre Hinweise.«

Eva betrat die Suite 110. Maria und Barbara hatten sie bereits ungeduldig erwartet.

Während Eva ziemlich geschafft aus den Schuhen schlüpfte, sagte sie nebenbei: »Sie werden nie erraten, wer derzeit Zimmer 158 bewohnt?«

Vier neugierige Augen starrten sie sensationsgierig an.

»Es ist Dr. Luchs. Was sagen Sie nun?«

Barbara erhob sich und nahm Eva die bauchige Umhängetasche ab, die sie tagsüber im Büro abgelegt hatte. »Äußerst merkwürdig. Da hat Dr. Luchs im beinahe leeren Hotel eine Riesenauswahl an attraktiven Zimmern. Aber er nahm ausgerechnet das ominöse 158.«

Dann ging Eva an die Minibar und entnahm eine Cola light. »Aber diese Erkenntnis ist lange nicht alles, was ich aufzubieten habe.«

In groben Zügen schilderte sie die Ergebnisse des Gespräches mit den Mitarbeiterinnen an der Rezeption. »Im Anschluss daran durchsuchte ich die Personalakten. Ich fand nicht einen einzigen internen Vermerk zu den Entlassungsgründen. Und was noch brisanter ist: Niemand der fristlos Entlassenen hat eine Klage beim Arbeitsgericht angestrengt. Alle haben das so einfach hingenommen. Irgendwie beschlich mich der Verdacht, dass Krenner mit den Entlassungen womöglich gar nicht so Unrecht hatte. Zumindest in einem Fall, nämlich dem der Kosmetikerin Marianna, muss ich ihm sogar völlig Recht geben. Wenn Krenner nur endlich den Mund auftäte!«

Eva lehnte sich im Sessel zurück und legte die Beine hoch. »Ich habe die Arbeitspläne des Personals eingesehen. Siegel, Geissner, der Barkeeper und der Nachtportier einschließlich des Sicherheitsdienstes befanden sich im Hotel, als der Lärm in Zimmer 158 stattfand und D. Leonhard im Privatappartement Krenners übernachtete. Sie hatten Freistunden, als der Bademeister im Hallenbad umkam und sie waren nicht im Dienst, als Dr. Kessler im PARADISO ermordet wurde. Alle anderen Mitarbeiter lassen sich bei diesen drei Mordfällen nicht auf einen Nenner bringen. Ausgeklammert ist Direktor Krenner. Über ihn existieren keine Daten.«

Barbara schlug vor, diese Erkenntnisse mit Dr. Luchs zu besprechen. »Wir kennen den Mann zwar noch nicht, aber alles was Sie von ihm erzählen hört sich seriös an.«

Eva schüttelte den Kopf. »Das hat einen Pferdefuß. Wie erkläre ich ihm, dass ich die Personalakten eingesehen habe? Es könnte der Eindruck entstehen, dass ich die Vertretung nur angeboten habe, um ungehindert hinter seinem Rücken und ohne seine Kenntnis und Erlaubnis schnüffeln zu können.«

Maria Werner lachte laut auf und stimmte ihr ironisch zu: »Nein, diesem abwegigen Verdacht sollten Sie sich auf keinen Fall aussetzen.«

Eva überhörte die Stichelei: »Bei Dr. Luchs ist Vorsicht geboten. Der könnte uns nur zu schnell durchschauen. Er hätte sicher kein Verständnis dafür, dass drei Frauen hinter seinem und dem Rücken der Polizei auf eigene Faust Nachforschungen zu den Mordfällen Leonhard und Dr. Kessler anstellen.«

Eine nachdenkliche Abwägung begann und die Zeit verging ohne Erkenntnis. »Wir sind zu müde und müssen die neuen Ergebnisse erst gedanklich verarbeiten. Aber morgen beim Frühstück warte ich mit zusätzlichen Neuigkeiten auf. Für heute ist es zu spät, um noch weiter zu diskutieren.«

Barbara und Maria nickten.

Alle drei erhoben sich, wünschten eine gute Nacht und tappten müde in ihre Betten. Die Eingangstüre der Suite war gut verschlossen.

Später, in der Nacht, stand vor dieser erneut der Nachtportier.

Von Donnerstag auf Freitag, den 20. November, verbrachten die drei Frauen eine fast schlaflose Nacht. Sie spürten, dass sie einen Riesenschritt vorangekommen waren. Aber für die Festlegung auf einen Täter war die Zeit noch nicht reif. Es gab zu viele Ungereimtheiten und möglicherweise fehlerhafte Interpretationen.

Gegen neun Uhr trafen Frau Berger und Frau Werner auf Eva Bauer, die erneut einen recht ansprechend dekorierten Frühstückstisch in der »Guten Stube« hatte decken lassen. Sie schloss hinter sich die Tür.

»Ich will gleich zur Sache kommen, bevor ich wegen möglicher Neuankünfte immer wieder unterbrochen werde. Also, ich habe mir die Daten von Dr. Kessler und Frau Römer angesehen. Diese sind hochinteressant. Beide sind unverheiratet. Sie haben keinen gemeinsamen Wohnsitz und kurten bisher nicht gemeinsam im BAYERN-Inn. Sie trafen hier scheinbar nur zufällig aufeinander. Frau Römer reiste im Mai an und verbrachte sechs Wochen im Hause. Sie buchte ein zweites Mal am 15. Oktober. Dr. Kessler war den ganzen August im Hause und reiste erneut am 12. Oktober an. Er bewohnte immer im ersten Stockwerk Zimmer 158. Frau Römer hingegen buchte im Mai im dritten Stockwerk Zimmer 320 und im Oktober 340. Beide waren demnach am Todestag von Denis Leonhard, dem 18. Oktober, im Hotel. Auffallend ist, dass beide kurz nach dem ersten Kuraufenthalt ein zweites Mal anreisten. Hierfür muss es Gründe geben die uns nicht bekannt sind.«

Barbara konnte sich solche Gründe durchaus ausmalen:

»Bei Frau Römer liegen sie auf der Hand. Vermutlich hat sie im Mai den Klammer kennengelernt und sich mit ihm erneut für den Herbst verabredet.«

»Das klingt logisch«, stimmte Maria zu.

Eva war sich nicht so sicher. »Ich frage mich, warum sie dann

Dr. Kessler nicht aus den Augen ließ, ihn sogar observierte und im BERNSTEIN seine frühere Mandantin, die Ländinger, recht grob verscheuchte.«

Barbara Bergers grüner Tee war nur mehr lauwarm, als sie einen kleinen Schluck nahm.

»Wie kann es sein, dass zwei fremde Menschen wie die Römer und Dr. Kessler, die sich angeblich zufällig begegneten, in Kürze einen Umgangston pflegten, als wären sie ein kampferprobtes, altes Ehepaar?«

Maria dachte nach. »Was mich umtreibt, sind folgende Fragen: warum verließ Dr. Kessler das BAYERN-Inn und warum nahm er die Römer in das BERNSTEIN mit? Welche Gründe hatte er hierfür?«

Es klopfte. Eva erhob sich zögernd und öffnete die Türe.

»Telefon für Sie, Frau Bauer. Dr. Luchs möchte Sie sprechen.«

Eva konzentrierte sich auf das Telefonat.

»Aber selbstverständlich ist es nicht nötig, dass Sie heute zurückkehren, Dr. Luchs. Es ist alles in Ordnung und Sie werden nach Ihrer Rückkehr angenehm überrascht sein. Nein, mehr will ich nicht verraten.«

Dann hörte sie ihm schweigend zu. Sie verabschiedete sich schließlich, legte das Telefon zur Seite und wandte sich wieder den Freundinnen zu.

»Morgen, also Samstag, den 21. November um 14 Uhr, findet hier am Bad Füssinger Naturfriedhof die Beerdigung Dr. Kesslers statt. Seine Leiche wurde gestern vom Gerichtsmedizinischen Institut freigegeben und ist bereits eingeäschert. Dr. Luchs will bis neun Uhr im Hotel eintreffen. Und Hauptkommissar Renner wird ebenfalls erwartet.«

Maria Werner schaltete sofort:

»Dann sollten Barbara und ich dem Herrn Renner nicht über den Weg laufen. Er hat uns verhört und erkennt uns sofort wieder. Er könnte sich fragen, warum wir freiwillig in jenes Hotel zurückgekehrt sind, aus dem wir vorher fast panisch geflohen sind.«

Sie erhoben sich und Eva fand: »Mit der Tätersuche hier im Hause haben wir nicht mehr lange Zeit. Uns fehlt immer noch der berühmte Stein, der die Sache ins Rollen bringen könnte.«

Doch dieser rollte in Gestalt einer Limousine mit Schweizer Kennzeichen soeben am Parkplatz ein. Der Chauffeur öffnete die Tür und eine attraktive Mittdreißigerin mit langen dunklen Haaren entstieg ladylike dem Fond, zog den braunen Mantel noch enger um die 1a-Figur und schritt zur Eingangstür des Hotels. Der Hausdiener stürzte ihr bereits entgegen.

Eva blickte im Büro überrascht vom Bildschirm auf:

»Marlene!?«

Die Witwe des ermordeten Denis Leonhard kam ihr bereits mit ausgestreckten Armen entgegen. Eva war sprach- und ratlos. Im mentalen Schnelldurchlauf fuhr erneut die dunkle Limousine an ihr vorbei, die in der Mordnacht des Dr. Kessler um 22 Uhr im einsetzenden Schneegestöber in die Auffahrt des BAYERN INN eingebogen war, als die Gruppe vom abgebrochenen Tanzvergnügen zurückkehrte. Dann zuckte das Bild aus der TV-Nahaufnahme durch ihre Synapsen, welche Krenner zeigte, der gegen zehn Uhr am Vormittag, nur mit einem gestreiften Bademantel bekleidet, in seinem Privat-Appartement dieser Frau gegenüber gestanden und ihr seinen Arm auf die Schulter gelegt hatte.

Eva fing sich wieder und Frau Leonhard entschuldigte sich:

»Es tut mir leid, dass ich dich so überfalle. Ich wollte dich schon bei der Eigentümerversammlung sprechen, aber da konnte ich aus privaten Gründen nicht anreisen und musste mich durch meinen Schwager vertreten lassen. Ich habe von Hans erfahren, dass du nicht zu Hause sondern immer noch in Bad Füssing bist.«

Eva wusste nicht, was sie von diesem Besuch halten sollte und bot Marlene vorläufig einen Bürostuhl an.

»Darf ich dir ein Getränk anbieten?«

Die Besucherin nickte.

»Möchtest du ein Appartement buchen?«

Marlene verneinte. »Es wäre schön, wenn mein Fahrer bewirtet würde.«

»Aber selbstverständlich.«

Dann sah sich Eva zu einer Erklärung gezwungen.

»Ich vertrete derzeit Dr. Luchs und dieser fungiert wiederum als Stellvertreter von Direktor Krenner, der sich momentan im Krankenstand befindet.«

Eine Serviererin brachte Wasser und Marlene nahm einen kräftigen Schluck. »Ich weiß. Ich bin auch nur deinetwegen hier.«

Eva war ziemlich verwirrt.

»Aus der »Füssinger Gruppe« ist durchgesickert, dass du Aspekte sammelst, die uns helfen könnten, den Mord an meinem Mann aufzuklären. Das finde ich unglaublich mutig. Ich möchte dir daher noch einige persönliche Hintergrundinformationen geben.«

Nun war Evas Neugierde erwacht.

»Bei der telefonischen Buchung seines Zimmers hier im BAYERN-Inn hat mein Mann in Erfahrung gebracht, dass das Haus vollständig ausgebucht ist. Das brachte ihn auf die absurde Idee, absichtlich einen Tag früher anzureisen und dies als Versehen auszugeben. Er wusste, dass dem völlig überraschten Herrn Krenner nichts anderes übrig bleiben kann, als ihm sein Privatappartement anzubieten. Dieses ist aber nur durch das Büro erreichbar. Mein Mann hoffte, dadurch eine ganze Nacht Zeit zu haben, sich allein im Büro umsehen zu können. Er wollte den Ungereimtheiten auf die Schliche kommen und nicht gleich von vornherein von einer Schuld oder Unschuld des Herrn Krenner ausgehen.«

Marlene trank das Glas leer und Eva hing gebannt an ihren Lippen.

»Am Morgen danach, also an seinem offiziellen Anreisetag, wollte mich mein Mann um drei Uhr morgens telefonisch kontaktieren. Aber ich schlief noch. Gegen acht Uhr mailte er an mich.«

Marlene klickte im Notebook vor Evas Augen ihre Nachrichten an. Sie las:

»Liebe Marlene, ich will Dich nicht beunruhigen. Es gab einen Zwischenfall in der Nacht. Nun habe ich wahnsinnige Kopf- und Nackenschmerzen. Ich nehme ein Bad in der kommunalen Therme und hoffe auf Besserung. Eventuell muss mich unser Erwin, der dort als Bademeister arbeitet, zu einem Arzt bringen. Mache Dir keine Sorgen. Ich rufe Dich wieder an. Liebe Grüße, Dein Denis.«

Frau Leonhard klappte ihr Notebook zu.

»Die Obduktion ergab, dass mein Mann einen schweren Schlag auf den Kopf erhalten hatte. Dass er nicht sofort tot war, ist reiner Zufall. Er ist dann nach Stunden an einer Gehirnblutung verstorben.«

Eva blieb zunächst sehr still.

»Ist dies alles polizeibekannt?«

»Ja, das ist es. Dennoch gelingt es nicht, den Fall zu lösen. Der Tatort und die exakte Tatzeit sind immer noch unbekannt.«

Eva orderte für Marlene eine weitere Flasche Wasser.

»Leider hat mein Mann nicht erwähnt, was wann und wo passierte. Ich persönlich verdächtige Herrn Krenner und buchte vor einer Woche hier im Hotel zwei Zimmer. Dann reiste ich mitten in der Nacht mit meinem Chauffeur an. Am nächsten Morgen überraschte ich Herrn Krenner in seinem Appartement. Da leitet dieser Mann unser Hotel, sieht seelenruhig zu, wie es immer mehr im Morast versinkt, und sitzt tatenlos und in aller Gemütsruhe noch um zehn Uhr beim Frühstück.«

Eva schämte sich. Sie hatte dieser Frau ein Verhältnis mit Krenner unterstellt. Nur gut, dass Gedanken noch nicht lesbar sind.

»Hast du Herrn Krenner befragt, Marlene? Was sagt er?«

»Er versicherte mir, dass Denis in seinem Appartement nicht verletzt werden konnte, weil es abschließbar und nur durch das Büro erreichbar ist. Vor der Bürotür wiederum befindet sich der ausgedehnte Empfangsbereich, der vom Portier die ganze Nacht besetzt ist. Es ist nicht davon auszugehen, dass mein Mann das Büro und Krenners Appartement von innen nicht abgeschlossen hat. In jener Nacht war außerdem der Sicherheitsdienst im Haus. Krenner ließ mich sein Appartement genau inspizieren und versprach mir, Augen und Ohren offen zu halten und mich zu informieren, wenn sich irgendeine Neuigkeit ergeben sollte. So hat sich zwischen ihm und mir ein loser Kontakt entwickelt. Ich lasse nicht locker und frage immer wieder telefonisch bei ihm an. Ich weiß, wie unangenehm ihm das ist.«

»Marlene, hast du anderen Personen gegenüber den Grund meines Aufenthaltes in Bad Füssing erwähnt oder jemals eine Bemerkung verloren?«

»Auf keinen Fall! Ich will doch deine Nachforschungen nicht behindern, die letztendlich auch mir dienen. An der Aufklärung dieses Mordes bin ich am allermeisten interessiert, wie du dir sicher gut vorstellen kannst. Und ich hoffe, auch von dir genau in Kenntnis gesetzt zu werden, wenn sich irgendetwas ergibt das ich wissen sollte.«

Die Besucherin erhob sich und warf einen scheuen Blick auf die Eingangstüre zu Krenners Appartement.

»Es wird Zeit, dass ich aufbreche.

Ich habe wegen einer Rechtsangelegenheit in Bezug auf die BAYERN-Inn-Anteile meines verstorbenen Mannes in zwei Stunden einen Termin in der Kanzlei Dr. Luchs & Partner in

München. Ich will verkaufen, da ich keinen Wert mehr auf Miteigentum an einem Hotel lege, in dem mein Mann mit großer Wahrscheinlichkeit ermordet wurde.«

Eva begleitete sie zum Wagen und verabschiedete sich.

»Bitte erwähne Dr. Luchs gegenüber nicht, dass du mich hier besucht hast.«

Beide Frauen reichten sich die Hand.

»Darauf kannst du dich hundertprozentig verlassen.«

Eva mailte an Barbara.

»Egal wo und in welcher Situation Sie beide sich befinden. Kommen Sie bitte umgehend zu mir in das Büro. Ich kann eine Neuigkeit nicht länger für mich behalten.«

Keine drei Minuten vergingen und beide waren zur Stelle.

»Wir wollten den Nachmittag in der Bibliothek verbringen. Aber Ihre Gesellschaft scheint im Moment interessanter zu sein.«

Zunächst saßen sie erstaunlich ruhig auf ihren Stühlen und hörten Evas Bericht.

»Ich hatte mir doch gleich gedacht, dass Herr Leonhard nicht aus Versehen zu früh angereist ist. Der Mann war Hotelier und kein unbedarfter Erstbucher«, fuhr Maria temperamentvoll auf und erinnerte sich:

»Leonhard hatte einen sehr zufriedenen Gesichtsausdruck, als ich ihn aus dem Büro kommen sah. Er hatte Krenner scheinbar kalt erwischt. Und der hat den Braten mit Sicherheit gerochen.«

Barbara kombinierte bereits weiter:

»Uns ist bekannt, dass nur Krenner einen Schlüssel zu seinem Appartement besitzt. Vielleicht kehrte er in jener Nacht zurück, überraschte Leonhard beim Kontrollieren einiger verfänglicher Belege und schlug ihn nieder?«

Eva stoppte diesen Gedankengang.

»Ich habe erfahren, dass Krenner unmittelbar nach dem Mord an Denis Leonhard das Schloss zu seinem Appartement von einem fremden Schlüsseldienst auswechseln ließ. Also kann man davon ausgehen, dass vorher auch andere Personen Zugang zu seinem Appartement hatten. Zumindest muss dies Krenner befürchtet haben.«

Barbara überlegte:

»Haben sich vielleicht Siegel und Geissner Zutritt zum Büro verschafft?«

Eva zuckte mit den Schultern.

»Warum? Woher sollen sie gewusst haben was die Absicht Leonhards war? Sie kannten ihn doch nicht. Außerdem hätten sich bestimmt keine Geheimnisse der beiden im Büro befunden. Krenner und Siegel stritten sich auf offener Straße. Das sind keine Freunde. Niemand außer dem Direktor kannte Herrn Leonhard. Daher kann keiner eine Gefahr in ihm gesehen haben. Ich habe überdies das ganze Büro auf den Kopf gestellt und nichts gefunden. Es ist für mich auch nicht vorstellbar, dass Leonhard bei unverschlossener Bürotür zugange war. In Krenners Appartement wiederum konnte nur eindringen wer den Hauptschlüssel, einen Zweitschlüssel oder einen Generalschlüssel besaß. Und er musste außerdem am Nachtportier vorbei gehen.«

Maria vermutete sehr logisch:

»Der verletzte Leonhard versandte eine e-mail an seine Frau. Wäre es eine ihm bekannte Person gewesen, die ihn verletzt hat, hätte er diese beim Namen genannt. Er berichtete aber nur ganz pauschal, dass es einen »Vorfall« gegeben hat.«

Barbara ergänzte:

»Außerdem hat er nicht gesagt, dass es in Krenners Appartement geschah. Es kann überall gewesen sein. Theoretisch auch außerhalb des Hotels.«

»Sie haben beide vollkommen recht«, räumte Eva ein.

»Wir wissen lediglich ein bisschen mehr, aber noch lange nicht alles.«

Barbara erhob sich.

»Ich denke, wir sollten Sie nun allein lassen, Frau Bauer. Es stehen Ihnen nur mehr wenige Stunden zur Verfügung. Wenn Dr. Luchs erst wieder im Hause ist, ist es mit unseren Nachforschungen vorbei.

Dr. Luchs saß an diesem gefürchteten Samstag, dem 21. November, bereits um neun Uhr sehr nervös mit Eva Bauer im Wintergarten. Er war erst vor wenigen Minuten angekommen, hatte sich für die Trauerfeierlichkeit noch rasch umgezogen und erwartete Hauptkommissar Renner zum gemeinsamen Frühstück.

»Ich bin Ihnen sehr dankbar«, wandte er sich an Eva.

»Es gab einige unaufschiebbare Termine, sonst wäre ich bereits gestern zurückgekehrt.«

»Machen Sie sich um mich keine Gedanken, Dr. Luchs. Ich habe das gern gemacht und übergebe Ihnen nun ein Haus, das beinahe wieder zur Hälfte belegt ist.«

Luchs sah sie sprachlos an.

»Ich sah zwar eine stark frequentierte Tiefgarage, habe aber die Bedeutung nicht registriert. Verständlicherweise bin ich momentan sehr abgelenkt. Die bevorstehende Beerdigung setzt mir unglaublich zu.«

Eva nickte verständnisvoll. »Sie haben es bald überstanden. Ich denke, dass die Morde in Kürze aufgeklärt werden und das Haus eine Zwangspause nicht mehr benötigt.«

Eine Serviererin trat an den Tisch: »Frau Bauer, ich soll Sie in das Foyer bitten.«

Eva entschuldigte sich.

Draußen warteten Barbara und Maria mit angespannten Gesichtern, zogen sie zur Seite und berichteten:

»Wir haben uns in der Aufbahrungshalle umgesehen. Aber zunächst das Wichtigste: Dr. Luchs und Dr. Kessler scheinen verwandt zu sein. Da liegt ein Riesenkranz mit folgender Aufschrift auf der Schleife: *»In ewiger Dankbarkeit und Erinnerung, Dein Neffe Christoph.«*

Das war ja ein Ding! Alle drei mussten das erst schlucken. Das ergab eine ganz andere Situation.

Barbara musste eine weitere Information loswerden.

»Außerdem habe ich heute Dr. Luchs gesehen, als er aus der Tiefgarage kam. Er ist der Mann, den Frau Börner im BERNSTEIN als den Neffen des Dr. Kessler bezeichnet hat und vor dem die Römer die Flucht ergriff. Die nächste Neuigkeit: Die Römer stand vor dem Aushub des Urnengrabes und legte daneben – diesmal scheinbar mit echten Tränen – einen großen Strauß roter Rosen ab.«

»Nein!«

»Doch!«

Aber das Wichtigste kommt noch: Sie bettete die Porzellanfigur mit dem Tango tanzenden Paar vor den Augen einiger Trauergäste in das offene Grab. Hier stellt sich nun die Frage, wie sie in den Besitz der Figur kommen konnte.«

Eva kehrte wie betäubt in den Wintergarten zurück. Dort war mittlerweile auch Harald Renner eingetroffen. Luchs erhob sich und stellte seinen Freund vor. Renner reichte Eva die Hand und musterte sie. Dann nahmen sie wieder Platz.

»Nicht nur in den Krimis nimmt der Mörder sehr oft an der Beerdigung seines Opfers teil«, klärte der Kommissar die vermeintlich unwissende Frau auf.

»Wir haben ebenfalls einige Zivilbeamte unter die Trauernden gemischt.«

Eva nickte höflich und wandte sich ihren Brötchen zu.

»Harald, hast du mittlerweile irgendeine Neuigkeit in Bezug auf Siegel und Geissner?«

Renner sah Luchs irritiert an. Aber dessen Blick war beruhigend.

»Wir können vor Frau Bauer ganz offen sprechen.«

»Wenn du das sagst – also, eigentlich nein. So schnell wie sie die Manipulation des Rechners gestanden haben, so hartnäckig schweigen sie in Bezug auf die Mordvorwürfe.«

Luchs überlegte: »Sie verteidigen sich nicht sondern schweigen noch immer?«

Renner bejahte. »Sie pokern und warten ab, was wir ihnen vorwerfen.«

Eva sah Renner an:

»Dann dürften Sie heute bei der Beerdigung leer ausgehen. Die Mörder scheinen ja hinter Schloss und Riegel zu sitzen.«

»Davon gehen wir aus«, beantwortete Renner ihre Frage.

Eva wollte es genauer wissen.

»Sie nehmen demnach an, dass Siegel und Geissner ganz sicher die Mörder sind?«

Renners Kunstpause war nicht zu deuten. Schließlich legte er seine Vermutung offen:

»Ja, zumindest einer von beiden, wahrscheinlich aber beide zusammen. Aber irgendwie kann ich auch Krenner noch nicht einordnen. Es hat sich ein neuer Verdachtsmoment auch gegen ihn ergeben und ich werde den Mann für die nächste Woche zu einem Verhör vorladen. Zunächst natürlich als Zeugenvernehmung getarnt. Mal sehen, was rauskommt.«

Dr. Luchs schob nach:

»Ich denke auch, dass er irgendetwas weiß. Aber er ist eine ziemlich harte Nuss. Meiner Meinung nach muss man bei dem mit beweisbaren Fakten kommen, sonst schweigt er wie ein Grab.«

Renner erhob sich. »Apropos Grab. Ich denke, wir sollten aufbrechen. Die Urnenbeisetzung beginnt in einer halben Stunde.«

Luchs legte die Serviette zur Seite. »Sie kommen doch mit uns,

Frau Bauer? Oder möchten Sie der Zeremonie mit Ihren beiden Freundinnen beiwohnen?«

Eva verneinte.

»Ich will mit Ihnen fahren, wenn Sie damit einverstanden sind.«

»Aber ich bitte Sie, Frau Bauer. Sie gehören nun sozusagen zur Geschäftsleitung und ich würde Sie auch gern meinem Freundeskreis zurechnen.«

Eva war gerührt und schämte sich gleichermaßen.

Der Empfangschef, aus dem Zwangsurlaub zurückgekehrt, eilte herbei und half ihr freundlich in den dunklen Mantel:

»Ich bedanke mich bei Ihnen auch für meine Vertretung. Ich hätte es selbst nicht besser machen können.«

Eva Bauer antwortete mit einem höflichen Kopfnicken und ging mit Renner und Dr. Luchs zum Zivilauto der Polizei.

Der nur wenige Kilometer entfernte Naturfriedhof war bald erreicht und Eva erschrak über den Andrang. Schätzungsweise nahm nicht nur jeder Kurgast aus dem BAYERN-Inn teil sondern auch viele Gäste des Kurortes und zahlreiche Einwohner.

Die TV-Übertragungswagen und die Presse säumten den Weg zum Friedhofsportal und die Honoratioren warteten bereits im dunklen Outfit und mit aufgesetzter Trauermiene in der ersten Reihe vor der Aufbahrungshalle.

Eisiger Wind ließ Evas Schal flattern und sie folgte unauffällig, aber äußerst aufmerksam um sich blickend, Dr. Luchs nach. Der wiederum schritt wie abwesend hinter seinem Schulfreund Renner durch den knirschenden Neuschnee.

Vor der Leichenhalle hatte sich ein Meer von Kränzen, Blumengestecken und anonym abgelegten Blumensträußen aufgetürmt. Es hätte Dr. Kessler sicher gefallen, wenn er diese ihm zuteil gewordene Ehre und Aufmerksamkeit hätte erblicken können.

»Sollten Sie unbemerkt hier anwesend sein, Dr. Kessler, dann geben Sie mir ein Zeichen!«, dachte Eva inbrünstig und wie zur Antwort berührte ein eiskalter Hauch ihre Wangen. Frierend zog sie die Schultern nach vorne. Bisher hatte Eva nur einzelne Bekannte gesehen: Eine zurückhaltende Frau Börner und der sie begleitende Empfangschef des BERNSTEIN. Weiter hinten die in einen schwarzen Fellmantel gekleidete Frau Krenner. Neben ihr eine ungeschminkte junge Frau, die Eva seltsam bekannt erschien, die sie aber momentan nicht einordnen konnte.

Ganz in Evas Nähe stand der Hotelier Ludwig Kugelmoser im edlen Lodenmantel und sein grüner Hut mit dem prächtigen Gamsbart deutete eine leichte Verneigung an, als Eva zu ihm hinüber sah.

Ihre Gedankengänge wurden kurz unterbrochen.

Hinter sich vernahm Eva die schweren Schritte Direktor Krenners. Er grüßte knapp, stellte sich links neben Dr. Luchs und schwieg. Ob er wusste, dass Dr. Kessler der Onkel von Dr. Luchs war? Diese interessante Frage musste sie nach der Beerdigung sofort klären.

Unauffällig war mittlerweile ein Mann an die Seite des Hauptkommissars getreten, der sich nach wenigen Sekunden wieder entfernte.

Eva beobachtete ihn.

Er ließ sich von der Menge in die Richtung des offenen Urnengrabes abdrängen. Dann zog er ein Taschentuch und bückte sich.

Eva riss ihre Fernbrille aus dem Etui und konnte gerade noch sehen, wie er im Schutz der Bäume des Naturfriedhofes die umhüllte Tanzfigur in einer Plastiktasche verschwinden ließ. Schon wurde er von der Trauergemeinde weiter geschoben und ein Blick auf Renner sagte ihr, dass dies offensichtlich eine gelungene Aktion der Polizei war.

Die Feierlichkeit begann mit der Rede des Kurdirektors.

Dann trat der Bürgermeister an das Podium und Evas Füße in den modischen Winterstiefeln begannen zu frieren. Die Kälte kroch von den Zehen in die Beine. Sie zitterte und zog den Mantel noch enger.

Die Trauerfeierlichkeit schritt schleppend voran. Eva hatte erwartet, dass auch Dr. Luchs einige Worte spricht. Aber dieser stand nur stumm und mit gesenktem Blick vor der Urne seines Onkels.

Nach sechzig Minuten war die Zeremonie beendet. Die Presse brauste ab und die Menge löste sich auf. Zögernd folgte Dr. Luchs seinem Freund zum Auto und Eva blieb dicht hinter ihnen. Dabei sah sie sich hellwach um. Niemand folgte ihr unmittelbar nach. Nur mehrere Meter hinter ihr befanden sich Barbara und Maria inmitten einer Gruppe von Kurgästen aus dem BAYERN-Inn.

Dr. Luchs hatte alle Kurgäste des BAYERN INN und die Honoratioren des Kurortes zum »Leichenschmaus« geladen.

Das Restaurant des BAYERN-Inn war voll besetzt und an einem der Randtische nahmen Dr. Luchs, Hauptkommissar Renner, Direktor Krenner und Eva Platz.

Luchs wandte sich an Krenner:

»Es hat mich sehr gefreut, dass Sie ebenfalls an der Beerdigung von Dr. Kessler teilgenommen haben.«

Eva schaltete schnell. Demnach hatte der Direktor also keine Ahnung von der Verwandtschaft.

Krenner zuckte gleichgültig mit den Achseln und antwortete:

»Dr. Kessler war schließlich ein Stammgast unseres Hauses. Ich war ihm als Repräsentant des Hotels die Ehrerweisung schuldig.«

Eine kurze Sprechpause entstand, dann wandte sich Krenner an Dr. Luchs:

»Mich erstaunt, wie Sie auf die Schnelle so viele der bereits verloren geglaubten Gäste in das Haus zurückholen konnten.«

Luchs wies mit der Hand auf Eva.

»Fragen Sie Frau Bauer. Sie hat mich drei Tage vertreten. Sie könnten sich glücklich schätzen, wenn sie Ihnen einige Ratschläge erteilen würde.«

Der Direktor lächelte süffisant und stocherte wieder zurückhaltend im Salat. Das Dessert wartete er zum Bedauern des Hauptkommissars aber nicht mehr ab. »Ich möchte mich verabschieden. Wir sehen uns wie vereinbart wieder.«

Eva erhob sich ebenfalls, aber Luchs hielt sie zurück.

»Nehmen Sie doch einen Espresso mit uns. Ich habe noch etwas zu sagen, was Sie sicher interessieren wird.«

Zu dritt zogen sie sich in den Wintergarten zurück. Ziemlich neugierig setzte sich Eva an die lange Seite des Tisches. Renner und Dr. Luchs nahmen ihr gegenüber Platz.

»Ich weiß nicht wie ich beginnen soll. Aber ich muss etwas aufklären«, begann Luchs holprig.

Eva half ihm. »Sie wollen mir sagen, dass es sich bei Dr. Kessler um Ihren Onkel handelt?«

Da war sogar Harald Renner überrascht und mischte sich ein:

»Woher und seit wann wissen Sie das, Frau Bauer?«

»Seit heute durch einen aussagekräftigen, wunderschönen Kranz.«

Luchs seufzte.

»Ja, aber selbst der schönste Kranz könnte meine Schuldgefühle gegenüber meinem Onkel nicht mildern.«

Luchs rückte mit seinem Stuhl unruhig nach hinten.

»Ich trage die Schuld daran, dass mein Onkel sich im BAYERN-Inn einquartierte. Er war in meinem Auftrag hier. Ich hatte bemerkt, dass etwas faul ist. Ich wollte aber niemand beunruhigen und besprach dies nur mit ihm. Er bot dann an, sich Undercover für mich umzusehen. Doch dann ist scheinbar etwas Gravierendes vorgefallen und er wurde, noch bevor ich von ihm über die Ergebnisse informiert werden konnte, ermordet.«

Eva war blass geworden. Der Grund für das eigentümliche Verhalten Dr. Kesslers war plötzlich offenbar.

»Ich muss ebenfalls etwas gestehen, Dr. Luchs«, fuhr sie fort:

»Auch unserer »Füssinger Gruppe« fielen die Ungereimtheiten auf. Denis Leonhard gehörte, wie Sie wissen, in unseren Kreis. Er reiste ebenfalls nur an um herauszufinden, was im Haus vor sich geht.«

Renner war überrumpelt.

»Da eröffnen sich mir ganz andere Perspektiven. Gleich zwei erfahrene Männer hatten dasselbe Ziel und kamen um. Das läuft ja tatsächlich alles in gerader Linie auf Siegel und Geissner zu.«

Eva sah in die aufgeregten Gesichter der beiden Männer und schob nach:

»Ist Ihnen bekannt, dass der ermordete Bademeister bis vor einem halben Jahr in unserer eigenen Wellnessabteilung im BAYERN-Inn gearbeitet hat und Denis Leonhard daher gut kannte?«

Der Kommissar wurde barsch.

»Und woher wissen Sie das?«

»Das möchte ich nicht sagen. Es genügt doch, dass Sie das nun nachprüfen können, Herr Renner.«

Eva wunderte sich, dass er die naheliegende Frage nach dem Grund ihrer eigenen Anwesenheit im Kurort nicht stellte. Es wäre zu peinlich gewesen, im Nachhinein eingestehen zu müssen, dass sie Dr. Luchs nicht nur aus Freundlichkeit vertrat sondern pures Kalkül hinter ihrem Angebot gestanden hatte. Um die beiden Männer nicht noch nachträglich auf diesen Gedanken zu bringen, lenkte sie das Gespräch auf den verstorbenen Dr. Kessler.

»Vielleicht kann man in der Hinterlassenschaft von Dr. Kessler einen Hinweis finden?«

Renner sah sie etwas herablassend an.

»Ein guter Rat, aber wir haben bereits alles genau geprüft. Es fehlte nur eine wertvolle Porzellanfigur in der Höhe von 28 cm. «

Dr. Luchs ergänzte:

»Es handelt sich um ein Tango tanzendes Paar. Es ist eine ideell sehr wertvolle Trophäe meines Onkels, die er bei Reisen immer bei sich hatte. Sein Hobby war der Tango und er gewann mit ihm viele Preise.«

Eva wollte nicht unterbrechen und hörte aufmerksam zu.

Renner prahlte: »Aber auch diese Figur haben wir aufgefunden. Wir überprüfen sie nun auf Fingerabdrücke.«

Eva schmälerte seine Freude. »Ja, ein Beamter hat sie heute am Friedhof in Ihrem Auftrag sichergestellt.«

Renner sah Eva unangenehm berührt an.

»Sie haben das bemerkt?«

»Ja, ich sah es, aber ich weiß auch, wer sie dort mit einem Rosenstrauß abgelegt hatte.

Es war eine Frau, die mit dem Kennzeichen PA-WE 121 den Friedhof noch vor Beginn der Zeremonie wieder verließ.«

Luchs und Renner sahen sich sekundenlang an und dann blickte Renner unschlüssig auf Eva.

»Was soll ich jetzt von Ihnen denken?«

Er war hin- und hergerissen.

Eva musste die Situation unbedingt entschärfen.

»Denken Sie doch einfach, dass Frauen ihre Beobachtungsgabe besser trainiert haben könnten als mancher Mann.«

»Das mag ja sein«, konterte Renner. »Aber wie konnten Sie, nachdem Sie in unserer Gesellschaft waren, die bewusste Dame beim Abstellen der Figur beobachten und gleichzeitig das Kennzeichen ihres Autos ablesen, mit dem sie noch vor unserem gemeinsamen Eintreffen wieder wegfuhr?«

Eva stand mit dem Rücken zur Wand.

»Was hätten Ihnen die Fingerabdrücke auf der Porzellanfigur genützt, wenn Sie diese mit keiner realen Person vergleichen könnten weil Sie nicht wüssten, wer diese Person ist? Das Kennzeichen hilft Ihnen nun weiter.«

»Sie haben meine Frage nicht beantwortet«, gab sich Renner unbeeindruckt.

»Vielleicht habe ich einen sehr ausgeprägten Spürsinn?«

Renner blieb dran: »Oder, was wahrscheinlicher ist, Sie sind in diese Sache irgendwie verwickelt und haben möglicherweise Informanten?«

In diesem Moment fiel Luchs ein, dass Eva mit zwei Freundinnen die Suite bewohnt und ihm wurde klar, woher diese Informationen stammen konnten. Frauen sind nun mal sehr neugierig, aber diese drei sind harmlos. Er musste Eva dankbarer Weise aus den Fängen Renners befreien. Er stieß ihn mit dem Arm in die Rippen:

»Lass Frau Bauer in Ruhe. Wer weiß, wie uns ihre besondere Begabung noch von Nutzen sein wird.«

Eva atmete auf. Da war sie gerade noch rechtzeitig gerettet worden. Sie lächelte Luchs charmant an und der nickte erfreut.

Renner erhoffte sich jedoch weitere Informationen.

»Um auf Ihre vorhin gestellte Frage zurückzukommen, Frau Bauer: Außer dieser Porzellanfigur war alles da: Geldbörse mit Inhalt, Brieftasche mit allen Papieren, Handy, Zimmerschlüssel des BERNSTEIN usw.«

Eva blieb der Atem weg.

»Auch das Handy?«

»Ja, auch das Handy.«

»Haben Sie festgestellt, wer mit diesem nach dem Tod Dr. Kesslers noch telefoniert hat?«

»Na, aber Frau Bauer, wie vorsintflutlich stellen Sie sich denn unsere Behörde vor? Natürlich haben wir das. Außer einer letzten SMS am Todestag, die an Dr. Luchs gerichtet war, fanden keine Anrufe statt.«

»Weder An- noch Wegrufe?«

Eva glaubte sich einem Zusammenbruch nahe.

»Funktioniert das Handy noch?«

»Nein, der Vertrag ist längst aufgelöst. Es befindet sich für niemand zugänglich in der Verwahrung von Dr. Luchs.«

Eva war wütend. Unglaublich wütend!

Sie erhob sich.

»Bitte sind Sie mir nicht böse, wenn ich mich nun verabschiede.«

Renner und Luchs blickten sich bedauernd an. Dann sahen sie ihr interessiert nach.

»Sie trägt ziemlich hohe Absätze und sieht sehr gut aus«, fand Renner anerkennend und Luchs ergänzte:

»Und offensichtlich ist sie im Vollbesitz ihrer grauen Zellen.«

Exakt dies zweifelte Eva nun an. Waren denn überhaupt noch graue Zellen vorhanden – und wenn ja, wie viele?

Die Zweifel trieben sie in die Badewanne. Der duftende Badeschaum quoll beinahe über. Sie musste relaxen und lange über sich nachdenken.

In der Zwischenzeit waren Barbara und Maria in die Suite zurückgekehrt und schnupperten.

»Frau Bauer dopt ihr Gehirn. Es muss etwas Gravierendes vorgefallen sein. Lassen wir sie in Ruhe und warten wir ab.«

Barbara nickte und ergriff die TV-Fernbedienung:

»Und genehmigen wir uns einstweilen den »Bullen von Tölz«.«

Der späte Samstagnachmittag war längst vorüber.

Dunkelheit hatte sich ausgebreitet und in der sibirischen Kälte wäre freiwillig nicht einmal ein Husky vor die Tür gegangen.

An der Suite 110 pochte es und der Empfangschef höchstpersönlich stand mit einem Riesenstrauß orangefarbiger Rosen vor Barbara.

»Für Frau Bauer durch Fleurop.«

Barbara klopfte zögernd an Evas Schlafzimmertür.

»Ich habe alles gehört«, rief die Stimme dahinter.

»Die Rosen sollen gleich wieder an den Empfang zurück. Sie stehen dem Nachtportier zur Verfügung. Soll er damit machen was er will.«

Wenig später stand Eva ausgeruht im Türrahmen.

»Nun sind Sie beide an der Reihe«, wandte sie sich an ihre Mitbewohnerinnen.

»Ich habe mir stundenlang die heftigsten Vorwürfe bis hin zur Leugnung meiner Intelligenz gemacht. Aber dann blubberte im heißen Badewasser die Erkenntnis auf, dass es kein Einzel sondern ein kollektives Versagen war.«

Barbara und Maria wunderten sich.

»Könnten Sie uns verdeutlichen von was Sie sprechen?«

»Aber gern. Ich rede von Dr. Kesslers Handy. Bitte nehmen Sie Platz.«

Eine knappe Information folgte. Dann kam die Erkenntnis. Und dann schwirrten Flüche durch den Raum, die ihnen niemand zugetraut hätte.

Wie dahingemäht lagen Barbara und Maria auf der Couch und eine lang anhaltende Stille trat ein.

Aber dann erhoben sie sich wie Phoenix aus der Asche.

»Margot Römer, das büßt du!«, rief Maria Werner und streckte die geballte Faust in die Höhe.

Doch bevor die Rachegedanken artikuliert werden konnten klingelte das Zimmertelefon. Dr. Luchs war am Ende der Leitung.

»Ich weiß nicht, was Sie für heute Abend geplant haben, Frau Bauer. Wenn Sie noch nichts vorhaben würde ich Sie gern, gemeinsam mit den beiden anderen Damen, für 20 Uhr auf ein Glas Wein in unsere »Niederbayerische Stube« einladen.

Eva blickte die Mitbewohnerinnen an, diese nickten desinteressiert ihr Einverständnis und Eva sagte zu. Vielleicht kam man dann auf andere Gedanken.

Herausgeputzt trafen sie um 19.55 Uhr im Lift auf Dr. Luchs. Eva stellte die Freundinnen vor und er fragte die beiden:

»Sie wohnten vor dem Mord hier im Haus und buchten danach im BERNSTEIN? Zufällig wohnte dort auch mein Onkel, Dr. Kessler. Kennen Sie ihn etwa?«

Das diskrete Rucken des Liftes und das Öffnen der Tür entband sie vorläufig der Antwort. Barbara und Maria hätten am liebsten gleich wieder auf »1.Etage« gedrückt und sich aus dem Staub gemacht.

Aber Eva nahm Frau Werner am Arm.

»Wir folgen Herrn Dr. Luchs hier entlang nach.«

Wie bei allen Räumlichkeiten des Nobelhotels passte auch für die »Niederbayerische Stube« nur eine Bezeichnung: »Welche Noblesse!« Der Raum war in Hell- und Dunkelblau gehalten. Selbst der Tisch war in diesen Farben dekoriert und die vier hohen und sehr bequemen Polstersessel luden zum Entspannen ein.

Auf wertvollen Teppichen stöckelten die drei Frauen Herrn Luchs hinterher.

»Was kommt jetzt auf uns zu?« Eva schlug innerlich die Hände über dem Kopf zusammen.

Sie saßen kaum, als Dr. Luchs seine Frage wiederholte.

Maria Werner kam Barbara zuvor:

»In der Tat kennen wir Dr. Kessler. Frau Berger und ich kurten zunächst im BAYERN-Inn. Dann zogen wir uns aus Sorge wegen des Mordfalles in das BERNSTEIN zurück und trafen dort auf Dr. Kessler und Frau Margot Römer.«

»Wie bitte?«, unterbrach Dr. Luchs die Schilderung.

Nun konnte Barbara Berger endlich fragen:

»Kennen Sie etwa Frau Römer?«

Luchs saß verwundert da.

»Und ob ich Frau Römer kenne! Sind Sie denn völlig sicher, dass es sich tatsächlich um Margot Römer gehandelt hat? Es wäre für mich nicht nachvollziehbar.«

Die drei Frauen waren plötzlich höchst interessiert.

»Dr. Kessler stellte sie unter diesem Namen vor. Wer ist sie denn?«

»Tja, wer ist sie wirklich? So genau kann das niemand sagen. Sie war zehn Jahre lang die Chefsekretärin meines Onkels, als dieser noch der Inhaber meiner Kanzlei war. Sie war beruflich sehr kompetent, aber sie biederte sich privat dem unverheirateten Mann in lächerlicher Weise an. Unter seinen Anwaltskollegen liefen bereits Wetten, wie lange es ihm noch gelingen wird, sich ihrem Heiratsdruck zu entziehen. Er hatte – soviel ich weiß – nie eine Beziehung zu ihr aufgenommen und versucht sie auf Abstand zu halten. Dennoch betrachtete sich Frau Römer als die künftige Frau Kessler und erfand Mittel und Wege, ihn von jeder Frau fernzuhalten, von der sie annahm, dass sie sein Interesse wecken könnte. Er blieb ihr nichts schuldig. Ihre freiwilligen, unbezahlten Überstunden vergoldete er mit wertvollem Schmuck. Später übergab er seine Kanzlei an mich. Ich brachte meine eigene Sekretärin mit und Frau Römer wurde überflüssig. Sie erhielt eine großzügige Abfindung und er verschwand aus ihrem Leben. Das hat sie ihm möglicherweise nie verziehen. Aber nun stellt sich die

Frage: Wieso hatte er wieder Kontakt zu ihr? Er konnte sie doch privat nicht ausstehen.«

Als die drei nach diesem Abend wieder im gemeinsamen Wohnzimmer saßen und Süßigkeiten naschten, waren sie mit sich selbst und der Welt versöhnt.

»Trotz unserer gelegentlichen intellektuellen Aussetzer schreiten wir kontinuierlich vorwärts.«

Maria Werner aber warnte: »Nun ist bekannt, dass uns die Römer nicht die Handynummer Dr. Kesslers gab sondern absichtlich die einer uns unbekannten Person. Das heißt, irgendjemand bedroht uns und nur die Römer weiß wer es ist. Da stellen sich hoch interessante Fragen wie z.B.: Was soll das? Was bezweckt die Römer damit? Warum werden wir bedroht?«

Barbara Berger entschied:

»Für uns heißt das: Die weitere Vorgehensweise ist vorgegeben. Wir werden die Römer heimsuchen. Aber im wahrsten Sinne des Wortes.«

Eva lachte boshaft. »Sie bekommt demnächst Besuch von Renner. Ich habe ihm ihr Auto-Kennzeichen genannt. Sie wird dem Kommissar wohl erklären müssen, wie und warum sie Kesslers Porzellanfigur in ihren Besitz brachte und sie dann in sein Grab legte.«

Barbara nickte.

»Ich nehme an, dass sie das Tanzpaar an sich genommen hat, als sie sich der Zimmerkontrolle im BERNSTEIN anschloss. Es liegt auf der Hand, dass sie zu diesem Zeitpunkt bereits wusste, dass Dr. Kessler nicht mehr am Leben war. Vermutlich hat sie die Zimmerkontrolle nur herbeigeführt, um aus einem ganz bestimmten Grund an die Figur heranzukommen.«

Barbara spann den Faden weiter:

»Sie muss in das Geschehen involviert sein. Wenn man alle bekannten Einzelheiten um diese Frau aneinander reiht, ist sie absolut verdächtig. Hochverdächtig sogar.«

Maria Werner gab das Startsignal für das Bett.

»Wenn es das Wetter zulässt, machen wir morgen, am Sonntag, einen Ausflug in die nähere Umgebung. Und am Montag besuchen wir Frau Römer. Die Adresse haben Sie sicher dem Bürocomputer entnommen, Frau Bauer. Aber nun sollten wir zu Bett gehen. Es war ein interessanter Tag.«

Das ließen sich die beiden anderen nicht ein zweites Mal sagen.

Eva benötigte noch eine Bettlektüre und ergriff ein Buch aus Maria Werners Bestand. Doch diese warnte:

»Schlafen Sie, Frau Bauer. Die Anweisungen in diesem Buch brauchen Sie noch nicht und außerdem taugen sie nichts. Oder haben Sie festgestellt, dass ich seit der Lektüre am Montag und der strikten Befolgung der Ratschläge dieses Schmökers aufgrund von Autosuggestion jünger und schöner geworden bin?«

Das konnte man auf keinen Fall bestätigen und Eva warf das Buch zurück. Sie nickten sich zu und verschwanden in den jeweils eigenen vier Wänden.

Der 22. November, ein Bilderbuchsonntag, brach an. Sie frühstückten in der Suite und waren bestens gelaunt.

»Kennen Sie eigentlich Bad Griesbach? Wir könnten zuerst ein Bad in der dortigen Therme nehmen und uns dann in der Umgebung umsehen. Das Mittagessen und den Kaffee nehmen wir in der Altstadt.

»Einverstanden. Versäumen wir keine Zeit. Brechen wir auf.«

Die B 388 war vom Schnee geräumt und sie bogen mit dem Taxi in das Kurgebiet ab. Von der Anhöhe, auf der es liegt, überblickten sie das Rottal bis hin zur österreichischen Grenze. Sie bewunderten den weiten Rundum-Blick, die gepflegten Hotels aller

Kategorien, informierten sich über die Golfplätze und relaxten etwas später in der Wohlfühltherme.

Nach dem Bad bummelten sie gegen zwölf Uhr gemächlich den Schlossberg in die Altstadt hinauf, um ein Restaurant aufzusuchen.

Als sie die letzten Meter des Berges geschafft hatten, vernahmen sie ein kreischendes Gelächter, dessen Schallwellen gleich mehrfach um den frisch sanierten Stadtplatz jagten.

Dann zeigte sich überraschend ein wohlbekanntes Pärchen:

Die überstylte Wasserstoffblondine aus dem BERNSTEIN hing überglücklich am rechten Arm des gut aussehenden, aber – um Krenner zu zitieren – »ein bisschen schmierig, ein bisschen charmant, ein bisschen aufdringlich« wirkenden Mannes, der übermütig mit seiner Nase den teuren Riesenohrklunker der Lady stupste und ihn wie eine Kinderschaukel zum Schwingen brachte.

Eva zückte das Handy.

»Erich Klammer schleppt die Ländinger ab! Diese Sensation halten wir im Bild fest. Wer weiß, für was wir das noch brauchen können.«

Die Szene war »im Kasten« und die Besucherinnen blickten immer noch amüsiert dem sich rasend verliebt gebenden Pärchen hinterher. Das war ein Ding. Erst verfolgte die Ländinger Dr. Kessler und nun hat sie sich an Klammer herangemacht, den Mann auf der Wunschliste der Margot Römer.

»Ich habe da so ein plötzliches Kribbeln im Bauch«, flüsterte Maria Werner.

»So wie seinerzeit, als ich in Amsterdam als Geisel eines Juwelendiebs eine Fluchtmöglichkeit erkannte und mich befreiten konnte.«

Sie nestelte ihr Blackberry aus der Seitentasche des Wintermantels und mailte:

»Heute informieren wir Hauptkommissar Renner!«

Dann wählte sie die angebliche Kessler-Handynummer an.

Verdis »Gefangenenchor« erklang.

Erich Klammer riss sein Handy aus dem karierten Sakko, warf einen Blick auf das Display und blickte sich rasch in alle Richtungen um.

In letzter Sekunde hechteten die eben noch erstarrten Frauen hinter den Stamm der alten Stadtplatz-Linde und beobachteten, dass sich der schöne Erich nach einigen Worten an die Angebetete eilig in eine Seitengasse zur Kirche begab.

Sie folgten ihm unauffällig.

Wie erwartet, tippten seine flinken Finger eine SMS.

Marias Blackberry klickte und sie las:

»Schließen Sie mit dem Leben ab. Ihr letztes Stündchen hat geschlagen.«

Dann ging es tatsächlich Schlag auf Schlag, als hätten sie es mehrfach trainiert.

Zuerst sauste dem Ertappten Barbaras neue Handtasche mit Wucht an den Kopf. (Sie erinnern sich? ... die aus der Bad Füssinger Einkaufsmeile.)

Dann schleuderte ihn die Ohrfeige, die ihm Maria Werner verpasste, an das Schaufenster eines ehemaligen Optikerladens.

Eva kramte in ihrer Umhängetasche und schon klickten die rosaroten Handschellen aus dem Beate Uhse-Laden.

Der verstummte Klammer war an das Gestänge der Bushaltetafel geklammert und Maria wählte ihn zur stimmigen, musikalischen Untermalung dieser Situation noch einmal an.

Barbara Berger zischte ihm zu:

»Wir wollen Ihre öffentliche Hinrichtung an diesem Ersten-Advent-Sonntag aus Nächstenliebe aufschieben. Sie hören von uns zur gegebenen Zeit.«

Dann kickte sie mit dem linken Fuß gekonnt Klammers Handy

hoch, das im Gerangel zu Boden gefallen war. Evas bauchige Umhängetasche öffnete sich blitzschnell und verschlang das Ding.

Seelenruhig schlenderten sie an der tatenlosen Frau Ländinger vorbei, die den Vorgang versteinert beobachtet hatte und nun höflich grüßte.

Dann standen sie vor einem Café. Sie traten ein und Barbara sagte anerkennend zu Maria:

»Der Schlag vorhin sah ziemlich professionell aus.«

Maria räusperte sich. »Der sah nicht nur so aus, er war es auch.«

Sie ließen sich auf das rote Plüschsofa am Fenster des Lokals nieder und Maria fragte:

»Sagte ich Ihnen eigentlich schon, bei welcher Behörde ich früher tätig war?«

Eva und Barbara verneinten.

Maria kratzte sich kurz am Hals und blätterte in der Spirituosenkarte.

»O.K., später, wenn wir alles hinter uns haben. Dann können Sie mich ja noch einmal fragen. Jetzt ist erst einmal eine Flasche edelster Champagner fällig, den Frau Bauer aus gegebenem Anlass für uns ausgibt.«

Um 19 Uhr betraten sie selbstbewusst, strahlend und auf Wolke Sieben schwebend das wiederbelebte Foyer des BAYERN-Inn.

Der Ausflug nach Bad Griesbach war ihrer Meinung nach sehr erfolgreich verlaufen und sie hatten sich entschieden, dass Maria und Barbara bei nächster Gelegenheit, aber ein wenig wie nebenbei, Herrn Luchs die Einzelheiten über Dr. Kessler schildern sollten, welche sie bei Renner bereits im Zuge ihrer Zeugenvernehmung eingestanden hatten. Es wäre zu peinlich, wenn sie zufällig Herrn Renner über den Weg laufen würden, der sie sofort erkennen und dem Dr. Luchs von der Zeugeneinvernahme berichten würde. Wichtig blieb nur, Eva Bauer weiterhin im Licht der interessierten, aber unbeteiligten Hotel-Miteigentümerin erscheinen zu lassen, die derzeit ihre jährliche Winterbadekur absolviert, wegen des Mordes an ihrem Kollegen D. Leonhard aber nicht wie gewohnt im BAYERN-Inn buchte sondern im BERNSTEIN, und die dort nur zufällig zu der Gruppe um den ihr unbekannten Dr. Kessler stieß.

Sie hatten außerdem beschlossen, bei Margot Römer erst nach deren Vernehmung durch Hauptkommissar Renner in Erscheinung zu treten. Denn möglicherweise bewirkt der Schock darüber, dass sie in den Mordfall einbezogen wurde, ein etwas demütigeres, kooperatives Verhalten.

Sie standen schon am Lift, als sie Dr. Luchs begegneten.

»Ich hoffe, Sie hatten einen schönen Tag und haben noch nicht zu Abend gegessen. Ich möchte Sie nämlich einladen.«

»Aber sehr gern, Herr Dr. Luchs. Wir wollen uns nur noch umkleiden.«

Er schien zufrieden zu sein. »Zwanzig Uhr und wieder in der Niederbayerischen Stube?«

Sie nickten. Die Einladung kam wie gerufen. Gestern waren sie noch die Getriebenen und Klammer der gefürchtete Unbekannte.

Heute hatten sich die Seiten verkehrt. Jetzt hatten sie ihn am Wickel und das Beweisstück in der Tasche.

Wie schnell sich doch Positionen verschieben können.

Der Anwalt erwies sich als höchst angenehmer Gesprächspartner. Er hatte eindringlich nachgefragt und dann aufmerksam angehört, was Barbara und Maria von Dr. Kessler berichteten. Als sie erzählten, dass sie nur auf den dringenden Ratschlag Dr. Kesslers hin das BAYERN-Inn verlassen hatten, breitete sich auf seinem Gesicht Erstaunen aus.

»Das ist ja hochinteressant. Für diesen Rat muss er aber sehr spezielle Gründe gehabt haben. Ich kann hier seine Sicht der Dinge nicht ganz nachvollziehen.«

Luchs dachte eine Weile nach.

»Was mir außerordentlich seltsam erscheint ist die Tatsache, dass er Frau Römer von hier in das BERNSTEIN mitnahm. Ich könnte es verstehen, wenn er allein umgezogen wäre und die Römer zurückgelassen hätte.«

Eva beteiligte sich nicht am Gespräch, hörte aber sehr aufmerksam zu. Ihr war vollkommen klar, dass Dr. Luchs den ganzen Tag über das gestrige Gespräch nachgegrübelt haben muss und nun den letzten Tropfen an Informationen aus ihnen herausquetschen wollte. Genau so klar war ihr seit dem Begräbnis, dass er ebenso ausschließlich auf Mörderjagd war wie sie selbst. Nur jeder auf seine Art und Weise. Er als Stellvertreter Krenners getarnt – und sie als Frau, die angeblich eine Kur absolviert.

Sie hatte ihn durchschaut; aber wann würden ihm die Augen aufgehen?

Vorausblickend hatte sich Eva zwischen Barbara und Maria gesetzt, um unter dem Tisch in beide Richtungen zu treten, falls der nicht zu unterschätzende Dr. Luchs die zwei leichtsinnig konsumierenden Weintrinkerinnen in die falsche Richtung bugsieren würde. Eigentlich könnten sie kooperieren. Es ging immerhin um das gleiche Ziel. Der Haken lag lediglich bei den unterschiedlichen Fangmethoden. Jedoch allein das Bekanntwerden der Methode, mit welcher Klammer sie im Auftrag der Römer wie Gänse vor sich hergetrieben hatte, würde die gesamte Polizeidirektion vor Lachen erschüttern.

Dann würde Renners Sonderkommission den Klammer fassen, den sie bis dahin weder kannte noch verdächtigte. Sie drei hingegen hätten die Vorarbeiten geleistet und den Spott der Nation geerntet. Nein, so durfte es nicht laufen.

Eben hörten sie Dr. Luchs sagen: »Mein Onkel bewohnte Zimmer 158, in dem ich mich jetzt einquartiert habe.«

Aufmerksam sah er in die Runde, aber niemand reagierte. Nur Evas Hirn war wachsam und ihre Absätze traten zu.

Maria schreckte auf: »Sie meinen die Zahl 158, welche Herr Leonhard dem Bademeister zurief, bedeutet die Zimmernummer Ihres Onkels?«

»Es kann nicht anders sein«, antwortete Luchs. »Ich habe, nach allem was Sie erzählten, folgende Theorie: Mein Onkel traf Leonhard im Hotel, erkannte ihn und sprach ihn an«

Eva warf ahnungsvoll ein: »Wieso erkannte er ihn?«

Luchs wand sich:

»Ich habe meinem Onkel Fotos und Daten aller Eigentümer zur Verfügung gestellt, bevor er heuer zum zweiten Mal die angebliche Kur antrat, um im Hintergrund zu spionieren.«

Barbara kombinierte: »Dann hätte Dr. Kessler doch auch Frau Bauer erkennen müssen?«

»Eigentlich ja.«

Endlich wurde das Essen serviert und eine Zwangspause trat ein. Eva war die unbehagliche Erkenntnis gedämmert, dass Dr. Kessler von vornherein gewusst hat wer sie war. Daher sein Erstaunen, als sie sich der Gruppe vorgestellt hatte. Und darum das Gespräch im BERNSTEIN-Restaurant, als er geschockt nach dem Todesfall des Bademeisters aus der Therme zurückgekehrt war.

Kaum hatte Luchs sein Besteck zur Seite gelegt, nahm er den Gesprächsfaden wieder auf.

»Mein Onkel hatte bereits stichhaltige Beweise, die er mir aber telefonisch nicht mitteilen wollte.

Er hatte mich um ein Treffen gebeten, um mir mündlich eine wichtige Mitteilung zu machen. Aber die Teilnahme an einer Zeugenvernehmung im Ausland hinderte mich daran, umgehend nach Bad Füssing zu fahren. Wie die Polizei von Siegel erfahren hat, nahm mein Onkel an dem bewussten Abend in Gesellschaft eines Gastes das Abendessen im Restaurant ein. Siegel kann oder will sich nicht mehr erinnern, wer dieser andere Mann war. Ich meine, es war Herr Leonhard.

Nun vermute ich folgenden Tathergang:

Dr. Kessler stellte sich dem Leonhard vor, weil er ihn als Miteigentümer des Hotels erkannte, und berichtete ihm von seinen Beobachtungen. Dann bot er ihm an, diese eine Nacht auf der Couch im Wohnzimmer des Appartements 158 zu verbringen. Siegel belauschte alles und besprach es mit Geissner. Sie planten, die beiden Mitwisser zu eliminieren. Und nun könnte passen, was Sie, Frau Berger, in dieser Nacht gehört haben. Die beiden klopften an die Appartementtür von 158. Anstelle meines Onkels öffnete jedoch Herr Leonhard und der bekam ohne Vorwarnung einen Faustschlag auf den Kopf, der ihn so schwer verletzte, dass er am nächsten Vormittag an einer Gehirnblutung verstarb. Diese Todesart wurde vom Gerichtsmediziner festgestellt. Mein Onkel war Zeuge. Man nahm überdies an, dass Herr Leonhard dem Bademeister eine Information gegeben hat und killte diesen mit einer Kiwi. Denn Geissner, der Küchenchef, wusste von dieser Allergie. Und dann war Maximilian Kessler an der Reihe.«

Luchs trank sein Weinglas leer und fuhr fort:

»Meinem Onkel war klar, dass er umgehend hier weg musste. Er kannte die Gefährlichkeit der beiden Männer und konnte sich vorstellen, dass ihn diese als Mitwisser ebenfalls beseitigen wollen. Sie hatten ihn möglicherweise einige Male in der Gesellschaft der Frau Römer gesehen, die er hier im Hotel rein zufällig wieder getroffen hat. Er nahm sie notgedrungen in das BERNSTEIN mit. Dann erfuhr er von Ihnen beiden, dass Sie in dieser Nacht ebenfalls Ungewöhnliches gehört haben, das Ihnen zum Verhängnis werden könnte. Er veranlasste Sie, sich sofort in seine Obhut zu begeben.«

Luchs atmete durch und lehnte sich sichtlich gerührt auf seinem Stuhl zurück. »Möglicherweise hat er Ihnen damit das Leben gerettet.«

Maria stöhnte: »Ja, so könnte es durchaus gewesen sein.«

In diesem Moment trat der Nachtportier an den Tisch und wandte sich an Eva:

»Entschuldigen Sie bitte die Störung, Frau Bauer. Erneut wurde ein großer Strauß roter Rosen für Sie abgegeben, den ich an der Rezeption deponiert habe. Der überbringende Herr geht soeben an diesem Fenster vorbei und auf sein Auto zu.«

Die Stühle fielen zu Boden, der Nachtportier bückte sich nach ihnen und Luchs blickte irritiert von seinem Nachtisch auf.

Im orangefarbigen Licht der Parkplatzlaternen ging gemessenen Schrittes und mit hochgeschlagenem Mantelkragen ein Doppelgänger von George Clooney auf seinen Crysler zu. Bevor er einstieg winkte er mit der rechten Hand zum Fenster hinauf, aus dem die neugierigen Frauen starrten.

Maria plumpste in einen nahen Sessel, Eva nahm sprachlos wieder Platz und Barbara entschuldigte sich schwer beeindruckt bei Dr. Luchs:

»Frau Bauer bekommt nämlich seit geraumer Zeit sündteure Rosen in Stanniol.«

Maria Werner spottete: »...und weiß nicht was das bedeuten soll«

Luchs lachte: »Da würde ich vermuten, dass Frau Bauer einen hartnäckigen Verehrer hat.«

Eigentlich war für diesen Abend alles gesagt. Luchs begleitete seine Gäste bis zur Rezeption. Eva ergriff überglücklich den Rosenstrauß, drückte ihn an sich und dankte Dr. Luchs für die Einladung zum Abendessen.

Dieser mahnte: »Denken Sie bitte unser Gespräch und meine Vermutung in Ruhe durch. Ich würde gerne Ihre Meinung erfahren. Wollen Sie morgen mit mir das Frühstück einnehmen oder irgendwann bei mir im Büro vorbeischauen?«

»Sehr gern, Dr. Luchs!«

Sie hatten erst vor wenigen Sekunden ihre Suite betreten und waren sofort beim Thema.

Möglichkeit 1: Dr. Luchs liegt richtig und Leonhard übernachtete nicht in Krenners Appartement.

Möglichkeit 2: Leonhard verbrachte die Nacht in Krenners Appartement und Luchs verfolgt die falsche Fährte.

»Ich habe doch Krenners Stimme identifiziert«, warf Barbara ein.

»Na, dann standen nicht nur Siegel und Geissner vor der Türe zu 158 sondern auch der Krenner.«

»Oder da stand nur der Krenner?«

»Und was ist mit Erich Klammer? Habt ihr vergessen, dass wir den erst vor wenigen Stunden persönlich dingfest gemacht haben? Wie bringen wir den unter?«

Maria Werner winkte ab.

»Lassen wir das. Wir haben einen sehr erfolgreichen Tag hinter uns. Jetzt wässern wir zunächst den Liebesgruß ein, dann nehmen wir uns gedanklich die Römer vor und dann schau`n wir mal.«

Am Montag, den 23. November, stießen die drei Frauen im Frühstücksraum auf Dr. Luchs. Er legte sofort seine Zeitung zur Seite und grüßte:

»Guten Morgen! Wollen Sie mir wieder Gesellschaft leisten?«

Diese Einladung hatten sie erwartet. Erfreut nahmen sie Platz.

»Sie haben soeben Herrn Renner verpasst. Ich habe ihm meine Theorie unterbreitet, die ich Ihnen gestern Abend vorgetragen habe. Aber er meint, dass sie mehrere Gedankenfehler enthält.«

»Und das sind?«

»Zum Beispiel die Annahme, dass mein Onkel dem Herrn Leonhard von seinen Beobachtungen erzählt haben könnte und ihm für eine Nacht seine Couch angeboten hat. Er glaubt nicht, dass Leonhard und mein Onkel überhaupt gemeinsam zu Abend gegessen haben. Nachdem Herr Leonhard bei uns kein Zimmer bekommen konnte, musste er sich doch längst in anderen Häusern umgesehen und gebucht haben.«

Barbara rutschte unruhig auf ihrem Sessel und Eva überlegte, ob sie diesen Irrtum aufklären und den Nachtportier zitieren sollte. Sie entschied sich dagegen und antwortete:

»Ihr Onkel war sehr verschwiegen. Er antwortete auf unsere Fragen stets ausweichend. Wir wussten nichts von ihm persönlich. Es wäre nach näherer Betrachtung ungewöhnlich, wenn sich Dr. Kessler dem fremden Mann anvertraut hätte.«

Maria Werner stimmte zu: »Ich persönlich kann mir nicht vorstellen, dass Siegel und Geissner den Denis Leonhard schwer verletzten und Dr. Kessler als Zeugen ungeschoren zurück ließen.«

Luchs schwieg eine ganze Weile und räumte schließlich ein:

»Es muss noch mehrere unbekannte Details geben. Ich vermute aber, dass wir zumindest nicht völlig daneben liegen.«

Er erhob sich. »Mir ist eben noch etwas Wichtiges zu Frau Römer eingefallen, das ich dem Kommissar mitteilen sollte. Sie wird nämlich heute um 16 Uhr von Herrn Renner erwartet. Entschuldigen Sie bitte, dass ich mich deshalb zurückziehe.«

Sie sahen ihn eilig das Büro aufsuchen. Was hat er vor?

Maria wurde sehr nachdenklich und Barbara stellte fest: »Wir werden es sicher erfahren. Meiner Meinung nach diskutiert Dr. Luchs recht gerne mit uns.«

Dem konnte Eva nur zögernd zustimmen: »Dr. Luchs verfolgt nur ein einziges Ziel, nämlich, den Mörder seines Onkels innerhalb kürzester Zeit zur Strecke zu bringen. Ich vermute, dass er nicht mehr lange an unsere Harmlosigkeit glaubt.«

Maria sah das ebenso. »Es ist zu befürchten, dass wir schon in Kürze entlarvt sind. Vielleicht hegt er bereits jetzt die ersten Zweifel.«

Sie erhoben sich gleichzeitig und Maria empfahl: »Ich meine, dass wir uns rarmachen sollten, um Zeit zu gewinnen.«

Eva nahm ihre Umhängetasche an sich. »Ich habe Klammers handy vorsichtig ausgeschaltet und es mit einem Taschentuch umwickelt. Es weist daher ausschließlich seine eigenen Fingerabdrücke auf. Dann habe ich es auf Kosmetikwatte in diese kleine Box gebettet.«

Sie zog eine sorgfältig verpackte kleine Schachtel aus der Umhängetasche.

»Die deponieren wir nun im Hotelsafe.«

Kurz danach standen sie zu dritt an der Rezeption und überreichten das Päckchen gegen Quittung dem Empfangschef, der Eva sehr freundlich begrüßte.

Gleichzeitig öffnete Dr. Luchs die Tür des Büros und strich sich mit einer zufriedenen Geste über den Dreitage-Bart. Soeben hatte er mit Renner telefoniert: »Mir ist noch eingefallen, dass Margot Römer, die wie mein Onkel hervorragend Tango tanzt, aus einer Hoteliers Familie stammt. Es ist davon auszugehen, dass sie einen geübten Blick für die Vorkommnisse in einem Hotel hat. Möglicherweise sind ihr einige Dinge bei uns im BAYERN-Inn aufgefallen. Du solltest sie danach fragen.«

Gegen 15.15 Uhr lehnte Dr. Luchs an Krenners Schreibtisch und blickte vom Bürofenster auf den Parkplatz. Dort schwangen sich die umtriebigen drei Frauen ziemlich sportlich in ein Auto.

»Sieh an«, grinste Luchs in sich hinein.

»Wie die Gazellen. Die Therme wirkt wahre Wunder.«

Der Empfangschef riss ihn aus seinen Gedanken. »Ein Ölgemälde wurde zu Ihren Händen angeliefert. Wo dürfen wir es abstellen?«

Luchs lief zur Rezeption und entfernte aufgeregt die Transportverpackung.

»Es ist wunderbar«, staunte er ehrfürchtig. Da hatte der berühmt-berüchtigte Kunstmaler Schmitt aus dem Vilstal den verstorbenen Onkel so detailliert porträtiert, als hätte er eine Fotografie überpinselt.

Der Empfangschef war schwer begeistert: »Man beachte die Trophäe. Das Porzellantanzpaar in seinen Händen sieht unglaublich realistisch aus.«

Dann zitierte er einen Hausmeister herbei.

Vorsichtig nahm Dr. Luchs das Gemälde an sich und trug es in das Kaminzimmer.

»Wir nehmen den Gobelin ab und hängen ihn gegenüber an die freie Wand. Unseren lieben Verstorbenen verewigen wir zum Gedenken über dem Kamin. Da kommt das große, wertvolle Portrait am besten zur Geltung.«

Tatkräftig erklomm der Hausmeister die mitgebrachte Stehleiter und zückte die schwere Schlagbohrmaschine.

»Des ham ma dann gleich.«

Luchs trat einige Schritte zurück. Da summte sein Handy.

Renner war in der Leitung.

»Nur ganz rasch eine Neuigkeit: Siegel und Geissner wollen kooperieren. Sie möchten vor Gericht ein umfassendes Geständnis ablegen, um damit das Strafmaß zu mindern.«

Luchs konnte sich das gut vorstellen. Das hätte er den beiden als ihr Verteidiger ebenfalls dringend empfohlen.

»Und was genau wollen sie gestehen?«

Renner zählte auf:

»Sie wollen zugeben, die Software manipuliert und Erlöse abgesahnt zu haben. Sie wollten Krenner, der ihnen dicht auf den Fersen war, aus dem Job hieven und seinen Posten für Siegel sichern. Damit hätten sie für weitere Gaunereien den Weg geebnet. Beide bestreiten gewusst zu haben, dass der Bademeister eine Kiwi-Allergie hatte.«

Luchs war ungeduldig. »Und was räumen sie bezüglich der Morde ein?«

»Sie wissen angeblich von nichts und verweigern hierzu auch weiterhin jede Aussage. Letzteres sagt mir aber alles.«

»Und mir auch. Die beiden sind für mich weiterhin sehr verdächtig. Immerhin räumen sie Straftaten ein, die als Mordmotive geradezu ideal sind. Ich kann mir keine anderen Motive für diese drei Morde vorstellen.«

Renner sah das ebenso. »Ich werde diese Spur nicht aufgeben. Vielleicht kann ich tatsächlich von Frau Römer etwas Handfestes erfahren.«

»Das hoffe ich sehr. Aber Vorsicht bei Frau Römer! Sie ist mit allen Wassern gewaschen und hatte schon immer recht hohe schauspielerische Qualitäten. Ich kann mir nicht vorstellen, dass sie sich in den Mordfall um meinen Onkel hineinziehen lässt.«

Luchs vermutete, dass sie einiges beobachtet haben könnte.

»Vielleicht ist dies auch der Grund, weshalb sie mein Onkel mit in das BERNSTEIN genommen hat. Er musste sie möglicherweise unfreiwillig unter seine Fittiche nehmen.«

Das schloss Renner insgeheim aus und beendete das Telefonat:

»Ich danke dir für deine wertvolle Mitarbeit, Christoph. Du

hörst von mir, wenn die Zeugenaussage der Römer interessante Aspekte ergeben sollte.«

Unterdessen fuhren Eva Bauer und ihre Freundinnen suchend die Neuburger Straße in Passau entlang, welche Frau Römer im Hotel als ihre Adresse angegeben hatte.

Sie saßen hinter den getönten Fensterscheiben des tiefer gelegten Leihwagens und mussten nicht befürchten, zu früh von ihr bemerkt zu werden. Die Hausnummer entpuppte sich als gepflegtes, aber unauffälliges Reihen-Eckhaus. Die Jalousien waren geschlossen und signalisierten, dass Margot Römer nicht zu Hause war. War sie womöglich schon zur Zeugenvernehmung unterwegs? Rasches Handeln war gefordert. Man musste sie unmittelbar danach abfangen. Da könnte sie noch wütend oder geschockt sein und in diesem Ausnahmezustand etwas sagen, was sie bereits morgen bereut.

Sie parkten den Pkw in Sichtweite zum Polizeipräsidium. Das Parkverbot ignorierten sie.

»Wir müssen uns auf eine längere Wartezeit einstellen«, empfahl Eva. »Ich habe Renner erlebt und kann mir nicht vorstellen, dass sie schnell und ungeschoren davon kommt.«

Barbara deutete nach vorne.

»Da ist sie schon.«

Margot Römer war auf keinen Fall zu übersehen. Ihre imposante Figur tauchte aus dem Nebel der Dreiflüssestadt auf und im Graugrün der Eingangstür zum Polizeipräsidium unter.

»Es ist genau 16 Uhr. Ich rechne mit einer Stunde«, kalkulierte Eva und gähnte hinter der vorgehaltenen Hand.

»Das glaube ich nicht. Renner zieht sie mit Sicherheit innerhalb kürzester Zeit durch den Fleischwolf«, hoffte Barbara.

Maria Werner formulierte ihre Erwartung drastischer:

»Wenn sie nur gar nicht mehr käme! Ich wünsche ihr die U-Haft an den Hals.«

Sie sahen sich um. »Wir sollten umparken, sonst erwischt es auch uns.«

»Fahren Sie in die Richtung aus der die Römer kam. Vielleicht finden wir ihr Auto und können direkt daneben parken.«

Eva lenkte den grünen Mini One mit 30 km/h in die entgegengesetzte Richtung und erblickte kurz danach den schwarzen BMW der Römer mit dem Kennzeichen PA-WE 121.

»Fahren Sie langsam vorbei und wenden Sie«, zischte Maria Werner so leise, als befürchtete sie, von Margot Römer gehört zu werden.

Barbara Berger flüsterte ebenfalls:

»Meinen Sie, dass Sie es schaffen, sich direkt hinter ihrem Pkw in die schmale Parklücke zu drängen?«

»Das denke ich doch, aber die Römer ist dann zugeparkt.«

»Sollte das nicht unsere Absicht sein?«

Eine Stunde verflog und die Nervosität hatte sich gelegt. Nach einer weiteren halben Stunde froren sie und stiegen abwechselnd aus dem Auto, um sich die Beine zu vertreten. Margot Römer war längst überfällig.

»Das ist nicht normal. Die müsste längst zurück sein«, wunderte sich Eva.

Barbara jammerte: »Ich befürchte, dass wir vergeblich warten. Die sitzt längst im Bau und wir erfrieren.«

Maria Werner bestimmte: »Wir werden unsere Aktion aber nicht abbrechen. Wir harren hier aus bis zum bitteren Ende!«

Dann murrte sie: »Das ist nur ein Klacks im Vergleich zu der Kälte, in der ich die Einsätze der Umweltschützer gegen den Walfang koordinierte.«

Es dauerte weitere lange zehn Minuten bis Margot Römer in der Dämmerung den Gehsteig entlang lief. Sie betätigte schon von weitem den Funk, riss die Tür ihres Autos auf und wollte sich soeben auf den Fahrersitz fallen lassen. Da stand Maria Werner neben ihr.

»Hallo Frau Römer, Sie hier? So ein Zufall.«

Margot Römer reagierte hektisch.

»Wo kommen Sie denn her? Was wollen Sie von mir?«

Eva wirkte sehr cool.

»Wir wollen wegen der Erstattung einer Anzeige zur Kripo gehen, parkten hier und zufällig kommen Sie des Weges. Das ist aber eine Überraschung.«

Margot Römer schlug die Wagentür wieder zu und verschloss sie.

»Weswegen zur Kripo? Was ist vorgefallen?«

Barbara gab sich redselig.

»Wir wurden von Erich Klammer per SMS mit Entführung und Tod bedroht. Er könnte daher in der unseligen Mordserie der Mörder sein.«

Margot Römer setzte einen verächtlichen Gesichtsausdruck auf.

»Das meinen Sie doch wohl nicht im Ernst.«

»Aber selbstverständlich meinen wir das. Wir wollen Hauptkommissar Renner aufsuchen. Das ist ein fähiger Mann und wie wir aus sicherer Quelle erfuhren, einer mit hoher Trefferquote.«

Margot Römer wurde hysterisch.

»Aber Frau Berger, bleiben Sie am Boden. Die Mörder sind längst gefasst, inhaftiert und ihr Geständnis ist nur noch eine Frage der Zeit.«

Eva fasste Margot Römer vertraulich am Arm.

»Das Thema eignet sich in dieser Kälte nicht als Gehsteig-Gespräch. Vielleicht haben Sie irgendwann einmal Zeit. Dann können wir Ihnen unsere Gründe gern in Ruhe erörtern. Doch nun müssen wir weiter.«

Die Römer brauchte nicht lange zu überlegen.

»Und warum können wir nicht jetzt gleich ein Restaurant aufsuchen und Sie erklären mir Ihre Beweggründe sofort?«

Dann wurde sie direkt nett:

»Leider haben wir uns damals aufgrund der widrigen Umstände so rasch aus den Augen verloren.«

Sie wandte sich Maria Werner zu.

»Ich schlage vor, dass ich Sie alle drei in ein gutes Restaurant zum Abendessen einlade. Wir befinden uns immerhin in meiner Heimatstadt.«

Maria pokerte:

»Ja, das wäre schön. Aber wird es dann für unsere Strafanzeige nicht zu spät?«

Eva hatte Mühe, das Lachen zu unterdrücken:

»Die Anzeige können wir doch morgen machen, Frau Werner. Ich muss aber noch eine dringende mail versenden. Dann können wir uns meinetwegen gern ganz gemütlich mit Frau Römer zusammensetzen.«

Sie zog ihr Notebook aus der Umhängetasche, setzte sich auf den Beifahrersitz und schaltete die Innenbeleuchtung des MINI ein.

Dann warf sie einen blitzschnellen Blick auf Maria. Diese verstand und drängte Margot Römer ab.

Eva schrieb:

»Hallo Hans, wir befinden uns in Passau und wurden von Margot Römer zum Abendessen in ein hiesiges Restaurant eingeladen. Wir melden uns bei Dir zurück, wenn wir heil in das BAYERN-Inn zurückgekehrt sind.

Übrigens: das Corpus delicti des Erich Klammer haben wir im Hotelsafe deponiert.«

Mit der Auswahl des Lokals hatte sich die Römer besondere Mühe gegeben. Es herrschte mittlerweile stockdunkle Nacht und der

Blick hinaus aus dem Restaurantfenster und hinauf zur beleuchteten Veste Oberhaus hoch auf den Felsen über der Donau war phänomenal. Nur die aufsteigenden Nebel aus der schwarzen Ilz schränkten den Blick ein wenig ein. Aber der Blick auf Margot Römer war momentan wichtiger.

Eva konzentrierte sich auf die attraktive Frau. Wahrscheinlich hatten sie auch nur hier und jetzt die einzige Chance. Sie sah kurz in die entschlossenen Gesichter ihrer Freundinnen. Diese nickten das Startsignal und Eva eröffnete das Gefecht:

»Wir danken für Ihre Einladung, Frau Römer. Eigentlich sollten wir jetzt bei der Kripo sitzen und Herrn Renner ausführlich unsere Vorwürfe gegen Erich Klammer darlegen. Wir glauben ganz fest, dass er in die Mordserie verwickelt ist. Er hat sich aber auch uns gegenüber strafbar gemacht.«

Margot Römer schüttelte unwirsch den Kopf.

»Sie können versichert sein, dass Erich Klammer völlig harmlos ist. Sie würden diesem Mann – und damit auch mir – nur unnötige Schwierigkeiten bereiten.«

»Was möchten Sie damit sagen, Frau Römer? Warum würden Schwierigkeiten, die Herr Klammer bekäme, auch Sie betreffen?«

Margot Römer zierte sich nur kurz.

»Na ja, Sie haben sicher bemerkt, dass mir Herr Klammer nicht gleichgültig ist.«

Maria Werner zog die linke Augenbraue in die Höhe. Die ging ja mit den Siebenmeilenstiefeln zum Thema über. Ziemlich ungewöhnlich für die Römer.

»Dann gab es also tatsächlich einen Grund für die Szene von Dr. Kessler an unserem letzten Tanzabend?« fragte Eva.

Die Römer winkte ab und nahm einen kräftigen Schluck aus dem Sektglas.

»Ach, Dr. Kessler, den können Sie vergessen. Ich war zu früheren Zeiten mit ihm verlobt. Von ihm stammt auch der überwiegende Teil meines wertvollen Schmucks. Ihm ging es nur darum, dass Erich nicht in dessen Besitz gelangen sollte. Er diffamierte ihn deshalb als Heiratsschwindler.«

Barbara schnaufte tief durch, wollte etwas Bestimmtes sagen und entschied sich zur Gegenfrage:

»Warum sollte denn Herr Klammer in den Besitz Ihres Schmuckes kommen wollen?«

Margot Römer kicherte. Sie schien völlig verändert zu sein. Hatte ihr Renner so zugesetzt oder war es der kräftige Schluck von vorhin?«

Sie griff nach der Sektflasche im Kühler und goss die vier Gläser auf dem Tisch bis zum Rande voll.

»Ich lasse jetzt sozusagen die Katze aus dem Sack: Erich Klammer und ich sind seit Dr. Kesslers Beerdigung ein Paar. Wir werden heiraten.«

Sie sah triumphierend in die regungslosen Gesichter ihrer Gäste. »Erich ist momentan dabei, uns ein angemessenes Nest zu bauen.«

Sie kicherte schon wieder. »Dazu muss er natürlich meinen Schmuck verkaufen. Wenn das Dr. Kessler wüsste, würde er im Grabe rotieren.«

»Worauf Sie Gift nehmen können«, dachte Eva und führte einen innerlichen Freudentanz auf.

Margot Römer blickte hämisch auf die unvorteilhaft gekleidete Maria.

»Und warum gratulieren Sie mir nicht? Neiden Sie mir etwa dieses persönliche Glück?«

Drei Hände streckten sich ihr daraufhin entgegen und drückten überschwänglich Margots zarte Finger.

»Das ist aber eine sehr erfreuliche Nachricht«, jubelte Barbara Berger eine Spur zu laut und Maria Werner hob ihr Sektglas.

»Auf das glückliche Paar und sein Nest!«

Margot Römer genoss die Glückwünsche. Das Ende ihrer verzweifelten Partnersuche war in Sicht. Sie hatte lange genug nur Frösche geküsst. Wenn da nur nicht der dreifache Mordfall wäre. Aber da würde sie auch gut wegkommen, dessen war sie sich völlig sicher. Den Hauptkommissar hatte sie ihrer Meinung nach schon in der Tasche und dem Rest der Schnüffler war sie auch gewachsen – wie man sieht.

»Nachdem ich nun so offen zu Ihnen war, schlage ich vor, dass Sie im Gegenzug darauf verzichten, meinem künftigen Ehemann Schwierigkeiten zu bereiten.«

Margot Römer erhob sich und ihr Glas erneut: »Ich entschuldige mich in seinem und meinem Namen für die falsche Telefonnummer mit allen anschließenden Verwicklungen und Unannehmlichkeiten. Es liegt mir sehr daran, dass Sie alles vergessen und künftig zu meinem Freundeskreis zählen.«

Dann sah sie eindringlich von Gesicht zu Gesicht:

»Eva, Barbara, Maria, ich lade Sie hiermit ganz offiziell zu meiner Hochzeit ein!«

Vier Gläser klirrten aneinander.

Eva atmete durch. »Wir würden Ihnen beiden gerne verzeihen, aber diese großmütige Geste müsste ein wenig belohnt werden.«

Barbara unterstützte sie: »Es ist ja nur eine winzige Bitte im Vergleich zu den großen Unannehmlichkeiten, die wir Ihretwegen hatten.«

Margot Römer war irritiert. »Und die wäre?«

Marias scheinheiliger Gesichtsausdruck war nicht mehr zu übertreffen.

»Wir möchten wissen, warum Sie die Tanztrophäe von Dr. Kessler bei der von Ihnen arrangierten Zimmerkontrolle im BERNSTEIN an sich genommen haben.«

Margot Römer lachte befreit auf. »Weil ich weiß, dass Dr. Kessler im Inneren der Figur von jeher geheime Notizen verbarg.«

Evas Blick wurde ernst: »Und diese Notizen hatten mit Ihnen zu tun?«

»Natürlich nicht.«

»Sie haben diese Notizen an sich genommen?«

»Zuerst ja, aber dann habe ich ihm diese Trophäe mit Inhalt als letzten Freundschaftsdienst in das Grab mitgegeben.«

»Aber Sie haben sie gelesen?«

»Natürlich! Sie sind für mich jedoch uninteressant. Sein »Geheimnis« war mir längst bekannt. Es ist nun mit ihm und dem Tanzpaar verscharrt.

»Sie haben Hauptkommissar Renner von diesem Geheimnis erzählt?«

Margot Römer lachte laut auf. »Sehe ich aus, als wäre ich blöd?«

Dann stutzte sie.

»Wie kommen Sie auf Renner?«

Geschockt wartete sie auf eine Antwort.

»Sie waren von ihm für 16 Uhr einbestellt«, sagte Eva.

Margot Römer fiel die Gabel aus der Hand.

»Sie haben mir aufgelauert?«, schnaufte sie.

Die drei schoben ihre leeren Teller zur Seite und erhoben sich.

»Ich antworte mit Ihrem eigenen Satz«, antwortete Eva sehr ruhig.

»Sehen wir aus, als wären wir blöd?«

Barbara nahm den letzten Schluck aus ihrem Glas. »Wir wünschen einen schönen Abend und danken noch einmal für die Einladung zum Abendessen und die zur Hochzeit, Frau Römer.«

Maria fügte hinzu. »Und sollten sich noch Fragen ergeben, rufen wir Sie an.«

Margot Römer war zu keiner Gegenäußerung fähig und blieb auf ihrem Stuhl und der Zeche sitzen.

Dann starrte sie dem Trio nach und neue, wilde Rachegedanken schlängelten sich wie dunkle Rauchschwaden durch ihr Gehirn.

Die Tachonadel im grünen Leih- MINI PA-LL 972 jagte den Beifahrerinnen Angst ein.

»Gehen Sie endlich vom Gas, Frau Bauer. Wir fürchten schon um Leib und Leben!«

Eva nahm sich zurück und steuerte auf die rechte Fahrbahnseite der Autobahn.

»Krenners Wunsch ist in Erfüllung gegangen«, jubelte sie.

»Wie sagte er im PARADISO so schön? Es wäre die Rache des Schicksals, wenn die Römer auf den Klammer hereinfiele.«

Maria stützte sich am Handschuhfach ab.

»Ja, schon. Aber wenn wir auf dieser eisglatten Strecke abheben und in die Grube fahren, haben wir nichts mehr davon.«

Barbara stemmte sich auf der Rückbank mit den Knien gegen den Beifahrersitz.

»Ich hätte nicht geglaubt, dass sich die Römer so reinlegen lässt. Nun nehmen wir umgehend Dr. Kesslers Trophäe in Augenschein. Sie befindet sich im Besitz von Dr. Luchs und nicht, wie die Römer irrtümlich glaubt, im Urnengrab des Bad Füssinger Naturfriedhofs.«

Eva scherte schon wieder auf die Überholspur der A 3 aus und Maria rügte:

»Aber zunächst fahren wir mit angemessener Geschwindigkeit, Frau Bauer, damit wir in der Lage sind, unser Vorhaben noch lebend ausführen zu können.«

Der MINI zog einsichtig nach rechts und Evas Fuß ging vom Gas.

Kurze Zeit später grüßte Eva den Nachtportier, der sich erhoben hatte und ihr mit einem Lächeln das bereits erwartete Blumen-Arrangement überreichte. Inbrünstig drückte sie den neuen Rosenstrauß an sich. Sie sog den Duft der veilchenblauen Blüten tief ein, schloss die Augen und sah im Hinterkopf überdeutlich den dazugehörigen, äußerst attraktiven, aber leider völlig unbekannten Überbringer. Sie fragte sich besorgt, ob sie möglicherweise gar nicht gemeint sondern lediglich das Opfer einer Verwechslung ist.

Vielleicht hatte er sich im Namen geirrt und meinte in Wahrheit Barbara Berger... oder gar Maria Werner? Das wäre außerordentlich bedauerlich.

Sie betraten die Suite und das gewohnte Ritual begann:

Eva besorgte eine Vase, Maria zerrte drei sperrige Tortenstücke aus der Minibar und Barbara begann Kaffee aufzubrühen. Denn dafür war es nie zu spät.

Bevor sie sich auf die Couch niederließen suchten sie noch rasch ihre Badezimmer auf, duschten und kleideten sich in bequeme Hausanzüge. Kaum waren sie im gemeinsamen Wohnzimmer in die bequemen Polstergarnituren gefallen, begannen sie zu lästern und Maria Werner redete sich in Rage:

Die Römer glaubt allen Ernstes, dass sie uns ungestraft vor sich hertreiben durfte. Wir Dummchen verzeihen und vergessen diese Schmach im Gegenzug für ein Abendessen in ihrer Gesellschaft und gratulieren auch noch herzlich, dass es ihr gelungen ist, sich einen Ganoven zu angeln.«

»Nun ja, wir freuen uns ja tatsächlich über ihren Fang«, korrigierte Barbara Berger die Sicht auf die Dinge.

Eva ergänzte: »Ich gönne ihr den smarten Erich sogar vom ganzen Herzen. Sie etwa nicht, Frau Werner?«

Diese konnte die Schadenfreude kaum verbergen:

»Ich fürchte nur, dass ihr die Ländinger einen Strich durch die Rechnung gemacht hat. Es sieht so aus, als hätte die noch etwas, was die Römer nicht mehr hat.«

Barbara stellte sich naiv: »Und was könnte das sein?«

»Erraten Sie das nicht? Ihren Schmuck natürlich. Haben Sie

überhört, dass der Verlobte mit dem Geschmeide der Römer bereits ein Nest baut?«

Sie bogen sich vor Lachen.

»Ein Elsternest sozusagen. Auf jeden Fall wird es spannend. Derzeit hat Klammer die Ländinger im Arm, die Römer an der Leine und uns im Nacken.«

»Morgen nach dem Frühstück ist er dran«, entschied Eva.

Sie sahen ziemlich entschlossen aus, als sie nach den Kuchengabeln griffen.

Eva hätte am nächsten Morgen gerne Dr. Luchs gesprochen. Dieser war jedoch während der gesamten Frühstücksdauer unsichtbar. Sie wunderte sich. Danach fehlte die Zeit, um darüber nachzudenken. Sie mussten versuchen, Klammer zu erreichen. Anrufen war nicht mehr möglich – sein Telefon lag im Hotelsafe – und seine Anschrift war unbekannt. Es war auch nicht anzunehmen, dass er sich bei einem abendlichen Besuch im PARADISO erneut an ihren Tisch wagen würde. Wie könnte man ihn wohl erreichen?

Maria Werner schlug vor, zu einem Spaziergang an die frische Luft zu gehen, um an diesem sonnigen Vormittag die grauen Zellen anzuregen. Nur kurze Zeit später zogen sie warm bekleidet und mit modischen Schals an den Hälsen im tiefen Schnee dahin. Ziel: Klammers Wirkungskreis – das PARADISO.

Selbstverständlich war es am Vormittag geschlossen.

Eva erinnerte sich jedoch, dass Hans per e-mail einen »schwatzhaften Hausmeister« erwähnt hatte. Sie umrundeten das Lokal und tatsächlich, dort schaufelte ein muskulöser Mann die Spur zu einem Privateingang frei.

»Auf ihn!«, feuerte Maria im Flüsterton die Freundinnen an und sie spazierten geradewegs auf ihn zu.

»Hallo, Sie sind ja wahnsinnig fleißig! Nur gut, dass es zu schneien aufgehört hat.«

Der Mann war tatsächlich zugänglich.

»Das ist mein Frühsport!«, rief er zurück. »So kann ich mir das Fitnessstudio ersparen.«

Sie bemerkten, dass ihm eine Unterhaltung recht gelegen kam, und blieben stehen.

Er schlenderte näher und stützte sich vor ihnen lässig auf die Schneeschaufel.

»Für die Bahnen zum Lokal und für den Parkplatz haben wir natürlich einen großen Motorschneepflug.«

Sie bewunderten ihn.

»Und den fahren Sie?«

»Aber sicher. Ich warte ihn auch selbst.«

»In der Tat waren die Zugänge zum Lokal immer sehr sauber geräumt, wenn wir zum Tanzen kamen. Nun wissen wir, wer dafür verantwortlich ist.«

Er war sehr stolz auf sich selbst.

»Im Hauptberuf bin ich allerdings Kellner. Ich erinnere mich aber nicht, Sie schon einmal im PARADISO gesehen zu haben.«

Maria ging die Sache umgehend an:

»Das kann durchaus sein. Wir sind Kurgäste und waren erst zweimal im Lokal. Beim ersten Mal fuhren wir nach einer Stunde wieder in das Hotel zurück. Und beim zweiten Mal unterhielt uns ein netter Mann. Ich glaube, er heißt Erich.«

Der Kellner lachte.

»Den Erich sollten Sie aber nicht besonders nahe an sich herankommen lassen. Fragen Sie mich bitte nicht, warum ich Ihnen das dringend empfehle.«

Barbara mischte sich ein.

»Ist er ein Einheimischer? Arbeitet er möglicherweise auch im Nachtlokal?«

Der Mann war skeptisch.

»Sie interessieren sich also doch für den Erich?«

»Nein, nicht so wie Sie denken.«

»Wie denn dann?«

»Wir sind uns uneinig in seiner Einschätzung. Er hatte sich zu unserem Ärger unaufgefordert an unseren Tisch gesetzt und ziemlich geprahlt. Wir fanden dies sehr dreist. Angeblich besitzt und bewohnt er eine Villa in Pocking.«

Der Angesprochene schüttelte den Kopf.

»Es kommt ganz darauf ab, ob seine momentane Herzdame eine Villa in Pocking besitzt. Ich glaube, dass dies im Moment nicht der Fall ist.«

Eva wandte sich künstlich entrüstet an Barbara.

»Da sehen Sie, er wohnt demnach doch, wie ich gleich vermutet habe, hier im Lokal in einem Gästezimmer.«

Der Kellner stieß die mitgebrachte Schaufel in den Schnee.

»Sie liegen voll daneben. Erich hat seinen Hauptwohnsitz auf Mallorca. Wenn er aber hier zu tun hat, bewohnt er ein Privat-Appartement in der Pockinger Südallee.«

Sie blickten ihn gespielt überrascht an.

»Vorgestern haben wir ihn aber mit einer Blondine in Bad Griesbach gesehen.«

Nun wurde ihr Gesprächspartner ernst.

»Eine mit Schmuck überladene Wasserstoffblonde?«

»Ja, diese Bezeichnung ist treffend.«

Der Freizeitsportler nahm schweigend seine Schaufel, drehte sich um und schickte sich an, zu seinen Schneewehen zurückzukehren.

»Wie interessant. Dann ist der Narr also bei der Ländinger im Appartementhotel FINKENHORST untergeschlüpft.«

Bevor er außer Hörweite war drehte er sich ein letztes Mal um:

»Gehen Sie ihm aus dem Weg! Der Kerl bleibt sonst an Ihnen kleben wie der Dreck am Stecken.«

Das war deutlich.

Ihr »Tschau« erwiderte er aus der Ferne mit einem kurzen Hochheben der Schneeschaufel.

»Das kann nicht wahr sein«, jubelte Eva.

»Wir haben erneut die Sechs gewürfelt.«

Rasch zurück zum Verkehrsamt! Wir erfragen dort den Standort des FINKENHORST und dann besuchen wir ihn.«

Hauptkommissar Renner saß in seinem Dienstzimmer Dr. Luchs gegenüber.

»Ich verstehe ja, dass Du wieder in Deine Kanzlei zurückkehren musst. Aber dass der Krenner wieder seinen Dienst im Hotel aufnehmen soll, halte ich nicht für klug. Das Haus ist jetzt wieder gut belegt. Er kann sich in das gemachte Nest setzen und weiterhin sein krummes Ding drehen. Denn eines sage ich Dir, Christoph: Ich rieche es direkt. Der Mann ist nicht sauber!«

Dr. Luchs fühlte sich nicht wohl in seiner Haut. Einerseits wurde er dringend in München erwartet. Seiner Kanzlei gingen bereits interessante Fälle durch die Lappen. Andererseits hatte Hauptkommissar Renner sicher Recht. Der Direktor verhielt sich nicht normal. Irgendetwas war nicht in Ordnung und es sah nicht so aus, als würde Krenner von sich aus reden. Es war außerdem unwahrscheinlich, dass man ihn überlisten könnte. Luchs war sich sicher:

»Dieser klobige Niederbayer ist aus Hartholz geschnitzt. Der ist verwurzelt wie eine Eiche. Den fällt man nicht so einfach.«

Renner sah das nicht ganz so unmöglich:

»Man müsste noch einmal intensiv nachharken», dann wird man auch ihn zu Fall bringen.«

»Hast du denn irgendwelche Anhaltspunkte, Harald?«

»Ich habe sein Konto geprüft. Nichts Auffälliges. Das beschädigte Betriebsauto hat er natürlich nicht gefahren. Auch bei seiner Zeugenvernehmung hat sich nichts ergeben. Er war in jeder Hinsicht harmlos. Jeder wusste mehr als er. Und genau diese Ahnungslosigkeit macht ihn mir verdächtig. Ich bin sogar felsenfest davon überzeugt, dass die beiden Inhaftierten und der Krenner irgendeine Gemeinsamkeit haben, die sie geschickt verbergen. Die beiden warten, ob der Krenner was sagt und der wiederum schweigt so lange, bis die Knackis reden.«

Luchs erhob sich.

»Ich will dich nicht länger aufhalten, Harald. Du hast mich überzeugt. Ich bleibe vorläufig in Bad Füssing und schicke Krenner weiter in Zwangsurlaub. Vielleicht sollte ich Frau Bauer fragen, ob sie mich zwischendurch noch zwei oder drei Tage vertreten könnte.«

Dr. Luchs hätte beinahe die Tür hinter sich geschlossen. Da fiel ihm noch etwas ein:

»Und was war mit der Römer? Was konntest du herausfinden?«

Renner war mit zur Tür gekommen.

»Ich habe sie ziemlich lange warten lassen, um sie »vorzugaren«.

Bei der Vernehmung sagte sie aus, dass sie früher die Chefsekretärin deines Onkels war und ihn nach mehreren Jahren rein zufällig im BAYERN-Inn wieder getroffen hat. Als er sich entschloss, das Hotel zu wechseln, bat sie ihn, sie mitzunehmen. Sie hatte Angst bekommen, fühlte sich aber in der Nähe ihres ehemaligen Chefs sicher. Im Übrigen war sie deinem Onkel nur rein freundschaftlich verbunden. Laut ihren Angaben hatte er ihr die Porzellanfigur zur Erinnerung an gemeinsame Tanzturniere geschenkt. Doch als er verstarb war sie der Auffassung, dass diese Figur mit in sein Grab sollte. Sie legte auch einen Blumenstrauß am Friedhof nieder, hatte aber nicht die Nerven, der Beerdigung beizuwohnen.

Luchs legte die Hand auf die Türklinke.

»Das klingt glaubhaft. Aber wer Frau Römer kennt weiß, dass diese Aussage zu glatt ist. Es ist aber auch nicht zu erwarten, dass sie noch nachträglich darauf ausrutscht. Immerhin arbeitete sie sehr lange für meinen Onkel, der zu seiner Glanzzeit als Kapazität im Strafrecht galt. Und sie war sehr lernfähig.

Hast du ihr gesagt, dass du die Tanzfigur konfisziert hast?«

»Natürlich nicht, Christoph. Sie könnte sonst auf den Einfall kommen, das Porzellanpaar von dir zurückzufordern.«

Die Rezeption im abgelegenen und etwas einsam aussehenden Appartementhotel FINKENHORST war nicht besetzt. Ein unpersönliches Hinweisschild neben einem Stapel Mitnahmeprospekte informierte, dass die Mitarbeiter nur zwischen acht und zwölf Uhr angetroffen werden können.

»Gut, das verstehe ich«, meinte Eva enttäuscht.

»Die Hauptsaison ist schließlich im Sommer.«

Barbara war unschlüssig.

»Aber was machen wir nun? Ist es nicht überdies sehr merkwürdig, dass sich die Ländinger aus dem lebhaften BERNSTEIN hierher in die anonyme Einsamkeit zurückgezogen hat?«

»Ein möglicher Grund wäre, dass sie die Liaison mit dem Klammer verbergen will oder muss«, vermutete Eva.

Maria war nicht wohl in ihrer Haut. So wie damals, als... ach ja, unwichtig.

»Gehen wir zurück«, befahl sie, »und arbeiten wir in einer anderen Reihenfolge. Sehen wir zuerst zu, dass wir auf irgendeine Weise in Erfahrung bringen, welches Geheimnis Dr. Kessler in seiner Porzellantrophäe verbirgt. Vielleicht ist dann auch unsere Fragestellung an Erich Klammer eine andere.«

Sie traten den Heimweg an.

Eva überlegte laut:

»Wenn die heimlichen Aufzeichnungen von Dr. Kessler einen Bezug zu Klammer hätten, wären sie von der Römer vernichtet worden. Die Notizen müssen demnach etwas anderes aussagen.«

»Das klingt logisch«, stimmte Maria Werner zu.

Sie hatten eben das Foyer des BAYERN-Inn betreten, als eine der Empfangsdamen auf Eva zukam.

»Im Eck dort hinter dem Blattwerk sitzt ein Mann, den seinerzeit Herr Krenner einige Male des Hauses verwiesen hat. Er behauptet, dass Sie ihn erwarten.«

Eva blickte sich um.

Hinter einigen Palmblättern erhob sich Klammer aus einem Polstersessel und deutete eine leichte Verbeugung an.

»Das ist ja wohl an Dreistigkeit nicht mehr zu überbieten«, entrüstete sich Maria Werner.

»Freuen Sie sich doch«, flüsterte Eva und ging mit den Freundinnen auf ihn zu.

»Eben haben wir ihn noch gesucht. Und nun liefert er sich selbst auf dem Präsentierteller. Das läuft ja wie am Schnürchen.«

Sie standen dem schönen Erich distanziert gegenüber.

»Ersparen wir uns Höflichkeitsfloskeln, Herr Klammer«, giftete Maria gefährlich.

»Nehmen Sie wieder Platz und kommen Sie gleich zur Sache.«

Klammer zeigte ein schiefes Lächeln und ließ sich nieder.

»Es ist mir nicht gerade leichtgefallen, Sie hier aufzusuchen. Aber auf eine andere Weise sind Sie für mich nicht erreichbar.«

Sie umringten ihn mit ihren Stühlen, setzten sich und sahen ihn abwartend an. Der Eingekreiste fühlte sich sichtbar unwohl.

»Ich bin hier, um mich zu entschuldigen. Es tut mir nachträglich sehr leid, Sie geängstigt und gejagt zu haben.«

Die Frauen zeigten keine Emotionen und er fuhr fort:

»Nehmen Sie meine Entschuldigung an?«

Noch ehe Eva einen Ton sagen konnte, zischte Maria:

»Sie werden doch wohl nicht denken, dass Ihnen drei senile Seniorinnen gegenüber sitzen, die Ihnen, ohne Bedingungen zu stellen, die zitternden Hände zur Versöhnung reichen?«

Dann wurde Eva von Barbara an ihrer Antwort gehindert.

»Herr Klammer, Sie sollten eines erkennen: Nicht alle Frauen verlieren in Ihrer Gegenwart gleich den Verstand.«

Klammer flüchtete in die Haltung eines zerknirschten großen Jungen.

Maria sah ihn spöttisch an. »Bleiben Sie locker, Erich. Das zieht bei uns nicht.«

Erneut änderte er blitzschnell die Taktik.

»Was erwarten Sie von mir? Was soll ich tun, damit Sie mir vergeben?«

Eva antwortete seelenruhig: »Wir erwarten von Ihnen eine bis ins Detail gehende, haargenaue Begründung für Ihr Verhalten. Und versuchen Sie keinen Bluff! Das Gespräch könnte sonst abrupt zu Ende sein.«

Er wollte noch etwas sagen, da blaffte ihn Maria Werner an:

»Und für den Fall, dass Sie uns erneut auf den Arm nehmen möchten, erinnere ich an unseren Körperkontakt in Bad Griesbach.«

Klammers Gesicht verzog sich in schmerzlicher Erinnerung. Er trat die Flucht nach vorne an:

»Gut, einverstanden. Aber ich hole ein wenig weiter aus:

Frau Römer wählte im BERNSTEIN von vornherein nicht Dr. Kesslers Handy Nummer an, weil ihr diese nicht bekannt war. Selbst wenn sie ihr bekannt gewesen wäre, hätte Dr. Kessler das Telefonat nicht mehr annehmen können. Um Sie zu täuschen, wählte sie meine Nummer an. Da mir dies im Moment nicht gelegen kam, antwortete ich nicht sofort. Später rief ich sie zurück und erreichte sie in ihrem Hotelzimmer. Sie überredete mich sehr energisch, auf Ihren vermeintlichen Dr. Kessler-Anruf so zu reagieren, als wäre ich sein Mörder. Ich hatte starke Bedenken, das dürfen Sie mir glauben.«

Eva unterbrach ihn.

»Haben Sie der Frau Römer berichtet, dass Dr. Kessler bereits tot war? Sie befanden sich doch nach eigenen Worten zum Zeitpunkt des Mordes auf der Tanzfläche.«

Klammer schaute betreten. »Frau Römer hielt sich zum Todeszeitpunkt ebenfalls im PARADISO auf.«

Eine Detonation hätte die drei Frauen nicht schwerer erschüttern können als dieses Eingeständnis.

»Dann wusste also Frau Römer alles und spielte der Hotelleitung des BERNSTEIN und uns ihre Besorgnis nur vor?«

Klammer nickte. »Ja, so ist es. Sie wusste alles. Sie wusste aber auch, dass Sie, Frau Bauer, nur wegen der Suche nach dem Mörder von Denis Leonhard im BERNSTEIN aufgetaucht sind. Ihr war aufgefallen, dass Dr. Kessler Sie kannte. Daraufhin recherchierte sie, fand alles über Sie heraus und es machte ihr Spaß Ihnen das Gefühl zu geben, dass Sie von diesem Mörder nun selbst verfolgt werden.«

Eva sah kurz in die Richtung der Rezeption und bemerkte Dr. Luchs, der herüber sah und mit einem leichten Kopfnicken grüßte.

Sie nickte zurück und konzentrierte sich wieder auf Erich Klammer.

Der fuhr fort:

»Sie kannte aber auch Herrn Leonhard. Sie hatte ihn gesehen, als er am Abend vor seinem Tod hier im Restaurant des BAYERN-Inn am Tisch von Dr. Kessler saß und mit diesem gemeinsam das Abendessen einnahm.«

Eva blickte rasch auf ihre Mitstreiterinnen und sie waren sich ohne Worte einig. Siegel schien die Wahrheit gesagt zu haben, als er bei der Polizei aussagte, dass Dr. Kessler mit einem unbekannten Mann zu Abend gegessen hat. Aber warum kannte Frau Römer Herrn Leonhard?

»Frau Römer scheint Dr. Kessler permanent observiert zu haben. Ihr entging scheinbar nichts.«

»Ja, auch hier liegen Sie richtig. Frau Römer war vor Jahren vom Rosenmontag auf den Faschingsdienstag mit Dr. Kessler verlobt. Er hatte ihr im angetrunkenen Zustand einen Heiratsantrag gemacht, den er am Aschermittwoch reuevoll zurückzog. Er entschuldigte sich mit einem wertvollen Silber-Schlüsselanhänger, der seiner Tanztrophäe nachgebildet ist. Zunächst war sie über das Geschenk sehr gerührt. Später hat sie herausgefunden, dass er ein mittleres Arsenal dieser silbernen Schlüsselanhänger hortet und jeweils einen an die jeweilige Favoritin zum Abschied verschenkt. Das hat sie ihm nie verziehen. Nun ist sie ihm hier im Hotel zufällig wieder begegnet, nachdem sie meinetwegen zum zweiten Mal in diesem Jahr gebucht hatte. Mir ist nur bekannt, dass sie Dr. Kessler dann fast rund um die Uhr beobachtet hat. Sie war sich sicher, dass sie irgendetwas über ihn herausfinden würde, das sie aus Rache gegen ihn verwenden kann.«

»Und was soll das gewesen sein?«

Klammer grinste. »Ich denke, dass dies lediglich als Ausrede mir gegenüber gedacht war, weil Dr. Kessler auch weiterhin ihre erste Wahl geblieben ist. Sie startete umgehend einen neuen amourösen Angriff auf ihn, kam aber nicht mehr zum Zug. Er erwies sich als ziemlich resistent.«

»Das macht Ihnen aber scheinbar nicht viel aus.«

»Nein, warum auch?«

»Sie beide wollen doch heiraten.«

»Ich nicht. Margot will es.«

»Aber Sie bauen bereits das Nest.«

Er lachte dreckig. »Margot glaubt das. Ich werde aber noch

rechtzeitig als letzter und freier Vogel in diesem Winter in die sonnigen Gefilde entfliegen.«

»Nun kommen Sie zur Hauptsache, Herr Klammer. Warum haben Sie uns schikaniert? Wir haben doch mit der ganzen Sache nichts zu tun.«

»Können Sie sich das nicht denken? Sie verärgerten Frau Römer aus verschiedenen Gründen. Der Hauptgrund aber war, dass Margot bemerkt hatte, dass Barbara Berger genau in Kesslers Beuteschema passte, dass er sich in Frau Berger verliebt hat und sich um diese Frau ernsthaft bemühen wollte. Margot wollte Sie drei aus Bosheit und Rache nach Hause jagen. Bisher galt: Wer sich mit Margot Römer anlegt oder ihr in die Quere kommt, hat von vornherein verloren. Sie drei schlossen sich jedoch zusammen. Damit hatte Margot nicht gerechnet. Da sie aber nie aufgibt mussten die Methoden immer drastischer werden. Sie schreckt vor nichts zurück. Es hat ihr außerdem ziemlich viel Spaß gemacht Sie zu ängstigen.«

Barbara war feuerrot angelaufen. Sie hatte die Hände vor das Gesicht geschlagen und zu weinen begonnen.

Eva schwieg und legte ihren Arm um sie. Marias Stimme klang wütend:

»Frau Römer bediente sich also Ihrer widerwärt- äh willfährigen Person. Sie machten sozusagen die Drecksarbeit. Fanden Sie das ebenfalls unterhaltsam oder hat Frau Römer auch Sie in der Hand?«

Klammer wand sich.

»Die Regie führte ausschließlich Frau Römer. Natürlich ist da eine Kleinigkeit, die sie gegen mich anführen könnte. Und unterhaltsam war es für mich natürlich auch, Ihre Reaktionen zu verfolgen. Als Sie zum Beispiel wie aufgescheuchte Hühner vom BERNSTEIN ins BUCHENHAIN und dann zurück ins BAYERN-Inn flohen. Für mich kam ein finanzieller Hauptanreiz hinzu: Frau Römer war mir schon immer sehr gewogen. Sie entschied unsere Heirat und drängte mir ihre Wertgegenstände auf, weil es für sie äußerst amüsant war, dass ausgerechnet der von Dr. Kessler erhaltene Schmuck das Fundament unseres künftigen, gemeinsamen Lebens bilden sollte.«

»Und Sie ergriffen selbstverständlich nicht nur die Chance sondern auch die Schatulle«, fauchte Maria.

Eine kurze, allseits zufriedene Pause entstand. Die »Naiven« hielten ihre schadenfrohen Blicke gesenkt und Klammer richtete sich bereits hoffnungsvoll auf.

»Sie verzeihen mir? Sie geben mir nun mein Handy zurück und verzichten auf eine Strafanzeige gegen mich?«

Die drei erhoben sich huldvoll.

»Wir denken über alles nach und versprechen momentan nur, dass Ihr Handy als Beweisstück für Ihre schändlichen Taten an dem sicheren Ort verbleibt, an dem es derzeit verwahrt wird.«

Dr. Luchs nahm erstaunt wahr, dass die drei Frauen ihren Besucher ziemlich rüde zur Hoteltür hinaus bugsierten.

Nun konnte er in Erscheinung treten und die drei erneut zum gemeinsamen Abendessen einladen. So nebenbei würde er dann Frau Bauer fragen, ob sie ihn noch einmal zwei Tage vertreten will. Er müsse nämlich dringend nach München fahren und einige wichtige Angelegenheiten erledigen, die in seiner Kanzlei angefallen sind. Seine täglichen Telefon-Konferenzen reichten in diesem Fall nicht mehr aus. Im Geiste hörte er sie schon wie damals antworten:

»Aber natürlich Herr Dr. Luchs, wir sitzen doch alle in einem Boot. Und wenn ich schon da und außerdem vom Fach bin, entlaste ich Sie doch sehr gern.«

Vornehm gekleidet und geschickt geschminkt saßen sie dann Dr. Luchs im Restaurant gegenüber. Evas Vertretungszusage hatte er schon in der Tasche. Es schien den drei Frauen direkt schicksalhaft zu sein. Eva wusste, dass am vormaligen Schreibtisch des Fritz Krenner, der nun vorübergehend dem Dr. Luchs gehört, wie eine Heiligenfigur die Porzellantrophäe des Dr. Kessler thront.

Eva jagte ein Stoßgebet gen Himmel:

»Möge uns das Schicksal hold bleiben und Dr. Luchs veranlassen, während seiner Abwesenheit die Figur dort zu belassen wo sie jetzt ist.«

Der gemeinsame Abend war prächtig verlaufen.

Dr. Luchs hatte das Wort »Mord« vermieden und war in Gedanken scheinbar schon daheim.

Er erzählte zur allgemeinen Belustigung und ohne Namensnennung einige kuriose Vorfälle aus seiner Zeit als Rechtsreferendar in einer berühmten Anwaltskanzlei.

So nebenbei hatte Eva ein diskretes Zeichen des Nachtportiers erhascht. Demnach waren die neuen Rosen eingetroffen. Bevor sie gegen 22 Uhr den Lift in das erste Stockwerk nahm, griff Eva nach dem mächtigen Strauß, in dem endlich eine Grußkarte steckte.

In der Suite konnte sie es nicht mehr erwarten. Sie riss ungestüm den Umschlag auf und las laut vor, was da in einer kraftvollen, männlichen Handschrift mitgeteilt wurde:

»Mit allen Rosen dieser Erden
möcht´ ich um Ihr JA-Wort werben.
Gelbe Sträuße, weiße, rote,
übergab der Liebesbote.
Im BAYERN-Wintergarten
werd´ ich auf Ihre Antwort warten.«

Eva setzte sich und rief: »Und wann soll das sein? Außerdem kenne ich diesen gut aussehenden Mann doch nicht näher. Was soll ich tun?«

Maria und Barbara wechselten einen unauffälligen Blick. Dann empfahl Barbara:

»Mein Ratschlag an Sie lautet: Nehmen Sie die schönen Rosen weiterhin an, erfreuen Sie sich an ihrem Duft und warten Sie ab.«

Maria lästerte:

»Ja, nehmen Sie sie an, verweigern Sie aber unbedingt Ihr JA-Wort und lassen Sie die Sträuße an der Rezeption zurück. Man liest ständig, dass diese hochgezüchteten Rosen so stark verseucht sind.«

Unter lautem Gelächter stammelte Eva belustigt.

»Möglicherweise ein neuer Mordanschlag, direkt auf uns bzw. auf mich zugeschnitten.«

Das Geschrei brach abrupt ab und Eva ergriff das Haustelefon.

»Bitte holen Sie die Rosen wieder ab und stellen Sie sie in einer Vase möglichst in die Nähe der Hotel-Eingangstür.«

Der Nachtportier war völlig verblüfft.

»Da stehen sie dann wie die vorherigen im Zug und halten nicht lange.«

»Aber sie machen einen guten Eindruck für die Neuankömmlinge.«

»Verstehe einer die Frauen«, murmelte der Portier und machte sich auf den Weg zur Suite 110.

In der Nacht war ein arktischer Winter eingekehrt. Eva erhob sich am Morgen sehr widerstrebend aus dem warmen Bett und trat an das Fenster. Sie schob die schweren Vorhänge zur Seite und blickte besorgt hinaus. Die Parkplatzbeleuchtung schwankte bedrohlich. Die Autos waren unter weißen Hügeln verborgen und die Parkfläche war noch nicht vom Schnee befreit. Wahrscheinlich würde das auch nicht viel nützen. Innerhalb der nächsten Minuten wäre wieder alles zugeweht. Eva hörte dem Heulen des Sturms zu und betrachtete eine Weile das dichte Schneetreiben. Dr. Luchs wird nicht wegfahren können. Die Autobahn über Deggendorf nach München war bestimmt nicht frei und eine Fahrt über die B 12 kann nicht besser sein. Unter diesen Umständen wird Dr. Luchs seinen Termin in der Kanzlei verschieben müssen und man kam nicht an den Inhalt der Trophäe. So ein Pech! Dabei konnten die drei ihre Neugierde kaum noch zügeln.

Sie hatten die halbe Nacht diskutiert. Einerseits konnten sie mit den bisherigen Ergebnissen sehr zufrieden sein. Aber andererseits hatte alles in Bezug auf den oder die Mörder immer noch kein Ergebnis gebracht. Je mehr Informationen geflossen waren, desto mehr Personen wurden verdächtig. Wer aber letztendlich nun als Mörder in Frage kam, konnten sie immer noch nicht erkennen.

Nur ihre persönliche Sache war zur Zufriedenheit erledigt. Die eigene Bedrohung war ad acta gelegt. Es stand nur noch die angemessene Reaktion auf diese Tat aus. Aber da würde ihnen zur richtigen Zeit sicher noch das Passende einfallen.

In Bezug auf Klammer mussten sie sich aber beeilen. Schließlich hatte er seinen baldigen »Abflug« angekündigt.

Eva blickte auf die Uhr: Sechs Uhr und Wechsel an der Rezeption. Womöglich konnte dieser aufgrund des Schneefalls auch nicht stattfinden. Wenn man wegen der Witterung nicht wegfahren kann war es auch unmöglich zur Arbeit zu kommen.

Eva suchte eilig das Badezimmer auf und kam bereits nach 20 Minuten gut gekleidet zurück. Sie ging durch das Treppenhaus in das Erdgeschoß.

Tatsächlich hatten sich nur zwei im Personaltrakt des Hotels wohnende Angestellte eingefunden, die den Nachtportier ablösten. Dieser blickte Eva mit müden Augen entgegen.

»Die anderen haben sich telefonisch abgemeldet. Sie kommen erst, wenn die Straßen wieder befahrbar sind. Auch Dr. Luchs befindet sich noch im Haus. Es ist fraglich, ob er überhaupt nach München fahren kann.«

Eva erwiderte:

»Wie Sie wissen, hat er mich für den heutigen Tag als Vertretung bestimmt und ich habe angenommen. Ich entscheide daher, dass ich mich – für die beiden Angestellten jederzeit erreichbar – auf einen Kaffee in das Büro setze. Ich lade Sie dazu ein. Danach ziehen Sie sich bitte zum Schlafen in eines der leerstehenden Hotelzimmer zurück. Sie sind doch momentan auch an das Haus gebunden. Zum Glück wohnt das Serviceteam fast vollständig im Personaltrakt des Hauses.«

Noch während Eva persönlich den kleinen runden Tisch im Büro deckte, zwei Tassen aufstellte und ein Frühstück für den Nachtportier orderte, setzte sich dieser erfreut auf einen der Stühle. Ihr kurzer Blick auf Krenners Schreibtisch ergab, dass dieser säuberlich aufgeräumt war. Kesslers wertvolle Trophäe war mit einem weichen Handtuch umwickelt und steckte in einer offenen Aktentasche. Dieser Anblick vermieste Eva gleich im Voraus den ganzen Dienstag. Sie war enttäuscht. Aber eigentlich hatte sie damit rechnen müssen. Dr. Luchs lässt doch nicht das wertvollste Erinnerungsstück an seinen Onkel zurück. Es hätte unabsichtlich beschädigt werden können.

Der Nachtportier blickte Eva dankbar an.

»Sie denken an alles, Frau Bauer. Niemand hätte mir zu Krenners Zeiten ein Frühstück oder ein Hotelzimmer angeboten.«

Eva war betroffen.

Verhält sich die Geschäftsleitung in diesem Haus tatsächlich so unsensibel?

»Frau Bauer, ich möchte die Gunst der Stunde nutzen und Ihnen noch rasch eine Information geben.«

Eva blickte sich um. Die beiden Mädchen an der Rezeption waren beschäftigt.

»Ja, ich höre.«

»An dem Abend, an welchem Herr Leonhard in das Privat-Appartement eingezogen war, sah ich ihn gegen 20 Uhr im Restaurant mit Dr. Kessler das Abendessen einnehmen. Zu sehr später Stunde erblickte ich zu meiner Überraschung unter den Gästen Frau Krenner, die mit Siegel an der Bar saß. Ich hatte den Eindruck, dass sich die beiden aufgebracht unterhielten. Das hat mich sehr verwundert, da es dem Personal untersagt ist, sich privat unter den Gästen an der Bar aufzuhalten.

Schon einige Male stand ich deshalb vor Ihrem Appartement 110, um Sie davon zu informieren. Aber dann wagte ich es doch nicht, an Ihre Tür zu klopfen.«

Eva freute sich. Ihre kleine Geste mit dem Kaffee hatte eine unerwartete Wirkung gezeigt.

Der Portier fuhr hastig fort:

»Herrn Krenner hatte ich dagegen mehr als drei Stunden vorher das Haus verlassen sehen. Dies war nicht ungewöhnlich und ich hätte das nicht bemerkt, wenn ihm nicht noch ein weiblicher Stammgast in die Tiefgarage nachgelaufen wäre.«

Eva nahm einen Schluck des dampfenden Getränks. »Erinnern Sie sich noch, wer denn diese Dame war?«

»Natürlich. Es war Frau Margot Römer.«

Eva nickte ziemlich ruhig. So, als hätte sie genau dies und nichts anderes erwartet.

»Konnten Sie auch beobachten, was Herr Leonhard nach dem Abendessen mit Dr. Kessler unternommen hat?«

»Ich sah ihn allein das Büro aufsuchen und hörte ihn abschließen Ich nahm an, dass er sich nun in Krenners Appartement zum Schlafen zurückziehen würde.«

Eva kombinierte:

»Wenn nun Herr Leonhard das Appartement noch einmal verlassen hätte, würden Sie das gesehen haben. Niemand konnte in das Büro hinein oder aus diesem heraus kommen, ohne dass er an Ihnen vorbei ging. Sie saßen nur wenige Meter entfernt an der Rezeption und hätten es bemerkt.«

Der Nachtportier senkte verlegen den Blick.

»Ich war zwischen zwei und drei Uhr morgens wegen der Erkrankung eines Gastes nicht durchgehend an der Rezeption.«

Dr. Luchs stand im Türrahmen und die weitere Information entfiel.

»Guten Morgen zusammen!«

Er blickte auf Eva »Auf Frau Bauer ist einfach Verlass. Ist vielleicht auch noch für mich Kaffee in der Kanne?«

Eva griff nach einer weiteren Tasse und schenkte ein.

Der Nachtportier erhob sich. »Ich danke Ihnen, Frau Bauer. Ich ziehe mich nun in ein Zimmer zurück.«

Luchs sah ihm nach.

»So schnell kann der Mann nicht heimfahren. Ich habe vorhin die Situation überprüft. Es gibt keine Möglichkeit, von hier weg zu kommen. Auch ich muss meinen Plan, in die Kanzlei zu fahren, für heute aufgeben. Dabei habe ich bereits meine persönlichen Dinge verpackt.«

Er wies mit der Hand auf seinen unverschlossenen Aktenkoffer.

»Onkels Trophäe ist so sperrig, dass ich die Tasche nicht verschließen konnte. Ich werde das Tanzpaar mitnehmen und in meiner Kanzlei an einem Ehrenplatz aufstellen.«

»Ach du meine Güte«, erschrak Eva.

»Ja, das verstehe ich«, antwortete sie höflich.

»Haben Sie schon das Ölbild im Kaminzimmer gesehen?«, fragte Dr. Luchs.

Eva nickte gerührt. »Ja, wir haben es schon zu dritt bewundert. Wir sind ebenfalls der Ansicht, dass das Gemälde unbedingt hier im Hotel sein sollte und über dem Kamin am besten zur Geltung kommt.«

Dr. Luchs war über die Antwort ehrlich erfreut. Er ergriff die Kaffeetasse und lächelte. »Wenigstens ein Gutes hat das entsetzliche Wetter: Niemand kann abreisen.«

Eva lachte. »Es kann aber auch niemand anreisen.«

Luchs trat an den Computer. »Es wollten neun Ehepaare abreisen, aber nur fünf anreisen. Also doch ein Plus.«

Dann nahm er wieder Platz. »Dass wir noch einmal durchstarten konnten und so gut belegt sind, verdanken wir Ihrem ungewöhnlichen Geschick.«

Eva wand sich und wollte schnell das Thema wechseln.

Nachdem Dr. Luchs seine Fahrt nach München an diesem Dienstag, dem 24. November, vergessen musste, ging auch die Leitung des Hotels an ihn zurück. Im Moment war für Eva aber nur eines wichtig: Sie musste es schaffen, das Porzellan-Tanzpaar in die Hände zu bekommen und den Öffnungsmechanismus zu finden.

Sie wandte sich bedrückt an Dr. Luchs.

»Beim ersten gemeinsamen Abendessen mit Dr. Kessler und den Freundinnen hatte er das Tanzpaar zur Dekoration auf den Tisch gestellt. Die schöne Porzellanfigur ist uns allen sofort aufgefallen. Aber niemand von uns konnte die Figur in Händen halten und näher betrachten.«

Dr. Luchs griff wortlos nach dem Bündel in seiner Aktentasche und reichte es Eva.

»Dann holen Sie das nach. Ich sehe, dass Ihnen dies offensichtlich ein sentimentales Bedürfnis ist.«

Eva war überrumpelt.

Sie wickelte die Figur andächtig aus, dann drehte und betrachtete sie das Tanzpaar sehr lange. Ihr war klar, dass sie den Mechanismus nie finden würde. Sie hatte bei technischen Dingen schon immer linke Hände. Da mussten Barbara und Maria ran.

Sie reichte Dr. Luchs die Trophäe vorsichtig zurück.

»Schade, dass meine Freundinnen nicht hier sind. Es hätte ihnen besondere Freude gemacht, diese persönliche Erinnerung an Dr. Kessler in Händen zu halten.«

Dr. Luchs wickelte erneut sehr sorgfältig das Handtuch um die Figur und reichte sie Eva.

»Nehmen Sie Onkels Trophäe mit in Ihre Suite, damit auch Frau Berger und Frau Werner sich erfreuen und erinnern können. Es ist in Ordnung, wenn Sie sie mir im Laufe des Vormittags zurückgeben.«

Eva wusste nicht wie ihr geschah. Nun war es unnötig geworden, die Figur zu kidnappen. Sie nahm das Erinnerungsstück äußerst behutsam an sich und Dr. Luchs deutete das Strahlen in ihrem Gesicht als Ausdruck übergroßer Freude.

Vorsichtig öffnete Eva die Türe zur Suite. Die beiden Langschläferinnen lagen noch im Bett. Eva stellte die Figur auf den Wohnzimmertisch und flegelte sich auf die Couch. Später trat sie an das Fenster, beobachtete den nachlassenden Sturm und wartete geduldig ab.

Ein Schrei riss sie schließlich aus ihren Gedanken.

»Frau Berger, kommen Sie rasch!«

»Nun ist das eingetreten, was ich ständig befürchtet habe«, stöhnte die Herbeigeeilte Sekunden später. Jetzt sind wir auch kriminell geworden. Nach der Römer hat nun auch Frau Bauer das Porzellan geklaut und wir sind die Mitwisserinnen.«

Eva weidete sich am Entsetzen der beiden und klärte sie schließlich auf.

»Nun beruhigen Sie sich endlich, Ihre Hände zittern ja. Wie wollen Sie so den Mechanismus bedienen?«

Sie saßen auf dem Teppich und starrten die Figur am Wohnzimmertisch an.

»Es ist kaum vorstellbar, dass sie im Inneren ein großes Geheimnis verbergen soll. Sie ist nicht bauchig genug.«

»Das ist nicht gesagt. Dafür muss sie nicht unbedingt die Größenordnung der Sphinx haben.«

Nun wurde Maria Werner resolut. »Schwafeln wir nicht lange, nehmen wir das Ding in die Hand.«

Schon drehte sie an den Porzellan-Körperteilen, aber nichts geschah.

Barbara befürchtete: »Eine Möglichkeit wäre noch, dass uns die Römer schon wieder vorführt.«

Maria reagierte unwirsch. »Untersuchen wir es mit einer Lupe.«

Sie blickte sich suchend um: »Und woher nehmen wir eine solche?«

»Natürlich aus Frau Bauers Umhängetasche, woher sonst«, murrte Barbara.

Eva reichte Frau Werner das Instrument. Kurze Zeit später ein erneuter Schrei.

»Da, seht her! Es ist beinahe so schmal wie ein Riss im Material.«

Dann ein kleiner Ruck und Maria hielt den Tänzer in der Hand.

»Oh nein! Ich hoffe nur, dass Ihnen das durch einen Mechanismus und nicht aufgrund von roher Gewalt gelungen ist.«

Sie hielten eine Schrecksekunde lang inne.

Dann drehte Maria Werner den Tänzer um und zog triumphierend ein schmales, eng zusammen gerolltes Papier aus dem Körper.

Eva glättete es, holte tief Luft und las laut die sehr eng beschriebene erste Zeile vor:

»Betrifft: Mord an Denis Leonhard.«

Sie stöhnten auf und Eva fuhr mit bebender Stimme fort:

Ursache: mein Verhältnis zu Anna Marie Krenner.

Wirkung: Krenner erfuhr und beendete es.

Auftraggeber zum Mord: Anna Marie Krenner.

Mörder: Siegel.

Geplantes Opfer: Krenner.

Versehentliches Opfer: Denis Leonhard.

Originalunterschrift: Dr. jur. Maximilian Kessler.

Totenstille lag über der Suite. Nach beinahe unendlicher Zeit fragte Barbara zaghaft:

»Wie verhalten wir uns nun?«

Maria Werner keuchte: »Das dürfen wir Dr. Luchs nicht vorenthalten.«

Eva besann sich:

»Zuerst sollten wir den Originalzustand der Figur wieder herstellen. Dann bringe ich sie zurück. Anschließend tummeln wir uns in der Therme und lassen, jeder für sich, den Gedanken freien Lauf. Wir bringen unsere Vorschläge nachmittags hier in der Suite auf einen gemeinsamen Nenner.«

Barbara war der gleichen Ansicht.

»Im Moment dürfen wir nichts überstürzen. Wir brauchen einen klaren Kopf.«

Gesagt, getan. Dr. Luchs freute sich, seine plastische Erinnerung an den Onkel wieder wohlbehalten in Empfang nehmen zu können.

Während der Schwefel wohltuend auf die angegriffenen Bandscheiben der drei Badenden einwirkte und die Extremitäten erwärmte, sauste das hinterlassene Geständnis des Dr. Kessler gebetsmühlenartig durch ihre Köpfe. Aber auch hier konnte das Thermalwasser seine Wirkung beweisen: Es besänftigte und beruhigte die überstrapazierten Nerven.

Gefasst und mit viel psychischem Aufwind trafen sie sich um 15 Uhr in der Suite.

Eva war schon einige Minuten vorher da und hatte bereits den Tisch mit dem Kaffeegeschirr gedeckt. Auf ihm lag außerdem die Schweizer Schokolade.

Dann kauerte sie guter Dinge und mit angezogenen Beinen im weichen Polstersessel.

»Wir müssen der Römer ewig dankbar sein. Ihre Schuld uns gegenüber ist, gemessen an ihrem wertvollen Hinweis zum Top Secret der Porzellanfigur, meiner Meinung nach restlos getilgt. Wie sehen Sie das?«

»Ebenso«, versicherte Barbara.

»Na, werden Sie nur nicht zu sentimental und sozial! Eine etwas gemilderte Revanche muss sie schon noch abkriegen«, murrte Maria.

Barbara und Eva nickten zustimmend. »Aber das soll nicht unser momentanes Thema sein.«

Eva erklärte feierlich: »Ich bin der Ansicht, dass wir nun den Stab an Dr. Luchs übergeben müssen.«

Sogar Maria war einverstanden.

»Das ist exakt meine Meinung. Wir sind nun am Ende unserer Möglichkeiten angelangt, zumindest den Mordfall Leonhard betreffend. Wir können den inhaftierten Siegel nicht mit unseren Fragen konfrontieren, Krenner ist eine harte Nuss, die sich nicht von uns knacken lässt und Frau Krenner ist uns unbekannt.«

»Gut, dann sind wir uns also einig«, fasste Barbara zusammen.

Eva warf ein: »Dr. Luchs war uns gegenüber immer sehr zuvorkommend. Ich schätze ihn sehr. Nur er kann in dieser Angelegenheit für die weitere Aufklärung sorgen.«

Sie dachten eine Weile nach.

»Der Mord am Bademeister ist weiterhin ungeklärt. Und der Mord an Dr. Kessler bleibt ebenfalls offen. Vielleicht ergibt sich aber durch die polizeilichen Vernehmungen ein klares Bild.«

»Aber wie bringen wir das Dr. Luchs bei, ohne dass wir uns selbst entlarven?«

Eva erhob sich: »Ich weiß es. Lasst mich nur machen.«

Der Abend war hereingebrochen. Im Foyer des fast ausgebuchten Hauses herrschte lebhaftes Treiben. Der Schneesturm war in einen ausklingenden eiskalten Wind übergegangen.

Im Kamin prasselte das Feuer. Der Tisch daneben war festlich gedeckt und von dem Gemälde an der Mauer lächelte das Abbild des Dr. Kessler auf die drei ehemaligen Tischgenossinnen und seinen Neffen herab. In der Hand hielt er stolz die Tangotrophäe. Kesslers Augen schienen Barbara anzustrahlen. Oder war dies nur eine optische Täuschung?

Dieses Mal hatte Eva auch im Namen ihrer Freundinnen den Anwalt eingeladen und gebeten, die Original-Trophäe in die Mitte des Tisches zu stellen.

»Wir wollen ein wenig in der Erinnerung an den damaligen Abend mit Dr. Kessler schwelgen«, hatte Eva erklärt und Luchs hätte sich keine schönere Begründung wünschen mögen.

Es war eine sehr berührende Stimmung entstanden. Sie hatten im Kerzenschein ausführlich von jenem Abend im Kur-Restaurant erzählt und Dr. Luchs hatte inbrünstig zugehört.

»Dass Ihr Onkel ein berühmter Tangotänzer war, wussten wir damals noch nicht. Wir nahmen an, dass diese Porzellanfigur ein Gegenstand für die Tisch-Dekoration im Restaurant war.«

Eva hatte schweres Herzklopfen. Sie musste endlich zum eigentlichen Zweck der Einladung kommen. Sie begann vorsichtig mit der einvernehmlich besprochenen Strategie:

»Ich bin nachträglich felsenfest davon überzeugt, dass Dr. Kessler von vornherein wusste wer ich bin. Jetzt verstehe ich natürlich, warum er mich nicht eigens darauf angesprochen hat. Außerdem ist mir nun klar, warum er mir gegenüber im BERNSTEIN-Restaurant, als er vom Mord am Bademeister erfahren hatte, so merkwürdige Andeutungen machte.«

Dr. Luchs horchte auf. »Können Sie sich noch an den Wortlaut dieser Andeutungen erinnern?«

»Aber ja! Er sagte, dass er exakt nur mich gesucht habe, um mir von dem Mord an dem Bademeister zu berichten.«

Dr. Luchs warf ein: »Ja, das deutet meiner Meinung nach darauf hin, dass er Sie als Miteigentümerin des Hotels erkannt hat. Vielleicht wollte er Ihnen etwas vermitteln, das nur die Eigentümer betrifft. Bitte denken Sie unbedingt genau nach, was er Ihnen dann gesagt hat.«

Eva überlegte scheinbar. Dann schwindelte sie: »Ja, so ungefähr den folgenden Inhalt: Man sollte grundsätzlich persönliche Vermerke zu allen Vorkommnissen machen. Geheimnisse würden ganz besonders stumme Personen wahren können.«

Maria befürchtete, dass Evas Bemerkung nun ein Wink mit dem Zaunpfahl war. Sie schwächte mit einer naiven Frage ab.

»Meinte er mit »stumme Personen« eventuell Tote?«

Eva stand der Schweiß auf der Stirn. »Nicht unbedingt. Er könnte alles Mögliche damit gemeint haben.«

Dr. Luchs hatte offensichtlich nichts verstanden und die drei waren innerlich der Verzweiflung nahe. »Der Begriff ist natürlich dehnbar«, erklärte Luchs etwas abwesend und sah fragend zum Ölbild auf. Da fiel der Groschen.

»Er hält sein Porzellan-Tanzpaar so fest an sich gedrückt.

Meinte er etwa die Porzellanfiguren? Das wären im weiteren Sinne auch stumme Personen.«

Noch ehe die drei begreifen konnten, dass Dr. Luchs schon begriffen hatte, nahm dieser hastig das Tanzpaar vom Tisch.

Evas Hand tastete in die Umhängetasche und umklammerte vorsorglich die Lupe.

Maria neigte sich Dr. Luchs zu. »Hier ist es möglicherweise zu dunkel, um etwas erkennen zu können. Wir brauchen Licht und ein Vergrößerungsglas.«

Luchs sprang auf. »Gehen wir in das Büro. Da haben wir beides.«

Hastig liefen sie hinter ihm her.

»Keine Störung bitte, so lange wir im Büro sind«, rief Dr. Luchs dem Nachtportier zu und verriegelte von innen die Tür.

»So, nun sehen wir genauer hin.«

Luchs riss eine professionelle Lupe und eine Stirnlampe aus dem Büroschrank und richtete den Focus auf die Trophäe. Schneller als die drei gehofft hatten fand er den Verschluss und hielt kurz danach das Papierröllchen in Händen.

Diskret zogen sich die drei Frauen an den Besprechungstisch zurück. Luchs blieb am Schreibtisch stehen und las. Er las ziemlich lange und ließ sich dann gefasst auf Krenners Bürostuhl sinken.

Nach einigen Sekunden griff er nach dem Telefonhörer.

»Hallo Harald, bitte entschuldige, dass ich Dich um diese Uhrzeit privat störe. Ich habe Onkels Notizen gefunden. Es ist sehr wichtig. Könntest Du bitte bei mir vorbei kommen? Natürlich nur, wenn es die Witterung zulässt.«

Dann reichte er Eva das Blatt mit Kesslers Geständnis. Sie warf noch einmal einen genauen Blick darauf und ihre Mitstreiterinnen sahen ihr dabei über die Schulter.

Welche Überwindung es Dr. Kessler wohl gekostet hat, dieses

Eingeständnis niederzuschreiben. Die Einzelheiten waren noch offen. Aber die würden sie nun sicher bald in Erfahrung bringen.

»Möchten Sie, dass wir hier mit Ihnen gemeinsam auf den Hauptkommissar warten oder wollen Sie lieber allein sein?«

Dr. Luchs blickte gequält auf.

»Ich danke Ihnen später. Aber im Moment muss ich den Fund verarbeiten. Und dazu würde ich lieber allein bleiben.«

Sie verabschiedeten sich und ließen einen ziemlich ramponiert aussehenden Mann im Büro zurück.

Dann setzten sie sich wieder an ihren Tisch im Kaminzimmer und blickten zum Ölgemälde auf.

Maria schimpfte: »Sie scheinen ein ziemlicher Wüstling gewesen zu sein, Dr. Kessler! Dabei habe ich Sie wahnsinnig verehrt.«

Barbara gestand: »Und ich auch. Ich habe von Ihnen sogar geträumt und mir eingebildet, Sie hegten echte Sympathien für mich.«

Eva war über die beiden ziemlich amüsiert und fiel in das Klagelied mit ein. »Und ich habe mich ebenfalls nur für Sie gestylt. Sie waren mir äußerst sympathisch.«

Dann sahen sich die drei an und Eva brachte es auf den Punkt:

»Nein, wir dürfen nicht nach Hause fahren. Dr. Kessler hat zwar nach seinem Tod auf sehr ungewöhnliche Weise den Mörder des Herrn Leonhard entlarvt. Aber es gibt da so ein Gefühl, als wenn das noch nicht alles ist.«

Eva bestellte eine Flasche Wein.

»Es geziemt sich nicht, mit Champagner auf unseren Erfolg anzustoßen, während Dr. Luchs aufgrund unserer Ermittlung darnieder liegt. Aber Wein tut´s auch.«

Barbara nickte zustimmend: »Ich denke, wir sollten uns in spätestens einer halben Stunde in unsere Suite zurückziehen. Dem Renner traue ich zu, dass er uns auch noch zur mitternächtlichen

Stunde einem Verhör unterzieht, wenn wir ihm unter die Augen kommen.«

Maria blieb cool: »Warum denn das? Den Verschluss an der Trophäe hat doch Dr. Luchs gefunden.«

Eva nickte: »Das schon; Luchs oder Renner könnten aber eine Verbindung mit uns erkennen.«

»Sie haben Recht, Frau Bauer«, murmelte Barbara. »Suchen wir vorsichtshalber das Weite und diskutieren wir im Wohnzimmer unserer Suite.«

Sie waren in letzter Sekunde entkommen. Die Lift-Tür öffnete sich und sie stiegen ein. Dabei sahen sie, dass gleichzeitig die Drehtür zum Eingang in das Foyer betätigt wurde und Hauptkommissar Renner in Freizeitkleidung hereinstürmte.

Am nächsten Vormittag, dem 25. November, begegneten sie Dr. Luchs, als sie das Hotel zu einem Spaziergang verlassen wollten und er soeben sein Auto geparkt hatte. Er sah sehr blass und mitgenommen aus, als er sich Eva Bauer zuwandte:

»Wegen Siegel hält sich Harald Renner zur Stunde bei der Staatsanwaltschaft auf.

Der Hauptkommissar hat Frau Krenner noch gestern Nacht verhaftet.

Und Direktor Krenner sitzt zur Zeugeneinvernahme schon seit Stunden in der Polizei-Inspektion.«

Die Frauen nickten und gingen schließlich etwas deprimiert weiter.

»Dr. Luchs tut mir sehr leid«, bemitleidete Eva den Anwalt. »Aber wir mussten ihm die Augen öffnen. Der Mord an Leonhard darf nicht ungesühnt bleiben. Es ist anzunehmen, dass einer oder mehrere dieser Gruppe auch den Bademeister und Dr. Kessler auf dem Gewissen haben.«

Maria war mit dieser Logik nicht einverstanden. »Und wenn da noch jemand mitgewirkt hätte? Jemand, der die Zusammenhänge kannte?«

Barbara verneinte. »Wer soll sie denn gekannt haben?«

»Na, wer wusste denn alles noch vor uns? Das sind die rachsüchtige Römer und ihr willfähriger Erich Klammer.«

Eva schüttelte den Kopf. »Das passt nicht ganz. Hätte sie sonst die Tangofigur mit brisantem Inhalt aus der Hand gegeben?«

Sie kamen zu keinem Ergebnis.

Barbara zog ihren kleinen Terminkalender aus der Handtasche. »Meine Zeit ist abgelaufen. Ich muss nach Hause. Meine Mitarbeiterin drängt mich schon täglich.«

»Da geht es mir besser«, freute sich Maria. »Ich beziehe meine Beamten-Pension und pflege eine lockere Beziehung mit einem ehemaligen Kollegen, den ich während einer Kur hier in Bad Füssing zufällig getroffen und dann näher kennen gelernt habe. Ich kann tun und lassen was ich will.«

Eine kurze Pause trat ein.

»Und wie schaut es bei Ihnen aus, Frau Bauer?«

Eva lächelte.

»Unsere Geheimnisse haben wir doch alle. Wir kennen weder Frau Werners ehemaligen Beruf noch wissen wir etwas Privates über Frau Berger. Daher gebe ich vorläufig nur zu, dass es einen Andreas gibt.«

Sie hatten schon den ganzen Mittwoch über kein gutes Gefühl und mieden das Foyer, um weder Dr. Luchs, noch zufällig dem Hauptkommissar zu begegnen. Nach einem kurzen Spaziergang entschlossen sie sich, zur Ablenkung die Lindenstraße aufzusuchen. Im Anschluss daran wollten sie in der Kurallee im größten Bad Füssinger Kaufhaus shoppen.

Da zeigte Marias Blackberry eine Nachricht an.

»Liebe Maria, soeben musste ich von Erich erfahren, dass Sie drei sein Handy konfisziert haben und es nicht zurückgeben wollen. Er befürchtet, dass Sie es als Beweis bei einer Strafanzeige gegen ihn verwenden möchten. Geht man so mit Freunden um? Ich bitte dringend um Nachricht. Gruß, Margot.«

Sie blickten sich suchend um. Gleich am Straßeneck der Lindenstraße befand sich rechts eine Bäckerei mit einigen Tischen. Sie genossen zunächst den sehr gut schmeckenden Kuchen, dann beratschlagten sie und mailten schließlich zurück:

»Hallo Margot, nachdem wir nun in Freundschaft verbunden sind, bieten wir Ihnen einen Deal an.

Wir sind in einer halben Stunde beim Friseur in der Lindenstraße angemeldet. Wenn Sie wollen, können Sie nachkommen und uns in ca. zwei Stunden am Erdball-Brunnen an der evangelischen Kirche treffen.«

Die Antwort kam postwendend.

»Bin schon unterwegs. Sollte ich aufgehalten werden, warten Sie bitte.«

Frisch geföhnt standen die drei pünktlich am Treffpunkt.

Sie blickten sich suchend um und sahen Margot Römer auf der Straßenseite gegenüber aus einem geparkten Auto winken.

»Nur jetzt keinen Fehler machen«, flüsterte Barbara hinter vorgehaltener Hand.

Sie gingen auf die Römer zu, diese sprang aus ihrem Pkw und umarmte die neuen Freundinnen überschwänglich.

»Wo gehen wir hin?«, fragte sie locker.

»Vielleicht in das Wiener Café?«

Sie saßen kaum, als Margot Römer umgehend zur Sache kam.

»Welchen Deal bieten Sie mir an?«

Eva zierte sich ein wenig. »Bevor wir auf ihn zu sprechen kommen, möchten wir gern etwas wissen. Wir sind ja ziemlich neugierig.«

Margot Römer setzte ein gewinnendes Lächeln auf. »Na los, ich beantworte jede Frage.«

»Margot, Sie setzen sich so sehr für den Erich ein. Was würde passieren, wenn er Ihnen abhandenkäme?«

Ein entsetzter Blick war die Antwort. »Warum sollte das geschehen? Was wissen Sie? Wir vier sind nun befreundet, also raus mit der Sprache!«

»Zunächst möchten wir wissen, ob Sie tatsächlich zum Mordzeitpunkt im PARADISO waren und vielleicht etwas gesehen haben.«

»Ja, ich war im PARADISO. Nachdem wir gemeinsam in das BERNSTEIN zurückgekehrt waren und Sie drei Ihre Zimmer aufgesucht hatten, holte mich Erich mit einem Taxi wieder ab. Zu diesem Zeitpunkt wusste ich aber nicht, dass auch Dr. Kessler in das Nachtlokal zurückgekehrt war. Plötzlich sah ich ihn mit einer schönen Frau über das Parkett schweben. Erich und ich konnten ihm gerade noch rechtzeitig ausweichen. Dann hörten wir trotz der Musik seinen Aufschrei und sahen ihn kurz danach in einer entsetzlichen Blutlache am Boden liegen. Erich und ich haben die Situation sofort erfasst und sind schleunigst verschwunden. Man kennt ja schließlich die Methoden der Polizei.«

Eva räusperte sich. »Und wir kennen Erichs Vorstrafen«, flunkerte sie

»...und Ihr Vorleben, Margot«, fügte Barbara an.

Margot Römer wurde kreidebleich. »Ich vermute, dass wir nun zum Deal kommen werden.«

»Das vermuten Sie richtig, Margot. Aber wir erledigen das wie unter Freunden.«

Margot Römer setzte sich aufrecht auf ihren Stuhl, als erwartete sie die Exekution.

Eva fuhr fort: »Es gibt ein Gerücht, nach welchem ein Video existiert, das den Mord an Dr. Kessler zeigt. Es befindet sich im

Besitz der Geschäftsleitung des PARADISO. Wir erwarten, dass es Erich irgendwie in seinen Besitz bringt und es uns weiterreicht.«

»Im Leben nicht!«, heulte Margot Römer auf. »Das lasse ich nicht zu. Mein Erich ein Dieb? Sie geben dann das Video an die Polizei weiter, Erich wandert für diesen Einbruchdiebstahl in den Knast und ich warte weitere zehn Jahre auf meine Heirat.«

Eine Verschnaufpause trat ein.

»Wir verraten nicht, von wem wir das Video erhalten haben«, versprach Maria.

»Nein und nochmals nein!«

»So beruhigen Sie sich doch, Margot. Unsere Gegenleistung fällt folgendermaßen aus:

Ihr Erich bekommt sein Handy zurück und unsere Zusage, dass wir ihn für die Straftat, die er an uns begangen hat, nicht vor den Richter bringen. Wir wissen, dass er derzeit auf Bewährung draußen ist.«

Aber Margot Römer blieb zäh und stumm und es war nur mehr die Orgelmusik zu hören, die aus der Kirche gegenüber schallte.

Als diese ebenfalls verstummte griff Eva zum letzten Mittel:

»Auch wenn Sie es nicht wahrhaben wollen, Margot. Erich Klammer knabbert bereits an einer anderen Frau. Sie erinnern sich noch, dass Sie damals im BERNSTEIN zu Frau Ländinger sagten, dass ihr der Schnabel trocken bleiben wird? In Bezug auf Dr. Kessler traf das möglicherweise zu. Aber nun hat sie sich Ihren Erich gekrallt.«

Margot Römer blickte ungläubig auf Eva, die in ihrem Handy das Bad Griesbacher Beweisfoto suchte.

»Und wie Sie hier sehen, besitzt sie ihren Schmuck noch, während der Ihre bereits drangegeben ist«, stichelte Barbara Berger.

Margots Gesichtsfarbe bekam einen Gelbstich.

»Das ist ein Fake. Sie wollen mich linken!«

»Aber Margot, machen Sie sich doch nicht selbst was vor«, beschwichtigte Eva.

Die Römer sprang auf. »Ihr bekommt euer Video. Ihr bekommt es sogar ganz sicher!«

Als Margot Römer außer Sichtweite war, blickten sich die drei Zurückgebliebenen gar nicht so glücklich an.

Barbara klagte: »Was wird passieren, wenn in Wahrheit die Römer die Mörderin Dr. Kesslers ist und nun zusätzlich die Ländinger oder den Klammer ins Jenseits befördert? Oder beide? Und wir haben sie angestachelt.«

»Frau Berger, Sie können einem aber auch alles vermiesen«, jammerte Maria ziemlich kleinlaut.

Eva war ebenfalls nachdenklich geworden: »Es könnte durchaus sein, dass Barbara mit ihren Bedenken richtig liegt. Wie dumm von uns bzw. von mir. Warum haben wir das nicht vorher überlegt? Wieso mussten wir uns auf so brüchiges Eis begeben?«

»Das kann ich Ihnen sagen, Frau Bauer«, antwortete Maria Werner bedrückt. »Wir haben offensichtlich durch den Erfolg im Mordfall Leonhard die Bodenhaftung verloren. Wir sind größenwahnsinnig geworden.«

Ziemlich niedergeschlagen trafen sie im Hotel ein und wollten möglichst unbemerkt den Lift erreichen.

Doch bevor sie noch den Knopf in die erste Etage drücken konnten, wurde die Aufzugtür gewaltsam aufgezwängt und Harald Renner rief: »Halt, Sie entwischen mir nicht!«

Resigniert blickten sie den Kriminaler an. Jetzt waren sie geliefert.

In ihr Schicksal ergeben traten sie in das Foyer zurück. Nun mussten sie womöglich zwischen Geständnis und Beugehaft wählen. Renner gegenüber wäre wohl das Erstere angebracht. Aber

Dr. Luchs eingestehen zu müssen, dass man ihn eiskalt für die eigene Recherche benützt hat, ist nur noch peinlich.

Sie folgten dem Hauptkommissar mit zwiespältigen Gefühlen in das Büro und nahmen am Besprechungstisch Platz.

Dr. Luchs saß mit fahler Gesichtsfarbe hinter Krenners Schreibtisch. Er nickte kurz aber freundlich zu ihnen herüber. Dann lehnte er sich leger auf dem Stuhl zurück. Die Arme hatte er hinter dem Kopf verschränkt und die Augen waren geschlossen.

Renner hingegen schien aufgekratzt zu sein. Er blieb neben dem »Rittermöbel« stehen und lehnte sich an dessen breite Kante.

Sie sahen ihn lauernd an.

»In der Kriminologie ist es äußerst wichtig, auch dem kleinsten Anhaltspunkt Beachtung zu schenken«, begann er seine Rede und sah Eva dabei an.

Sie schwiegen.

»Nun ist im Mordfall Denis Leonhard etwas völlig Typisches eingetroffen. Man hat die Lösung vor Augen, in unserem Fall die Tanztrophäe vor sich auf dem Schreibtisch. Dann gibt es einen kurzen Moment der Erkenntnis, eine Art Erleuchtung sozusagen, und die Auflösung ist gefunden.«

Renner sah Eva immer noch an, als hätte er verklausuliert nur zu ihr allein gesprochen.

Aber die drei Frauen schwiegen noch immer und Renner fuhr fort:

»Wir haben den Fall gelöst. Und das nur, weil wir glücklicherweise die Tanztrophäe auf dem Friedhof sichergestellt haben. Frau Margot Römer, welche die Bedeutung dieser Figur zum Glück nicht ahnte, hatte sie im frisch ausgehobenen Urnengrab abgelegt.«

Er ließ keinen Blick von Eva und sie fühlte sich nicht mehr wohl.

»Um mich kurz zu fassen: Dr. Kessler hatte die Figur mit brisantem Inhalt seiner Ex-Sekretärin, nämlich der Margot Römer, geschenkt. Sie wiederum gab ihm das Geschenk aus sentimentalen Gründen mit in das Grab. Das entging uns nicht. Wir konfiszierten die Figur noch vor der Grablegung und überließen sie dem einzigen und rechtmäßigen Erben, nämlich dem Dr. Luchs.«

Mit einer Handbewegung wies Renner auf seinen Freund und fuhr in seiner Rede fort:

»Ihm dämmerte beim Betrachten des Gemäldes, das seinen Onkel darstellt, dass die Figur möglicherweise eine zentrale Bedeutung hat. Dann fand er in der Tat einen geheimen Mechanismus und barg die Notiz seines Onkels. Und nun schließt sich der Kreislauf. Dr. Luchs reichte das Beweisstück an mich weiter und ich brachte die darin genannten Personen mit viel Feingefühl in der Vernehmungstaktik zum Geständnis.«

Eva sah auf Dr. Luchs und dieser erwiderte ihren Blick.

Daraufhin beschlich Eva erneut ein unbehagliches Gefühl.

Dennoch, im Großen und Ganzen sollten sie zufrieden sein. Renner hatte sich den Lorbeerkranz des Siegers um den Kopf geschlungen und damit waren sie drei fein raus.

Renner riss schwungvoll und selbstbewusst seinen Mantel an sich und reichte Dr. Luchs die Hand.

Der erhob sich und wandte sich an Eva. »Bitte warten Sie auf mich. Ich möchte nur noch rasch Herrn Renner hinaus begleiten.«

Renner grüßte mit erhobener Hand und einem triumphierenden Gesichtsausdruck die drei Zurückgebliebenen und schloss hinter sich die Tür.

»Was sind wir doch für Stoffel«, raunte Maria spöttisch.

»Wir haben dem Renner zu diesem Erfolg nicht gratuliert.«

»Ich denke, wir haben allen Grund, uns mit Ironie zurückzuhalten«, tadelte Barbara.

»Eine bessere Sicht der Dinge und die Lösung dieses Falles konnte uns doch gar nicht passieren.«

Die Bürotür öffnete sich wieder und Dr. Luchs war zurück.

»Nun möchten Sie natürlich gerne die Einzelheiten wissen und ich wiederum wäre Ihnen sehr dankbar, wenn Sie mir Gesellschaft leisten könnten.«

Eva sah ihn irritiert an. Wusste oder ahnte er nun etwas von ihrer Rolle und spielte er lediglich das Spiel mit?

»Wir leisten Ihnen natürlich sehr gerne Gesellschaft«, kam Maria schnell der Antwort Evas zuvor.

Bereits nach einer halben Stunde saßen sie im festlich dekorierten Restaurant.

Dr. Luchs hatte sich in einen Anzug geworfen und sah ziemlich attraktiv aus. Einige der jüngeren Frauen im Lokal blickten ihm verstohlen nach oder verrenkten sich ganz offen den Hals.

»Jetzt wird´s interessant«, hoffte Maria.

Es dauerte aber noch viel zu lange, bis endlich das Abendessen serviert und verspeist war, bis der Nachtisch verzehrt und der Capuccino aufgetragen wurde.

Dr. Luchs legte die Serviette auf den Tisch zurück und sagte anerkennend:

»Das Essen schmeckte sehr gut. Auf alle Fälle wesentlich besser als jenes, das Frau Krenner heute serviert bekam.«

Sie sahen ihn neugierig an.

»Weil sie in U-Haft sitzt?«

»Ja, ihre Verhaftung hat Herrn Renner bestimmt geschmerzt, aber das war nun mal nicht zu ändern.«

»Und wie lautet die Anklage?«

»Anstiftung zum Mord.«

»Und Herr Krenner? Sitzt der auch?«

»Nein, er sollte das Opfer sein und ist zum Glück zweimal davongekommen. Allerdings muss man ihm ankreiden, dass ihm die

Zusammenhänge schnell klargeworden sind und er dennoch geschwiegen hat.«

Luchs rückte ein wenig näher heran. »Ich beginne mit einer zusammenfassenden Schilderung und nicht mit der Aussage der Einzelnen.

Seine drei Gäste rutschten mit ihren Stühlen ebenfalls näher.

»Wie Sie wissen, reiste Denis Leonhard einen Tag zu früh an. Nachdem das Haus ausgebucht war, fragte er Herrn Krenner, ob er für diese eine Nacht dessen Privat-Appartement nützen dürfe. Sehr widerstrebend war Krenner damit einverstanden. Und so musste der Direktor nach Dienstende heimfahren.

Auf dem Weg zu seinem Auto in der Tiefgarage begegnete er einem weiblichen Kurgast. An den Namen kann er sich angeblich nicht mehr erinnern.«

Eva und ihre Freundinnen warfen sich heimlich einen vielsagenden Blick zu.

»Diese Frau sagte ihm, dass sie bemerkt habe, dass der im Hause wohnende Kurgast Dr. Kessler regelmäßig nächtliche Besuche erhalte. Und zwar von Anna-Marie Krenner.

Daheim stellte der Gehörnte fest, dass seine Frau nicht da war. Aus diesem Grunde fuhr er gegen zwei Uhr morgens in das Hotel zurück und klopfte an die Tür von Zimmer 158. Mein Onkel öffnete, Krenner stieß ihn zur Seite, betrat das Appartement und ertappte seine Frau im fremden Bett. Daraufhin ohrfeigte er meinen Onkel und erteilte ihm lautstark ein Hausverbot. Er forderte ihn auf, das Hotel binnen 24 Stunden zu verlassen.«

Barbara wollte etwas sagen, unterließ es aber und Luchs erzählte weiter:

»Das ist nun der wahre Grund dafür, warum mein Onkel das BAYERN-Inn verlassen hat.

Nach diesem Vorkommnis forderte Onkel Max Frau Krenner auf sich anzukleiden und das Verhältnis als beendet zu betrachten. Frau Krenner setzte sich daraufhin in ihrer Wut an die Bar. Und zufällig becherten dort unerlaubter Weise auch Siegel und Geissner.

Sie erzählte den beiden, dass deren Rauswurf für ihren Mann oberste Priorität besitzt und dass er der Überzeugung sei, die beiden bereits in Kürze der Korruption überführen zu können. Sie übergab Siegel ihren eigenen Schlüssel zum Privat-Appartement ihres Mannes und forderte ihn auf, Krenner im Schlaf zu erledigen, ihm aber vorher noch einen schönen Gruß aus Zimmer 158 auszurichten. Dann übernahm sie unerkannt die Ablenkung des Nachtportiers. So gelang es Siegel, gegen drei Uhr morgens in Krenners Appartement zu schleichen und dem bereits im Bett liegenden Denis Leonhard, den er in der Dunkelheit für Krenner hielt, den »Gruß aus 158« zu bestellen. Dann versetzte er dem Leonhard einen schweren Faustschlag gegen die Schläfe. Diese Verletzung löste eine verhängnisvolle Gehirnblutung aus, die Stunden später zum Tod führte. Die Fortsetzung kennen Sie. Ich brauche sie nicht zu wiederholen.«

Im Hintergrund waren nur mehr die lebhaften Geräusche des Restaurants hörbar.

Alle drei Frauen waren in den eigenen Gedanken gefangen. Schließlich stellte Barbara schwer enttäuscht fest:

»Dann hat uns Dr. Kessler nur deshalb empfohlen, zu ihm in das BERNSTEIN zu kommen, um die möglichen Zeugen für den beschämenden und belastenden Vorfall unter Kontrolle zu haben?«

Luchs nickte betreten. »Leider ist dies so. Ich habe immer angenommen, dass mein Onkel ein unantastbarer Ehrenmann ist. Dabei hatte er ein Verhältnis mit Krenners Ehefrau und vertuschte absichtlich die Umstände, die zur Aufklärung des Mordfalles Leonhard geführt hätten.«

Eine kurze Pause entstand, dann teilte Luchs mit.

»Ich konnte mich davon überzeugen, dass Direktor Krenner gesundheitlich wieder voll hergestellt ist und die Zeit im Krankenhaus zum Umdenken in seiner Personalpolitik genutzt hat. Nachdem er eher Opfer als Täter ist habe ich seinen Arbeitsvertrag nicht aufgelöst sondern verändert. Ich habe ihm eine Probezeit von sechs Monaten zugestanden. Sollte es nicht klappen, werden wir die Konsequenzen ziehen. Ich hoffe aber, dass ihn die Vorfälle geläutert haben und er seine Chance nutzt.

Im Übrigen: Die kompromittierenden Fotos in der Nachtkleidung verdankt Krenner seiner unversöhnlichen Frau, die sie samt Schlagzeile an die Presse verkauft hat. Mit Krenners kurzzeitigem Verschwinden hatte Siegel zu tun. Es muss als zweiter Anlauf der Mörder gesehen und gewertet werden. Sein Überleben verdankt Krenner ausschließlich seiner Rossnatur. Siegel hatte den Barkeeper bestochen, Herrn Krenner trotz meiner Gegenwart fast tödlich hoch dosierte K.O. Tropfen in das Getränk zu mixen. Danach wurde Krenner von Siegel abgefangen. Alles Weitere ist ebenfalls bekannt. Der Barmixer wurde heute von mir fristlos entlassen und hat nun die Staatsanwaltschaft am Hals.«

Marias Neugierde war noch nicht voll befriedigt.

»Und was war mit dem Firmenauto? Weiß man das inzwischen auch?«

»Das liegt noch ein wenig im Dunkeln. Man kann aber davon ausgehen, dass Siegel dieses Auto zweckentfremdet hat, damit dummerweise einen Unfall verursachte und den Verdacht auf Krenner lenken wollte. Gegen Siegel wird nun zusätzlich wegen Fahrerflucht ermittelt.

Ich werde übrigens übermorgen, am Freitag, dem 27. November, gegen Abend meinen unfreiwilligen Aufenthalt in diesem Hotel abbrechen und in meine Münchner Kanzlei zurückkehren.

Zumindest der Mord an Denis Leonhard ist nun aufgeklärt. Und dafür danke ich Ihnen sehr.«

Sie sahen ihn erschrocken an und Dr. Luchs korrigierte sich lächelnd: »Ich meine natürlich, dass ich Ihnen für die Einladung zum Abendessen danke und dafür, dass Sie die Trophäe meines Onkels am Tisch sehen wollten.«

Spontan reichte er ihnen einzeln die Hand. »Aber das morgige Frühstück nehmen wir wieder gemeinsam ein. Einverstanden?«

»O.K., murmelten sie ein wenig bedrückt und blieben allein am Tisch zurück. Sie konnten unmöglich zu Bett gehen. Sie waren viel zu aufgedreht und nervös. Fest stand: Sie hatten trotz aller persönlichen Widrigkeiten gemeinsam Evas Auftrag erledigt.

Dennoch konnte keine Feierstimmung aufkommen. Irgendwie waren sie mit sich selbst unzufrieden. Es waren noch zu viele Fragen offen geblieben. Wie kam zum Beispiel der Bademeister zu Tode? Wer hat Dr. Kessler auf dem Gewissen?

»Frau Bauer, wir können nicht in alle Ewigkeit hier im Hotel wohnen bleiben. Allein die Unterkunft kostet uns bereits ein Vermögen«, mahnte Maria. »Sogar Dr. Luchs reist ab. Wollen wir unter Krenners Herrschaft allein hier ausharren?«

Eva schüttelte verneinend den Kopf.

»Gut, wir reisen ebenfalls ab. Mein Auftrag ist erfüllt und alles andere betrifft uns nicht. Das ist ausschließlich die Angelegenheit Renners.«

Barbara vermutete:

»Es ist sehr wahrscheinlich, dass er den oder die Mörder der beiden anderen Opfer unter den Inhaftierten findet. An diese könnten wir sowieso nicht herankommen.«

»Wann checken wir aus?«, wollte Maria wissen.

»Übermorgen früh, wenn Krenner seinen Dienst beginnt und Dr. Luchs abreist«

Barbara überlegte: »Ob wir wohl noch von Frau Römer hören?«

Maria verneinte. »Eher nicht. Sie wird feststellen, dass ihr Schatz mitsamt ihrer Schatz-Truhe entkommen ist und die nächsten Wochen vom Gram gebeutelt sein. Dann ist ihr auch egal, was mit dem Handy ihres »Ex« geschieht.«

Barbara sah das ebenso. »Vielleicht ist das auch für uns das Beste.«

Sie waren sich also einig.

Eva saß noch an ihrem Notebook und mailte an ihre Freunde. Dann gingen sie endlich zu Bett.

Eva hatte nur wenig Schlaf gefunden..

Gegen acht Uhr traf das Trio am Frühstückstisch ein, an dem Dr. Luchs seit einer Stunde alle Tageszeitungen durchforstete. Erleichtert legte er die Blätter zur Seite.

»Offensichtlich hat der Kommissar noch keine Pressekonferenz gegeben. Zumindest habe ich keine Schlagzeile zur Aufklärung des Mordes an Herrn Leonhard entdeckt.«

Luchs widmete sich seinem starken Kaffee. »Egal, was nun mit welcher Konsequenz an das Tageslicht gekommen ist. Der Mord musste aufgeklärt werden.«

Alle nickten und Luchs fuhr fort:

»Ich vermute, dass die beiden anderen Mordfälle mit der Tat an Herrn Leonhard zusammenhängen. Ich bin mir fast sicher, dass Harald Renner das nun zügig herausfinden wird. Ich könnte mir vorstellen, dass sie befürchtet haben, dass mein Onkel doch noch reden würde und dass sie ihn deshalb beseitigt haben.«

»Das ist durchaus vorstellbar«, nickte Eva: »Ich bin mir auch fast sicher, dass Dr. Kessler im Schock leider einige Zeit benötigte, um sich darüber klar zu werden, wie er letztendlich handeln muss.«

Dankbar blickte Dr. Luchs vom Kaffeetisch auf.

»Ja, das würde zu Onkel Max passen. Es stand zu viel auf dem

Spiel. Er konnte nicht sofort am ersten Tag zur Kripo laufen und ohne Rücksicht auf sich und das Hotel die Sache öffentlich machen. Die Presse wäre über ihn, das BAYERN-Inn und letztendlich auch über mich und die Kanzlei hergefallen. Aber wie ein Zusammenhang zum Bademeister hergestellt werden soll, kann ich mir beim besten Willen nicht erklären.«

Das Frühstück unterband jede weitere Diskussion und in diese Ruhe hinein zeigte Marias Handy eine SMS an. Zuerst fiel ihr die unterdrückte Kennung auf. Dann las sie:

»Kommen Sie um neun Uhr in das große Kaufhaus in der Kurallee. Ich warte in der Glasabteilung. Bringen Sie das Pfand mit!«

»Die Römer? Oder mit einem neuen Handy der Klammer?«

Maria dachte nach. Wie konnte sie nun unauffällig Eva und Barbara informieren? Wie nebenbei sagte sie verklausuliert zu Eva:

»Ich soll nach dem Frühstück meinen Schmuck aus dem Hotelsafe holen. Oder wäre es angebrachter, ihn noch bis zur Abreise dort zu belassen?«

Eva verstand die Mitteilung und antwortete:

»Na ja, ich würde ihn an Ihrer Stelle weiterhin dort lassen wo er sich momentan befindet.«

Dr. Luchs hörte nicht mehr richtig hin. In Gedanken war er bereits in München.

»Haben Sie etwas dagegen, dass ich mich nach dem letzten Brötchen wieder in das Büro begebe? Ich muss noch einige wichtige Telefonate mit meiner Kanzlei führen.«

Kurz danach erhob er sich.

»Ich bin den ganzen Tag über im Büro, falls Sie mich brauchen sollten.«

Pünktlich um neun Uhr betraten sie ohne Klammers Handy das Kaufhaus und schon stand Margot Römer vor ihnen.

»Wir müssen uns sehr beeilen. Ich erhalte nun Erichs Handy von Ihnen und Sie bekommen im Gegenzug das gewünschte Video.«

»Sie haben das Video?«, fragte Barbara atemlos und ihre Hände waren feucht. Wurde Herr Klammer beim Diebstahl beobachtet?«

»Halten Sie keine Rede, Barbara. Wir müssen sehr rasch handeln.«

Eva nahm das Video entgegen. »Tut mir leid, dass wir Ihnen Klammers Handy erst dann geben können, wenn wir festgestellt haben, dass wir nicht schon wieder getäuscht werden.«

Margot Römer riss das Päckchen wieder an sich. »O.K., kein Handy, dann auch kein Video.«

Eva zuckte gleichgültig mit den Schultern. »Wie Sie meinen, Margot.«

Diese überlegte sekundenschnell.

»Gut, Sie nehmen nun das Video an sich, liefern es umgehend bei Dr. Luchs ab und verraten auf keinen Fall, dass Sie es von mir erhalten haben. Dr. Luchs soll es nicht erst ansehen sondern umgehend dem Renner aushändigen. Die Person, die auf diesem Video eindeutig des Mordes überführt ist, befindet sich bereits auf dem Weg zum Flughafen München und möchte sich in das Ausland absetzen.«

»Ach Herrjeh!«, dachten alle drei entsetzt.

Maria rechnete blitzschnell.

»Es ist jetzt neun Uhr. Wir haben also noch Zeit, um das Video zuerst Dr. Luchs und über diesen dem Hauptkommissar zukommen zu lassen. Wir hoffen, Sie wissen was Sie tun, Margot! Für Tricks oder weitere Späßchen hat Renner keinen Nerv!«

Der gejagte Gesichtsausdruck der Römer sprach für sich.

Das Video wanderte in Evas Umhängetasche und sie liefen durch den Schneematsch in das Hotel zurück.

Dr. Luchs blickte gar nicht so überrascht auf, als sie ihm schon wieder gegenüber standen.

»Herr Dr. Luchs, wir fragen an, ob Sie uns drei in einer eventuellen künftigen Anklage als Anwalt vertreten können.«

Luchs erhob sich vom Bürostuhl und fragte mit undurchsichtiger Miene:

»Wie könnte denn diese Anschuldigung lauten?«

»Anstiftung zum Einbruchdiebstahl!«

»Einverstanden, ich nehme das Mandat an. Bitte nehmen Sie Platz.«

Sie setzten sich aufgeregt um den Besprechungstisch. Eva zog das Päckchen aus der Umhängetasche, legte es auf den Tisch und erklärte:

»Dies hier ist ein Beweisstück. Es handelt sich um ein Video, das die Ermordung Ihres Onkels zeigt.

Wir erfuhren von der Existenz des Videos unter der Hand und haben eine bestimmte Person, der wir zugesagt haben, ihren Namen zu verschweigen, aufgefordert, dieses Video zwecks Aufklärung des Mordes an Ihrem Onkel an sich zu bringen.«

Luchs wurde kreideweiß und wollte nach dem Video fassen.

Maria kam ihm zuvor.

»Nein, Herr Dr. Luchs, wir möchten, dass Sie es umgehend Herrn Renner übergeben. Wir haben keine Zeit zu verlieren. Die gesuchte Person befindet sich bereits am Flughafen München und ist auf der Flucht in das Ausland.«

Eva drängte: »Sie müssten demnach umgehend handeln!«

Maria fügte mit schriller Stimme hinzu: »Und zwar so, dass Sie uns, Ihre eigene Mandantschaft, verschweigen. Ist das möglich?«

Luchs hatte bereits den Telefonhörer in der Hand und nickte ihr bejahend zu.

»Harald, wo befindest Du Dich im Moment? Du musst sofort zu mir kommen. Es ist Gefahr im Verzug!«

Eva hatte bereits ein Notizblatt in der Hand und notierte für Luchs erneut ihre Telefonnummer.

»Wir ziehen uns umgehend zurück. Sollten Sie noch Fragen haben, können Sie uns gern telefonisch erreichen.«

Weder wollten sie weitere Fragen beantworten, noch dem Renner begegnen. Sie erhoben sich überstürzt und überließen Dr. Luchs seinen Emotionen und Gedanken.

Dann setzten sie sich in ihre Suite ab. Dort nahmen sie in Evas Schlafzimmer neugierig den Fensterplatz zum Parkplatz ein.

Es dauerte genau zwanzig Minuten und Renner führte eine akrobatische Vollbremsung durch. Er rannte in das Hotel und blieb weitere zehn Minuten. Dann sahen sie ihn gemeinsam mit Dr. Luchs auf sein Dienstfahrzeug zulaufen und mit aufheulendem Motor davonbrausen.

In diesem Moment jagte wie im Krimi ein dunkler BMW vor das Portal.

Die Fahrertür wurde aufgerissen und Margot Römer winkte ihnen temperamentvoll zu.

»Die meint uns?«

»Ja, die meint uns. Los, wir fahren mit!«

Eva und Barbara rissen ihre Anoraks und die Umhängetasche an sich.

Maria griff nach ihren oberbayerischen Lodenmantel und warf ihn in einer theatralischen Schulterbewegung über, die Eva an Margret Rutherford aus den Miss Marple-Krimis erinnerte und laut auflachen ließ.

Dann sausten sie aus dem Hotel.

Atemlos plumpsten sie in die sportlichen Autositze und noch bevor die Türen richtig geschlossen waren, fegten sie um die erste Kurve.

Margot Römer raste auf die Hauptstraße, dann auf die B 12

und schließlich auf die Autobahn. Es hatte keinen Sinn, ihr Fragen zu stellen. Diese hätten sie nur noch abgelenkt und die Fahrt noch gefährlicher gemacht als sie ohnehin war.

An der Anschlussstelle Deggendorf-München überholten sie das zivile Polizeiauto mit Renner am Steuer.

Die drei Mitfahrerinnen der Margot Römer rutschten in ihren Sitzen nach unten und hofften, dass Renner den Tiefflug der Römer nicht noch durch die Autobahnpolizei stoppen lässt. Aber dazu hatte Renner keine Zeit, obwohl es ihm äußerst verdächtig erschien, dass die Beifahrerinnen des vorüberbrausenden Pkws´s während des Überholvorganges die Hände vor das Gesicht schlugen und abtauchten.

Nach einer Stunde Fahrzeit schaltete der geschundene BMW die Gänge zurück, glitt in die Einfahrt zum Flughafen München und hielt direkt am Terminal 1. Die drei durchgeschüttelten Beifahrerinnen sprangen aus dem Fahrzeug. Margot Römer riss den Kofferraum auf und eine pralle Reisetasche an sich. Dann warf sie Eva zum großen Erstaunen aller den Autoschlüssel zu und lief zur Abflughalle. Dabei rief sie:

»Fahren Sie mein Auto vorsichtig nach Bad Füssing zurück und parken Sie es in der Tiefgarage des BAYERN-Inn. Ich hole es ab, wenn ich in einigen Wochen zurück bin!«

Im Gedränge der Abflughalle schlugen sich die drei Frauen instinktiv zum Espaniol-Schalter durch. Dort blieben sie stehen und rangen nach Luft.

In aller Gemütsruhe standen da eng aneinander gedrückt Erich Klammer und Johanna Ländinger in der Warteschlange von IBERIA. Sie kicherte und er zupfte an ihrer auffallenden grauen Perlenkette. Da drängten sich vier bullig aussehende, schwarz gekleidete Männer zwischen das Liebespaar.

In der plötzlich eingetretenen Stille hörten die Verfolgerinnen ein Geräusch. Es machte »Klack« und die echten Handschellen waren zum Einsatz gekommen.

Armer Klammer!

Oder etwa doch nicht?

Die Einsatztruppe der Polizei zerrte die sich heftig widersetzende Ländinger mit sich.

Konnte das denn wahr sein? Das war Dr. Kesslers Mörderin?

Da hatte Renner offensichtlich gerade noch rechtzeitig die Münchner Kollegen mobilisiert.

Die drei Zuschauerinnen standen auf Zehenspitzen und lugten durch die Lücken der sich ansammelnden Menschenmenge auf den zurückgebliebenen Erich, der geistesgegenwärtig die Halskette der Liebsten zum Andenken in seiner Hosentasche verschwinden ließ.

Dann sah er ihr bedauernd nach. Er konnte noch nicht ganz glauben, was soeben geschah. Da war ihm nur wenige Minuten vor dem Abflug die bereits verplante, füllige, personifizierte Schmuckschatulle entrissen worden.

»Nun sind Sie wohl vollends verwirrt«, lachte schallend eine wohlbekannte Frauenstimme hinter ihnen. »Natürlich habe ich höchstpersönlich das Beweisstück gestohlen. Nur ich hatte im düsteren Licht des Lokals genau gesehen was passiert ist und daher wusste nur ich allein was das Video zeigt.«

Die Freundinnen fuhren herum.

»Dachten Sie denn, ich lasse mir von dieser Frau meinen Künftigen entführen?«

Dann schlängelte sich Margot Römer an den geschockten Passagieren vorbei zu Erich Klammer.

Dieser wurde bei ihrem Anblick fast vom Schlag gerührt und hielt still, als ihm Margot Römer die Tickets aus der Hand nahm. Es waren zwei Buchungen. Das passte doch ganz genau. Margot

Römer nahm den Platz der Ländinger ein. So fliegt Erich wie beabsichtigt zu zweit.

Margot Römer winkte verstohlen zum Abschied in eine bestimmte Zuschauerlücke, packte ihre übergewichtige Reisetasche, hing sie dem Erich an die Schulter und zog ihn zum Schalter.

Die drei »Ermittlerinnen« hasteten benommen aus der Halle und liefen dem verspätet eintreffenden Renner beinahe vor die Reifen.

Dr. Luchs erblickte sie vom Beifahrersitz aus und beugte sich blitzschnell nach vorne, um ihm die Sicht nach rechts zu nehmen.

Dann stiegen sie in das Auto der Römer. Eva setzte sich an das Steuer und sie verließen gemächlich den Ort des Geschehens.

Bevor sie in die Autobahn einscherten hielten sie am Straßenrand an und blickten zurück. Soeben hob ein weißes Passagierflugzeug ab. Eva riss das Fernglas aus der Umhängetasche. »AIR ESPANIOL« konnte sie noch entziffern, ehe der steil aufsteigende Flieger – mit Margot und ihrem Opfer an Bord – in den Wolken verschwand.

Sie genossen bei der Rückfahrt die luxuriöse Innenausstattung des Autos und konnten nicht fassen, dass sie drei nun so resolut und unerwartet auch noch den Mordfall Kessler geklärt hatten.

Eva ließ den BMW ausschließlich auf der rechten Spur dahingleiten und konzentrierte sich auf die Fahrt.

Maria und Barbara hingegen wiederholten gebetsmühlenartig die gesamten Erlebnisse der vergangenen Wochen. Alle Unklarheiten waren beseitigt. Gewisse Handlungen des Dr. Kessler waren jetzt verständlich und nun kannte man auch die wahre Margot Römer.

In Bad Füssing stellten sie weisungsgemäß das Fahrzeug in der Tiefgarage ab, legten Klammers Mobiltelefon in das Handschuhfach und händigten den Autoschlüssel gegen Quittung dem Chef der Rezeption aus.

Dann prüften sie die Witterung. Einhellige Meinung: phantastisches Wetter an einem phantastischen Tag mit phantastischer Stimmung.

Sie kleideten sich in warme Wintersachen und begannen untergehakt den zügigen Marsch in das freie Gelände. Ziel: das Café »Zum alten Forsthaus.«

Die frische Luft tat ihnen gut. Sie fühlten sich wie befreit. Dann saßen sie entspannt an einem wunderschön dekorierten Tisch an den kleinen Fenstern mit den weiß-blau gepunkteten Vorhängen und sogen den guten Kaffeeduft ganz tief ein. Die überfüllten Tortenteller mit Sahnehauben ließen auf eine ausgelassene Stimmung schließen.

Maria hob ihr Sektglas. »Bevor wir morgen abreisen, schlage ich vor, dass wir zum »Du« übergehen. Die überstandenen Abenteuer haben uns sehr eng zusammen geschweißt.«

Drei Gläser mit prickelndem Inhalt klirrten und die übermütige Stimmung steigerte sich zum kleinen Schwips.

Barbara forderte: »Dann ist es also auch an der Zeit, unsere kleinen, persönlichen Geheimnisse zu offenbaren.«

»Nichts da«, entgegnete Maria. Und das klang so, als müsse sie etwas Peinliches verbergen. »Die behalten wir noch eine Weile für uns. Irgendwann kommen sie von selbst zu Tage. Möglicherweise schon beim nächsten Kriminalfall.

Dr. Luchs traf gemeinsam mit Hauptkommissar Renner gegen 21 Uhr im Hotel ein. Beide wirkten müde und Renner wollte sich gleich wieder verabschieden. Luchs hielt ihn zurück. »Du hattest den ganzen Tag keine Zeit, ein anständiges Essen zu Dir zu nehmen. Du bleibst wenigstens zum Abendbrot hier.«

Dann sah Dr. Luchs die drei heimlichen Siegerinnen im Restaurant an einem Tisch mit fünf Stühlen sitzen. Sie hielten scheinbar den Platz für ihn und Renner frei. Bestimmt hatten sie auch nur rein zufällig mit der Menü-Bestellung gewartet.

Eva hatte schon befürchtet, dass der Abend nicht ganz so harmonisch verlaufen könnte. Vielleicht war Dr. Luchs durch das Video schwer geschockt? Vielleicht hatte Renner durchschaut, wer die Mandanten von Dr. Luchs sein könnten? Vielleicht wollten die beiden Männer allein an ihrem Tisch sitzen?

Nun waren die Heldinnen erleichtert, dass scheinbar alle Befürchtungen umsonst waren.

Die beiden Männer saßen entspannt mit am Tisch und lasen in der Speisekarte.

Renner hatte sich neben Eva gesetzt und unterhielt sich mit ihr.

Schließlich kam Dr. Luchs zur Sache.

»Herr Renner ließ heute durch die Münchner Kripo Frau Ländinger verhaften. Sie ist die Mörderin meines Onkels. Dies ist durch eine Videoaufzeichnung im PARADISO bewiesen. Frau Ländinger hat unter dieser erdrückenden Beweislast bereits gestanden.«

Die drei Frauen wussten nicht genau, wie sie sich nun verhalten sollten. Eva fragte schließlich bewegt: »Aus welchem Grund wurde denn Dr. Kessler ermordet. Weiß man das schon?«

Renner übernahm die Beantwortung dieser Frage. »Dr. Kessler war offensichtlich ein Frauenschwarm und nicht immer dafür verantwortlich, dass ihm die eine oder andere Frau Avancen machte.«

Maria Werner errötete heftig. Renner sah sie erstaunt an und sprach weiter:

»Dr. Kessler war sehr höflich und wurde dadurch oft missverstanden. Um auf den Punkt zu kommen: Sein Unglück war, dass sich Johanna Ländinger, die er viele Jahre als Mandantin hatte, große Hoffnungen machte. Er hatte ihr unter anderem in einer Strafsache wegen Körperverletzung zu einem Freispruch verholfen und sie wegen mehrerer anderer Delikte aus den Fängen der Justiz befreit. Aber dann hatte Dr. Kessler ganz unerwartet seine Kanzlei an Dr. Luchs übergeben und war für sie nicht mehr erreichbar.

Nun lief er ihr zufällig im BAYERN-Inn über den Weg. Sie schöpfte erneut Hoffnung, drängte ihm permanent Gespräche auf und verfolgte ihn bis in die Sauna.

Sie folgte ihm auch in das BERNSTEIN und fuhr ihm in der Tatnacht in das PARADISO nach. Dort forderte sie ihn mehrfach zum Tanz auf. Er war genervt und hatte sie zunächst höflich, später aber sehr schroff abgewiesen.

Dann sah sie ihn, als er einen leidenschaftlichen Tango mit einer jungen und schönen Frau tanzte.

Sie plante spontan, ihn während seines Tanzes im Schutze des intimen Dämmerlichtes mit einem Stich in die Bauch-Hauptschlagader zu ermorden.

Unbemerkt brachte sie in der hektischen PARADISO Küche einen stabilen-Fleischspieß an sich, mischte sich in das Gewühl der Tanzenden, rammte ihn ihrem Opfer mit voller Wucht in den Unterleib und entkam unerkannt durch die ausbrechende Hysterie.

Sie hatte jedoch übersehen, dass sie sich bei der Tatausführung genau unter der Videokamera bewegte, die aus Sicherheitsgründen, aber illegal, zugeschaltet war. Letzteres war auch der Grund dafür, dass der Pächter des Tanzlokals das Video unter Verschluss hielt.«

Dr. Luchs ergänzte mit gesenktem Blick: »Und zwar so lange, bis es Unbekannte entwendeten und mir anonym zuspielten.«

Der Kellner trat heran, räumte das Geschirr ab und stellte eine Flasche teuren Champagner auf den Tisch.

Luchs räusperte sich: »Der geht auf das Haus. Erheben wir das Glas und trinken wir darauf, dass es meinem Freund Harald Renner gelungen ist, die Mordserie in unserem Hotel aufzuklären.«

Alle erhoben sich und stießen an.

»Nur der Mord am Bademeister ist ungesühnt«, bedauerte Maria.

»Hier sind Sie nicht am neuesten Stand der Ermittlungen, liebe Frau Werner«, klärte sie Renner auf.

»Der Bademeister wurde nicht ermordet. Er ist ohne fremdes Zutun Opfer einer Kiwi-Allergie geworden. Das ist mittlerweile durch die Obduktion einwandfrei bewiesen. Alle Ermittlungen in dieser Sache sind eingestellt.«

»Ein Fremdverschulden ist auszuschließen?«

»Ja, definitiv.«

Renner nahm schließlich seinen Mantel.

»Ich möchte mich von Ihnen verabschieden, Frau Bauer«. Er zögerte, hielt ihre Hand fest in der seinen und Eva glaubte, dass er noch etwas sagen wird. Dann schaute er sie bedauernd an und sagte leise: »Sie und ich wissen, dass wir uns nicht mehr begegnen werden. Ich wünsche Ihnen alles Gute!«

Er reichte den anderen beiden Frauen die Hand und wandte sich an Luchs. »Wir bleiben in Verbindung. Ich bin demnächst bei einem Fußballspiel in München. Dann stehe ich auch bei dir auf der Matte.«

Luchs lächelte. »Vergiss es nur nicht. Ich würde mich über deinen Besuch sehr freuen«. Sie sahen Renner nach, als er durch das Foyer ging und nach draußen verschwand.

Luchs seufzte. »Morgen reise ich gegen zehn Uhr ab. Onkels Gemälde nehme ich mit. Ich finde in meinem Büro bestimmt einen angemessenen Platz.«

»Aber Dr. Luchs«, beschwichtigte Eva. »Sie sehen das nicht ganz richtig. Wir finden, dass dieses Gemälde in das Hotel gehört. Ihr Onkel war hier Stammgast und sollte es als Ölbild auch in Zukunft bleiben.«

Barbara ergänzte mit leiser Stimme: »Wir haben Ihren Onkel

als den Gentleman schlechthin kennengelernt. Und hier können wir ihm jedes Jahr wieder begegnen.«

Dr. Luchs blickte äußerst erfreut auf Maria. »Sehen Sie das etwa auch so?«

»Unbedingt. Wir drei sind uns in dieser Frage vollkommen einig. Dr. Kessler gehört in dieses Haus.«

Der zufriedene Ausdruck kehrte aber nur ganz kurz auf das Gesicht seines Neffen zurück. »Dennoch bleibt damit die Frage und der Vorwurf offen, warum mein Onkel versucht hat, den Vorfall mit Denis Leonhard zu vertuschen.«

Eva erwiderte: »Wir kennen seine wahren Gründe nicht. Dieses Geheimnis hat er mit in sein Grab genommen und darin sollten wir es ruhen lassen. Wir persönlich vermuten: Er hat es nur für Sie getan.«

Dr. Luchs taute auf.

»Von dieser Warte aus habe ich das Ganze noch gar nicht betrachtet. Sie könnten mit Ihrer Ansicht durchaus recht haben.«

Maria wollte den Trost für den sympathischen Mann noch ein bisschen ausweiten:

»Meiner Meinung nach war es sehr sinnvoll, dass Sie Direktor Krenner vertreten haben. Nur durch Ihr Erscheinen in diesem Haus konnte die kriminelle Machenschaft der Führungsetage aufgedeckt werden. Sie haben dem Direktor aufgezeigt wo es langgeht und neues Personal eingestellt. Die Mordserie konnte geklärt werden und das Haus ist wieder gut belegt. Sie haben Ihre Mission sehr erfolgreich beendet und können mit sich selbst zufrieden sein.«

Barbara wollte noch einen Hauptgrund anbringen: »Sie hatten sich schwere Selbstvorwürfe gemacht und angenommen, dass Ihr Onkel Ihretwegen verstorben ist. Diese Befürchtung ist damit ausgeräumt. Sie haben nicht im Geringsten mit seinem Tod zu tun.«

»Darauf stoßen wir noch einmal an«, forderte die schon leicht angesäuselte Maria Werner und alle erhoben sich. Nur Eva war nicht mehr so ganz bei der Sache. Sie hatte die Übergabe des neuen Rosensstraußes beobachtet und dem Zeichen des Nachtportiers entnommen, dass wieder eine Grußkarte beilag.

Gegen 23 Uhr beendete Dr. Luchs den Abend im Restaurant mit einer kleinen Rede:

»Sie haben mich vertreten, beraten und insbesondere im Unter- und Hintergrund sehr viel für das Hotel, für mich und für die Aufklärung der Morde getan. Es ist daher angebracht, dass Sie keine Hotelrechnung für Ihren wertvollen Aufenthalt bekommen. Bitte betrachten Sie sich als geladene Gäste des Hauses.«

Die drei Frauen blickten irritiert auf das Lächeln des Mannes.

Dann wollten sie protestieren. Aber Luchs blieb unerbittlich.

»Sie haben sich durch die Übergabe des Videos an mich endgültig verraten. Mir sind während der rasanten Fahrt nach München die Augen aufgegangen.«

Er reichte ihnen zum Abschied die Hand. Luchs wollte seine Rührung verbergen und lästerte:

»Bezüglich der von Ihnen begangenen Straftat der »Anstiftung zum Einbruchdiebstahl« denke ich, dass Sie meine anwaltliche Vertretung nicht benötigen. In Ihrem Falle gilt: »Wo kein Kläger, da kein Richter.«

Die drei Frauen erhoben sich und gingen langsam auf die Rezeption zu.

Eva nahm den Strauß tiefroter, verführerisch duftender Rosen an sich, öffnete sogleich die kunstvolle Karte und las:

»Morgen gegen zwölf Uhr zehn
möchte ich Sie wieder sehn.
An den Farben weiß und blau
erkennen Sie mich, schöne Frau.«

Den letzten Morgen verbrachte Eva im Kosmetiksalon und blickte in den vorgehaltenen, frauenfreundlichen Spiegel.

Sie erkannte sich kaum wieder. Die neue Kosmetikerin ist einfach Spitze.

Eva ließ sich mit einem Schwung aus dem Behandlungsstuhl ziehen und sah sich für dieses Jahr ein letztes Mal im Studio um. Sie bezahlte und schritt auf hohen Absätzen und im neuen Kostüm graziös ihrem nächsten Abenteuer entgegen.

Im Wintergarten wurde sie um »zwölf Uhr zehn« von ihrem Rosenkavalier erwartet. Nur noch wenige Meter trennten sie von dem hinreißenden Mann, den sie damals auf dem Parkplatz gesehen hatte. Wer zusätzlich auch noch Verse dieser Qualität reimen konnte, musste der Märchenprinz in persona sein.

Ihr Smartphone summte. »Ja, Eva Bauer.«

Barbara war am Telefon. »Eva, wir sitzen am Lieferanteneingang im Shuttle der Fahrdienste H. Peter und möchten uns von dir verabschieden. Aber selbstverständlich sollst du erst deinen Verehrer begrüßen. Bring ihn doch an das Auto mit und stelle ihn uns vor. Wir warten solange.«

»Eva wunderte sich: »Warum am Lieferanten- und nicht am Haupteingang?«

Sie verstaute das Smartphone in der Umhängetasche und ging die nächsten Meter auf die Rezeption zu, um neugierig und vorerst aus sicherer Entfernung in den Wintergarten zu blinzeln.

Der Kavalier war noch nicht zugegen. Da stand lediglich Ludwig Kugelmoser, der verwitwete BUCHENHAIN-Besitzer. Er betupfte nervös mit einem weiß-blau gemusterten, fast fahnengroßen Schnupftuch die feuchte Stirn.

Der letzte Reim des Rosenkavaliers schoss Eva durch den Kopf und sie begriff! »Weiß-blau! Daran erkennen Sie mich, schöne Frau!«

Wie von Furien gehetzt floh sie durch die Hotelküche hinaus zum Lieferanteneingang.

Das Shuttle hatte bereits die Seitentür geöffnet, vier Frauenarme griffen nach ihr und zerrten sie in den Fond. H. Peter gab Gas.

Unter dem irren Gelächter der Freundinnen gurtete sie sich noch einmal ab. »Mein Gepäck! Ich muss noch einmal zurück!«

»Du bleibst sitzen. Dein Gepäck befindet sich hier im Auto.«

Eva legte den Gurt wieder an: »Da bin ich noch einmal davongekommen.«

Barbara und Maria blickten sich an. »Ja, du hattest Glück, dass wir mittlerweile Profis sind. Wir haben in Erfahrung gebracht, dass der tolle Mann, der die Rosen überbrachte, der Chauffeur des BUCHENHAIN-Direktors ist, weil dieser selbst keinen Führerschein besitzt. Wir sind also längst informiert und kannten den Ausgang deiner Lovestory. Du kannst versichert sein, dass wir uns vor Vergnügen gekringelt haben.«

Eva musste in das Lachen mit einstimmen und schwor:

»Ab heute verbringen wir unsere Kur-Urlaube gemeinsam.

Und – sollte in irgendeinem Hotel ein unlösbarer Mordfall zu klären sein –

Ruft uns an!

Weitere Bücher aus dem Verlagsprogramm

Wildbiesler
bissig • komisch • oberpfälzisch

Kühe, die auf der Straße abgestellt wurden, überdimensionale Zuckerrübengespanne und kaum überwindbare Funklöcher erweisen sich als erste Hindernisse, die Schatz und Herzl, zwei Großstadt-Kriminaler aus München, auf dem Weg in die dunkelste Oberpfalz überwinden müssen, bevor sie aufklären können, wer denn den alten Grüninger im entlegenen Damling so unsanft aufs Messer gesteckt hat. Allerdings müssen sie schnell erkennen, dass ihr aktueller Mordfall mit einer uralten Geschichte in Verbindung steht, über die keiner im Dorf so richtig reden will. Keine guten Voraussetzungen für eine fixe Klärung des Falls. Gut, dass es da den Oberwachtmeister Häupl gibt, der den beiden Kriminalern die oberpfälzer Mentalität etwas näherbringt.
Die Lösung des Falles ist knifflig, aber letztendlich erscheint Bayrisch-Kenia in ganz neuem Licht...

ISBN 978-3-95452-698-7
217 Seiten, € 11.90

Der fünfte Junge
Flugzeugabsturz am Großen Arber

Schock für Moritz Buchmann! Der bekennende Naturverweigerer muss in den Bayerischen Wald, um dort den Mord am 84-jährigen Georg Koller aufzuklären. Seine Ermittlungen führen ihn auf den Großen Arber und nach Kirchbach, den Wohnort des Opfers. Bald finden sich Hinweise auf Verbindungen zur Crystal-Szene im nahen Tschechien. Und da gibt es auch noch die Resi mit ihren Geschichten und dieses Bild im Schlafzimmer von Georg. Kommissar Buchmann, der so schnell wie möglich nach München zurückkehren möchte, ahnt, dass er länger im Bayerischen Wald bleiben muss, als ihm lieb sein kann.

ISBN 978-3-95452-684-0
277 Seiten, € 12.90

Kommissar Grantinger
Ein Menschenherz an der Kirchentür

Aufregende Dinge kommen im Markt Falkenburg bei Regensburg ins Rollen. Die mächtigste Frau des Orts wird ermordet. Der gefühlvolle, aber auch streitbare Kommissar Grantinger sieht in der schnellen Aufklärung dieses Verbrechens eine Möglichkeit, trotz seiner Strafversetzung noch befördert zu werden. Die Vorbereitung und Durchführung einer Wahlveranstaltung der National Republikanischen Partei (NRP) durch eine Gruppe von 'Jungmannen' der rechtsgerichteten HVD (Hilfe für Verfolgte in Demokratien) erschweren seine Ermittlungen. Schafft es Kommissar Grantinger, in Falkenburg wieder Ruhe und Beschaulichkeit herzustellen? Humorvoll und politisch aktuell stellt Wolf Hamm seinen Kommissar Grantinger vor die Aufgabe, einen Mord aufklären zu müssen.

ISBN 978-3-95452-677-2
211 Seiten, € 11.90

Schwammerlrisotto
Tatort Regensburg

In einem Baustofflager findet man einen schwerverletzten kleinen Buben, der Junge könnte im Zusammenhang mit den Verbrechen an zwei weiteren Kindern stehen. Für die Regensburger Kommissare Weinzierl und Oberhauser ein besonderer Fall, der an die Substanz geht. - Dann sterben zwei Frauen nach einer Geburtstagsfeier, ursächlich war offenbar der Genuss eines Pilzgerichtes. Der Fall erscheint zunächst einfach, doch dann tun sich unerwartet Abgründe auf.

ISBN 978-3-95452-643-7
284 Seiten. € 12.90